U0046202

大智 46

西遊記

白話本

上

原著◎吳承恩
編寫◎甘向紅

高寶書版集團

大智系列46

白話本西遊記【上】

作　　者：吳承恩
改　　寫：甘向紅
總 編 輯：林秀禎
編　　輯：李國祥
出 版 者：英屬維京群島商高寶國際有限公司台灣分公司
Global Group Holdings, Ltd.
地　　址：台北市內湖區洲子街88號3樓
網　　址：gobooks.com.tw
E-mail　：readers@gobooks.com.tw（讀者服務部）
pr@gobooks.com.tw（公關諮詢部）
電　　話：(02) 27992788
電　　傳：出版部　(02) 2799-0909
行銷部　(02) 2799-3088
郵政劃撥：19394552
戶　　名：英屬維京群島商高寶國際有限公司台灣分公司
初版日期：2007年7月
發　　行：希代多媒體書版股份有限公司　Printed in Taiwan

國家圖書館出版品預行編目資料

白話本西遊記(上) / 吳承恩著. -- 初版. -- 臺北市 :
高寶國際出版社：希代多媒體發行. 2007[民96]
冊 ;　公分. -- (大智 ; BI046)

ISBN 978-986-185-080-1(上冊 : 平裝).

857.47　　96010997

目錄【上】

第一回 花果山石猴出世 三星洞悟空拜師 17
第二回 鬧龍宮猴王尋寶 鬧地府老孫除名 26
第三回 弼馬溫打理御馬監 美猴王入駐齊天府 35
第四回 神通廣大巧戰哪吒 施展變化智鬥二郎 44
第五回 八卦爐中逃大聖 五行山下定心猿 53
第六回 老龍王拙計犯天條 唐太宗對案脫地府 62
第七回 觀音心儀顯像指點 玄奘誠心受命取經 71
第八回 孫悟空脫難歸正 六強盜身亡無蹤 80
第九回 鷹愁澗小龍歸順 觀音院和尚謀寶 89
第十回 孫行者借來火罩 黑熊精竊取袈裟 98
第十一回 觀音院唐僧脫難 雲棧洞悟空擒怪 107
第十二回 高老莊八戒拜師父 浮屠山玄奘受心經 116
第十三回 黃風嶺靈吉降風魔 流沙河三藏收沙僧 124
第十四回 三藏禪心拒誘惑 行者貪慾竊參果 133
第十五回 鎮元仙趕捉經僧 孫悟空求方衆仙 142

目錄【上】

第十六回　觀音復活參果樹　大聖三打白骨精　152
第十七回　花果山群妖聚義　黑松林三藏逢魔　161
第十八回　波月洞沙僧遭擒　寶象國三藏成虎　171
第十九回　八戒義激猴王　行者智降妖怪　179
第二十回　大聖裝天騙小妖　魔王巧算困心猿　188
第二十一回　二怪蓮花洞送命　老妖壓龍山傷身　197
第二十二回　鬼王夜謁唐三藏　悟空開導皇太子　206
第二十三回　一粒金丹天上得　三年故主世間生　215
第二十四回　紅孩兒作法騙哄　唐三藏中計被擒　225
第二十五回　聖嬰大王噴真火施威　齊天大聖拜觀音降妖　233
第二十六回　龍太子黑水河捉怪　孫悟空三清觀戲妖　242
第二十七回　行者鬥法喚風雨　妖怪比藝失先機　251
第二十八回　聖僧受阻通天河　妖孽作怪陳家莊　261
第二十九回　魔怪設謀飄大雪　三藏有災沉水宅　271
第三十回　觀音救難現魚籃　唐僧神昏遇魔頭仙　280

菩提祖師授猴王法名「悟空」

悟空拔下身上毫毛一吹，化出許多分身

大聖下到冥府，擅改生死簿

神威凜凜的托塔李天王

能變化神通的二郎神

法力無邊的觀世音菩薩

三藏在五行山下救出悟空

八戒受戒不久，又起色心

行者回到花果山，重做猴王

金角、銀角二妖原是太上老君的看爐童子

金角大王壓著寶扇而睡，身旁還倚著七星劍

腳踏火輪、手持纓槍的紅孩兒

第一回　花果山石猴出世　三星洞悟空拜師

據說，自從盤古開天闢地以來，歷經世世代代，世界分成了四大部洲，分別是：東勝神洲，西牛賀洲，南贍部洲，北俱蘆洲。

東勝神洲有一個國家，名叫傲來國。國家的西邊緊挨著大海，海中有一座山，叫做花果山。山頂上，有一塊仙石。石有三丈六尺五寸高，環繞一圈有二丈四尺長。有一天仙石突然裂開，產下一個石卵，和圓球一樣大。一遇到風，石卵化成了一個石猴，當時就像嬰兒一樣爬爬走走，四處張望，眼中露出兩道金光，射到天宮，驚動了玉皇大帝。玉皇大帝來到靈霄寶殿，召集各位仙卿，命令千里眼、順風耳二將打開南天門，查看這兩道金光的來路。二將很快前來報告：「臣奉旨觀察金光出處，發現東勝神洲傲來小國管轄範圍裡，有一座花果山，山上有一塊仙石，產下一個石卵，遇到風後，化成一個石猴，在那裡四面張望，眼中露出金光，射到天宮。等這個石猴吃過東西後，金光自會消失。」玉帝聽後，大發慈悲，並不怪罪。

石猴出世後，在山中行走跳躍，食草木，飲澗泉，採山花，覓樹果；與狼蟲為伴，虎豹為群，獐鹿為友，獼猿為親；晚上睡在石崖下面，白天遊走在峰洞之間。

有一天，天氣炎熱，石猴與群猴一同避暑，都在松樹蔭涼處玩耍。一群猴子玩耍了一會兒，就去那山澗中洗澡，然後沿著山澗往上爬，來到流水的源頭，面前出現一道瀑布，一潭泉水。古話說：「禽有禽言，獸有獸語。」眾猴高興地拍手說：「好水！好水！」原來這股水流遠通山腳下面，和大海相通。

眾猴議論，說：「哪一個有本事，鑽進水中尋個源頭出來，我們就拜他為王。」連說了三次，只見這個石猴跳了出來，應聲高叫：「我進去！我進去！」他閉上眼睛，蹲下身子，往前一躍，跳入瀑布中，待睜開眼睛，抬頭看時，那裡邊卻沒有水，出現一座鐵板橋。橋下面有水，在石縫中間奔湧，形成瀑布奔流出去，遮住了橋門。那個石猴走上橋頭，再看眼前，真是個好地方：有窗，有室，有鍋灶，石座、石床、石盆、石碗更是應有盡有。

看了一會兒，跳過橋中間，左右觀看，只見正當中有一個石碣。碣上有一行楷書大字，鐫刻著：「花果山福地，水簾洞洞天」。石猴喜不自禁，趕忙往外走去，跳出水面，喊：「大造化！大造化！」眾猴把他圍住，問：「裡面怎麼樣？水有多深？」石猴回答：「沒水！沒水！原來是一座鐵板橋。橋那邊是一座天造地設的住處。」接著，石猴將看到

的場景說了一遍，又說：「裡面寬闊，我們都進去住，省得受老天的氣。」

眾猴聽了，個個歡喜，都說：「還是你先走，帶我們進去，進去！」石猴又往裡一跳，叫道：「都隨我進來！進來！」那些猴中有膽大的，都跳進去了；膽小的，一個個伸頭探腦，抓耳撓腮，大聲叫喊，過一會兒，也都進去了。跳過橋頭，一個個搶盆奪碗，占灶爭床，搬過來，移過去，快樂非常。隨後，眾猴一個個拜石猴為王，稱為「千歲大王」。從此，石猴登上王位，將「石」字兒去掉，被眾猴稱作美猴王。

美猴王率領眾猴在這裡盡情享樂，痛痛快快地過了三五百年。一天，與群猴共同大擺宴席，樂中生悲，一想到有生有死，便覺得十分煩惱。群猴中有個通背猿猴，厲聲高叫：「大王擔心死亡，想尋求長生不老，很有見識！如今這世上，只有三類人，不由閻王老子管。」猴王問：「你知道是哪三類人？」猿猴回答：「是佛、仙和神聖，能不生不滅，和天地山川一樣，永遠存在於這個世上。」猴王問：「他們居住在什麼地方？」猿猴回答：「他們只在飄浮世界中，古洞仙山內。」猴王聽說，滿心歡喜，說：「我明天就和你們告別，下山去雲遊海角，遠涉天涯，一定要找到這三類人，學一個不老長生術。」眾猴鼓掌，都說：「好！好！我們明天登山越嶺，採些果子，設宴送大王。」

宴會舉辦過後，第二天，美猴王早早起床，叫：「小的們，替我折些枯松，編作筏子，取個竹竿當篙子用，準備些果子，我要去了。」隨後，安排就緒，果然獨自登上筏

子，使力撐離岸邊，飄飄蕩蕩，向大海深處，乘風破浪，前往南贍部洲。自登木筏後，連日颳東南風，將他送到西北岸，正是南贍部洲地界。棄了筏子，跳上岸來，只見海邊有人捕魚、打雁、挖蛤、淘鹽。他走近前來，因面貌醜陋，嚇得那些人丟筐棄網，四散奔跑。猴王將其中一個跑不動的人抓住，脫了他的衣裳，穿在身上，搖搖擺擺，一路走去，經歷了許多地方，一心想求得佛仙神聖長生不老訣竅，尋覓長生不老的處方。在南贍部洲，串來串去，不知不覺過了八九年，一無所獲。

一天，來到西洋大海，他想，海外必有神仙，便自己做了一個筏子，又飄過西洋大海，來到西牛賀洲地界。登岸後，他到處尋訪，一天，來到一座高山，在山林中遇到一個一邊唱歌一邊舉斧砍柴的樵夫。猴王走過去，叫：「老神仙！弟子向你問好。」那個樵夫慌忙丟下斧子，轉過身來，回了一個禮，說：「我這一個窮漢，缺吃缺穿，怎麼能說是『神仙』？」猴子說：「我剛才來到樹林邊，聽你唱：『相逢處非仙即道，靜坐講《黃庭》。』《黃庭》是道德真言，你不是神仙是什麼？」樵夫笑了笑，說：「不瞞你說，這個詞叫做《滿庭芳》，是一個神仙教我的。那神仙和我是鄰居。他見我窮苦，日常時時煩惱，便叫我遇到煩惱時，把這詞兒念念。一是為了散散心，二是解解乏。」猴王便說：「請你指給我那個神仙的住處，我要去拜訪。」樵夫回答：「不遠，不遠。這座山叫做靈臺方寸山，山中有一個斜月三星洞。那洞中有一個神仙，人們都稱他菩提祖師。那祖師現在還有三、四十人跟他一起修行。你順著那條小路兒，向南行七、八里，就是他家了。」

猴王聽了便告別樵夫，出了深林，又過了一個山坡，約有七、八里遠，果然望見一座洞府。站住觀看，見崖頭立著一塊石碑，約有三丈多高、八尺多寬，上面有十個大字：「靈臺方寸山，斜月三星洞」。美猴王十分歡喜，看了很久，只是不敢前去敲門，乾脆跳到松枝上面，摘松子吃。

不一會兒，一個仙童走出了洞門，高叫：「什麼人在這裡騷擾？」猴王跳下樹來，上前鞠躬，說：「仙童，我是為了訪道學仙，並不敢在這裡騷擾。」仙童笑著說：「你是個訪道的嗎？」猴王回答：「是。」童子說：「我家師父，剛才下床，登壇講道，還沒有說原因，就叫我出來開門。說：『外面有個修行的來了，可去接待接待。』想必就是你了？」猴王笑了，說：「是我，是我。」

這猴王跟著仙童來到瑤臺下面。見菩提祖師正坐在臺上，美猴王一見，倒身下拜，磕頭不計其數，口中只說：「師父！師父！弟子我誠心參拜！誠心參拜！」祖師問：「你是哪裡人？說清楚再拜。」猴王回答：「弟子來自東勝神洲傲來國花果山水簾洞。」祖師又問：「你姓什麼？」猴王回答：「我無性。人們如果罵我，我也不生氣；如果打我，我也不發怒，一生無性。」祖師說：「不是這個性。你父母原來姓什麼？」猴王回答：「我也沒有父母。」祖師說：「沒有父母，想是樹上生的？」猴王回答：「我雖然不是樹上生的，卻是石頭裡長的。我只記得花果山上有一塊仙石，有一年石破，我便生出來了。」祖師聞言，暗自欣喜，說：「這麼說，你是天地生成的。你起來走走，讓我看看。」猴王起身，拐呀拐地走了兩遍。祖師笑著說：「你身軀雖然鄙陋，卻像個吃松果的猢猻。我給你取個姓，叫你姓『猻』。猻字去了獸旁，是個孫。你就姓『孫』吧。」猴王聽說，滿心歡喜，叩頭說：「好！好！好！今日有姓了。望師父再發慈悲！既然有姓，再賜個名字。」祖師說：「我門中有十二個字，分派起名到你是第十輩小徒。」猴王問：「哪十二個字？」祖師說：「是廣、大、智、慧、真、如、性、海、穎、悟、圓、覺十二字。排到你，正當『悟』字。給你起個法名叫作『孫悟空』好嗎？」猴王笑了，說：「好！好！好！就叫作孫悟空吧！」

美猴王有了姓名，祖師叫眾人領著悟空到二門外，找個地方，讓悟空安歇。第二天早上，孫悟空和眾位師兄開始跟著祖師學習言語禮貌，講經論道，習字焚香，每天都是這樣。閒暇時，掃地鋤園，養花修樹，尋柴燃火，挑水運漿。不覺在這裡度過了六、七年，有一天，祖師登上高壇，坐在上面，傳授道業。孫悟空聽著聽著，不禁高興得抓耳撓腮，眉開眼笑。祖師看見，叫孫悟空：「你在下面怎麼瘋瘋癲癲，不好好聽我講？」悟空回答：「弟子誠心聽講，聽到老師父講到精妙的地方，喜不自禁，望師父恕罪！」祖師說：「你既然能聽得懂道業，我問你，你到洞中有多長時間了？」悟空說：「弟子本來不

知待了多久，只記得常去山後打柴，山裡有好桃樹，我在那裡吃了七次飽桃了。」祖師說：「那山名叫爛桃山。你既然吃了七次，想來應當是七年了。你今天想跟我學哪門道？『道』字門中有三百六十旁門，不知你想學哪一門呢？」悟空說：「只求長生不老之道，弟子傾心聽從。其他道一概不學。」

祖師聞言，跳下高臺，手拿戒尺，指著悟空，說：「你這猢猻，那麼多道你都不肯學，想什麼呢？」又走上前來，在悟空頭上打了三下，倒背著手，走入裡面，將中門關了，撇下眾人自去了。嚇得眾人不知所措，都在那裡埋怨悟空。悟空賠著笑，並不生氣。原來那個猴王已明白了祖師離去的意思，所以忍耐不言語。祖師打他三下，是叫他夜裡三更時分留心；倒背著手，走入裡面，將中門關上，是叫他從後門進，單獨在祖師住處等他傳授長生不老之道。

這一天，悟空高高興興，總盼著早一點到晚上。等到天黑，裝模作樣地和眾人一同睡下，假裝闔眼，默默地算著時間，大約到了子時前後，就輕輕爬起來，穿了衣服，偷偷地打開前門，悄悄地離開眾人，來到後門，只見那門兒半開半掩。悟空大喜，心想：「老師父果然是為了給我傳道，所以開著門啊。」一側身，來到門裡，走到祖師床下。見祖師蜷縮著身子，朝裡面睡著。悟空不敢驚動，跪在床前。祖師過一會兒醒來，悟空叫：「師父，弟子在此跪候多時了。」祖師聞得聲音，披衣起床，盤腿坐著，喝道：「這猢猻！你不在前邊去睡，來我這後邊做什麼？」悟空回答：「師父昨天在高壇前對眾人說的話，是叫弟子三更時候，從後門進來，在這裡傳授我長生不老的道理，所以大著膽子，拜於祖師床下。」祖師聽說，十分歡喜，暗自尋思：「這猴子果然是天地生成的！不然的話，怎麼能打破我盤中的暗謎呢？」悟空說：「現在這裡只有弟子一人，還望師父大發慈悲，傳授我長生之道吧，我永遠不會忘記師父的大恩大德！」祖師說：「你今天有緣，我也願意說。你既然能知道我盤中的暗謎，便走過來，仔細聽著，我傳給你長生的精妙道理。」悟空叩頭，謝了師父，跪於床下。祖師說了口訣，悟空心裡一點就通，仔細記了口訣，拜謝了祖師的恩德。從此，天天獨自修煉道法。

過了三年，祖師登上寶座，向眾人講授道法。又把悟空叫過來，向他傳授了躲避三災之法、地煞數七十二般變化口訣。這猴王，一通百通，當時學習了口訣，自修自煉，將七十二般變化都學會了。

有一天，祖師和門下眾人在三星洞前觀賞夜色。祖師問：「悟空，事成了沒有？」悟空回答：「多蒙師父大恩，弟子功果已經完備，現在可以騰飛了。」祖師說：「你試試騰飛一下給我瞧瞧。」悟空於是將身子一聳，連連翻了幾個觔斗，往上一跳，離開地面有五、六丈，腳踏雲霞而去，只一頓飯功夫，一個來回，有三里遠近，落在面前，交叉著手說：「師父，這就是飛舉騰雲了。」祖師笑著說：「這還算不得騰雲，只算得爬雲。自古有言：『神仙朝遊北海暮蒼梧。』像你這麼半天，去的地方不到三里，連爬雲也還算不得呢！」悟空問：「怎麼為『朝遊北海暮蒼梧』？」祖師說：「凡會騰雲的，早晨起，從北海遊過東海、西海、南海，又轉到蒼梧，蒼梧就是北海零陵。將四海之內，一天都遊遍，才算得上騰雲。」悟空說：「這樣說來卻難！卻難！」祖師說：「世上無難事，只怕有心人。」悟空聽得這句話，叩頭禮拜，說：「師父，乾脆來個大慈悲，將這個騰雲的方法，也傳給我吧，弟子決不敢忘恩。」祖師說：「凡是神仙騰雲，都是踏足往上跳，你卻不是這樣。我剛才見你去，只靠翻著觔斗才跳得上去，我今天只就你這個架勢，傳你『觔斗雲』的方法吧。」悟空聽了，再次禮拜懇求，祖師便又傳個口訣，說：「這朵雲，念著口訣，念動真言，握緊拳頭，身子一抖，跳起來，一觔斗就有十萬八千里路呢！」傳授完後，師徒們各歸洞府。這一夜，悟空運起神煉法，學會了觔斗雲。

一天，春去夏來，眾人都在松樹下休息聊天。眾人說：「悟空，前幾天師父傳給你的躲三災變化的方法，可都學會了？」悟空笑著說：「不瞞各位兄長，都會了。」眾人說：「你表演表演，讓我們瞧瞧。」悟空便說：「眾位師兄請出個題目。要我變個什麼東西？」眾人齊說：「就變棵松樹吧。」悟空念著口訣，念動咒語，搖身一變，果然變作一棵松樹。眾人見了，鼓掌大笑。

究竟笑聲帶來了什麼結果，且聽下回分解。

第二回　鬧龍宮猴王尋寶　鬧地府老孫除名

話說眾人的笑聲驚動了祖師。祖師趕忙拿著手杖，出門來問：「是什麼人在這裡吵鬧？」眾人慌忙整理好衣服，走到祖師面前。悟空也現出了本來面目。眾人說：「不敢瞞師父，剛才孫悟空表演變化。叫他變松樹，果然是棵松樹，弟子們喝采，驚動尊師，還望恕罪。」祖師說：「你們去吧。」叫：「悟空，過來！我問你，變什麼松樹？這個功夫，怎麼能在眾人面前表演？」悟空叩頭，說：「還請師父寬恕弟子的錯誤！」祖師說：「我也不怪你，只是你離開這裡吧。」悟空聽到這句話，眼淚不由得流了出來，問：「師父讓我往哪裡去？」祖師說：「你從哪裡來，便上哪裡去。」悟空頓時明白過來，說：「我是從東勝神洲傲來國花果山水簾洞來的。」祖師說：「你快回去，保全你性命，若在這裡，一定不會饒恕你！」

悟空見師父說的話沒有餘地，只得拜辭了師父，並和眾人告別。念著口訣，連翻了幾個觔斗，使起觔斗雲，回到東海。不到半個時辰，早看見花果山水簾洞。

悟空按下雲頭，一直來到花果山。找路而行，忽然聽得猿猴痛哭的聲音，那哭聲十分傷感。悟空邊走邊喊：「孩兒們，我來了！」那些山崖下石坎邊、花草中、樹林裡，大大小小的猴子，跳出千千萬萬，把美猴王圍在當中，一齊叩頭，叫：「大王，你好寬心！怎麼一去這麼久？我們太想你了！近來，有一個妖魔在這裡強要佔我們水簾洞府，我們捨死忘生，和他爭鬥。妖魔搶了我們東西，捉走了我們許多孩子，我們晝夜都睡不著覺，在這裡死死地看守著家業。幸虧大王來了！」悟空聽了，大怒，說：「是什麼妖魔！你們慢慢說，我找他報仇去。」眾猴叩頭，說：「稟告大王，那個妖魔自稱混世魔王，住在北邊。」悟空說：「既然如此，你們不要怕，等我找他去！」

好一個猴王，將身一縱，跳起去，一路觔斗，一直往北，見一座高山，十分險峻。聽得有人說話，美猴王下山尋覓，發現在一個陡崖前，有個水洞。洞門外有幾個小妖正在跳舞，見了悟空扭頭就跑。悟空大喊：「不要跑！我是正南方花果山水簾洞洞主。你家什麼混世鳥魔，多次欺負我的兒孫！」

那個魔王聽得小妖來報，笑著說：「我經常聽那些猴精說他們有個大王，出家修行去了，想必是今天回來了。取我兵器來！」小妖取出，那魔王穿了護甲，把刀拿在手中，和眾妖出門，高聲叫：「誰是水簾洞洞主？」猴王大喝一聲，說：「你這個潑魔這麼眼瞎，怎麼看不見老孫！」魔王見了，笑著說：「你身子不滿四尺，手裡又沒兵器，怎麼敢大

膽猖狂，要尋我見什麼高低？」悟空罵道：「你這個潑魔，有眼無珠！你看我小，要大卻也不難。你看我沒有兵器，我兩隻手能搆著天邊月呢！來，來，吃老孫一拳！」跳上去，照臉就打。魔王伸手擋住，也使起拳來。魔王被悟空打了幾下，感覺疼了，便閃到一邊，拿起鋼刀，朝悟空劈頭就砍。悟空一退步，砍了一個空。悟空見他來勢兇猛，使出身外身法，從身上拔下一把毫毛，放在口中嚼碎，往空中噴去，叫一聲：「變！」竟變作二三百個小猴子，齊來助戰。

原來，這猴王自從得道以後，身上有八萬四千根羽毛，根根能變。這些小猴子，十分機靈，刀砍不著，槍刺不中。把魔王包圍，又抱又扯，悟空把他的刀奪下來，分開小猴，照魔王腦門只一下，砍為兩半。率領眾猴殺進洞中，將那些大小妖精都消滅了。然後把毫毛一抖，收上身來。收不上身來的，都是被魔王在水簾洞中抓去的小猴子，大約有三、五十個。猴王對眾猴說：「你們先閉上眼，我帶你們回花果山去。」念一聲咒語，駕一陣狂風，雲頭落下。叫：「孩兒們，睜眼。」眾猴腳落在地面上，睜眼一看，認得是家鄉，一個個歡喜異常，水簾洞裡的眾猴也一齊出來迎接，進入洞中，拜了猴王。

美猴王榮歸故里，自從消滅了混世魔王，奪了一口大刀，叫小猴做了竹槍木刀，每天帶領眾猴操演武藝。一天，忽然想起，便說：「我們在這裡，如果有人王，或者有禽王、獸王前來打鬥，竹槍木刀，怎麼好對付來敵？」正說著，走上來四個老猴，說：「大王，如果想找鋒利器械，我們這座山往東，二百里水面一過，看到陸地，就是傲來國都。那裡有城池，城池中有軍民無數，必有金銀銅鐵。」悟空聽說，滿心歡喜，說：「你們在這裡盡情地玩耍，我去一趟。」

猴王一連氣觔斗雲，瞬間過了二百里水面。果然看到一座城池。悟空心想：「這裡一定有現成的兵器，我使個神通，拿他幾件就是了。」他就念起口訣來，念動咒語，颳起一陣狂風，頓時飛沙走石。

一颳狂風，驚動了傲來國君王，滿城的人都慌忙關上門窗，沒有人敢在街上行走。悟空按下雲頭，闖入朝門裡。一直走到兵器館、武庫中，打開門扇一看，裡面有無數的器械，十八般兵器應有盡有。好一個猴王，從身上拔一把毫毛，放入口中嚼爛，念動咒語，叫聲：「變！」變作千百個小猴，紛紛搬動兵器，力氣大的拿上六、七件，力氣小的拿二、三件。猴王踏著雲頭，使用一個攝取法，調轉風向，帶領小猴，回到花果山。按落雲頭，收了雲霧，將身一抖，收了毫毛，把兵器亂堆在山前，叫：「孩兒們！都來領兵器！」眾猴一見滿地的兵器，歡呼不止。

第二天，悟空召集群猴，點了數，共有四萬七千多口。美猴王沾沾自喜，忽然對眾猴說：「你們現在弓弩兵器都有了，只是我手中的這口刀不稱心，怎麼才能換一換呢？」那四個老猴，走上前來，說：「大王神通廣大，我們這鐵板橋下，從水中直通東海龍宮。大王下

去，尋著老龍王，問他要件兵器，應當容易。」悟空歡喜：「好！我就去一趟。」猴王跳到橋頭，使了一個避水法，念著口訣，鑽入水波裡，分開水路，進入東洋海底。忽然見到一個巡海的夜叉，擋住猴王，問：「何處來的，是什麼神聖？說明白，好去通報迎接。」悟空回答：「我是花果山天生聖人孫悟空，是你老龍王的鄰居。」東海龍王敖廣得知，連忙起身，和龍子、龍孫、蝦兵、蟹將把猴王迎進宮裡，大家相見。悟空便說：「我出家修行，得到一個長生不老的身體。近來因為要守護山洞，缺少一件順手的兵器，所以特來求取一件。」龍王聽了，不好推辭，就叫取出一把大刀。悟空說：「老孫不會使刀，還望另外拿一件。」龍王又叫抬出一枝九股叉。悟空跳下來，接在手中，在手中揮舞了一番，放下，說：「輕！輕！輕！又不順手！還望另外再找一件。」龍王笑著說：「上仙，你好好看看，這叉有三千六百斤重呢！」悟空：「不順手！不順手！」龍王心中恐懼，又叫抬出一柄畫桿方天戟，那柄戟有七千二百斤重。悟空見了，跑近前去，接在手中，使了幾個花架子，插在中間，說：「還輕！輕！輕！」老龍王說：「上仙，我宮中只有這柄戟重，再沒有什麼兵器了。」悟空笑著說：「你再去找一找。應當有合適的兵器。」正說著，從後面閃出龍婆、龍女，上來說：「大王，觀看這個神聖，非是一般之輩。我們這海底，有一塊神珍鐵，這幾天霞光豔豔，瑞氣豔豔，是不是因為遇到這個神聖才會這樣？」龍王說：「那是大禹治水的時候，確定江海淺深的一個定子，是一塊神鐵，能有什麼用？」龍婆說：「不管他能不能用，

送給他，把他送出宮門就是了。」老龍王答應了。悟空便說：「拿出來給我瞧瞧。」龍王搖手說：「扛不動！扛不動！還請上仙親自去瞧方好。」悟空於是問：「在什麼地方？你帶我去。」龍王帶到海底中間，只見金光萬道。龍王指著那放光的地方，說：「這裡就是。」悟空把衣服撩起，走上前去，一摸，是根鐵柱子，大約有一斗來粗，二丈來長。他兩手一抓，說：「太粗太長了！短點細點才好用。」話音剛落，那寶貝就短了幾尺，細了一圈。悟空又用手掂一掂，說：「再細點更好！」那寶貝又細了幾分。悟空十分歡喜，拿出海底一看，這鐵柱子兩頭有兩個金箍，中間是一段烏鐵。緊挨著箍有刻成的一行字：「如意金箍棒，重一萬三千五百斤」。悟空心中暗喜，自語：「想必這個寶貝順心！」一邊走，一邊手掂著這個寶貝，說：「再短細點更妙！」拿到外面，已經只有丈二長短，碗口粗細了。

悟空將寶貝拿在手中，坐在水晶宮殿上。對龍王笑著說：「多謝賢鄰美意。」龍王說：「不敢，不敢。」悟空又說：「這塊鐵雖然好使，只是還有一件事相求，如果沒有這塊鐵，也就算了，現在手中拿著它，身上卻沒有合適的衣服，如何是好？你這裡如果有護甲，乾脆送我一件，一起謝了。」龍王手中卻是沒有，很是為難，想了想，便說：「上仙，等我看看弟弟有沒有。」悟空說：「你弟弟在哪裡？」龍王回答：「我弟弟是南海龍王敖欽、北海龍王敖順、西海龍王敖閏。我這裡有一面鐵鼓，一口金鐘，凡遇到緊急事務，擂得鼓響，撞得鐘鳴，弟弟們馬上就到。」悟空說：「既然是這樣，快點去

擂鼓撞鐘！」鐘鼓響過，果然驚動了三海龍王，不一會兒都到了，老龍王便向兄弟們說：「賢弟！今天有一個花果山什麼天生聖人，來認我做鄰居，從我這裡拿走了一塊天河定底的神珍鐵，說是當兵器使用，現在還坐在宮中，還要什麼護甲。我這裡沒有，所以請賢弟們來。你們如果有的話，送他一副，打發他出門去吧。」敖欽聽了，大怒，說：「我幾個兄弟，帶著兵士，去捉他！」老龍王說：「不要說捉拿！那塊鐵，誰挨著誰就會死！」西海龍王敖閏說：「二哥不要和他動手，好壞湊上一副護甲給他，打發他出了門，然後寫個投訴狀，報告上天，才是明智的選擇。」北海龍王敖順也說：「說得是。我這裡有一雙藕絲步雲履，拿出來給他。」西海龍王敖閏說：「我帶了一副鎖子黃金甲。」南海龍王敖欽說：「我有一頂鳳翅紫金冠。」老龍王聽了，大喜，引三海龍王來到水晶宮，和悟空見了面，把護甲送上。悟空將金冠、金甲、雲履穿上，揮動如意棒，一路走一路打出去。四海龍王十分不開心，便一起商量向上天申訴。

這猴王分開水道，回到鐵板橋頭，只見四個老猴率領著眾猴，都在橋邊等著。見到悟空跳出來，身上金燦燦的，走上橋來，嚇得眾猴一齊跪下，說：「大王，好漂亮！好漂亮！」悟空滿面春風，高登寶座，將鐵棒豎在當中。那些猴子不知輕重，都想來拿那個寶貝，卻像蜻蜓撼鐵樹一樣，哪裡能拿得動！一個個咬指伸舌，說：「爺爺呀！這麼重，虧你怎麼拿來的！」悟空走近，張開手，一把抓起，對眾猴笑著說：「物各有主。這寶貝鎮於海底中，也不知有幾千幾百年，龍王只認作是塊黑鐵，送給我了。那個時候，這件寶貝足足有二丈多長，被我抓它一把，心裡嫌大，它就少了許多；再叫小點，它又小了許多；再叫小點，它又小了許多。你們都站開，等我再叫它變一變。」說完，他將寶貝掂在手中，叫：「小！小！小！」馬上就小得像一根繡花針兒一般，可以塞在耳朵裡面藏下。眾猴大驚，叫：「大王！還是拿出來玩玩吧！」猴王從耳朵裡拿出來，托放在掌上，叫：「大！大！大！」於是又大到一斗粗細，二丈長短。他擺弄得開心，跳上橋，走出洞外，將寶貝攥在手中，使出一個神通，把腰一彎，叫聲：「長！」他的身子就有萬丈高，頭大如泰山，腰大如峻嶺；手中那根棒，上接三十三天，下挨著十八層地獄，把眾山中那些虎豹狼蟲、滿山怪物、七十二洞妖王，都嚇得連連磕頭，紛紛前來向猴王賀禮。

有一天，猴王在洞裡擺開宴席，自己吃得酩酊大醉，倚在鐵板橋邊的松樹下面睡著了。睡夢中見兩人手拿一張批文，上有「孫悟空」三個字：走過來，給他套上繩子，把魂靈兒拿了去，帶到一座城邊。猴王漸漸開始酒醒過來，抬頭一看，那城上掛有一個鐵牌，牌上有三個大字：「幽冥界」。美猴王明白過來，自言自語：「幽冥界是閻王住的地方，我為什麼會到這裡？」兩人說：「你今天死期已到，我兩人領批文，帶你前來。」猴王聽說，便講：「我老孫修道已成，不受你這裡管轄了，怎麼敢來拿我？」那兩個只管拉拉扯扯，非得拖他進去不可。猴王大怒，從耳朵中拿出寶貝，晃一晃，碗來粗細，舉起手來，把兩人打成了肉醬一般。自己卻解開繩索，扔到一邊，打入城中。那十代冥王得知，慌忙出來，只見猴王相貌兇惡，就一齊高叫：「上仙留名！上仙留名！」猴王說：「你們既然不認得我，怎麼叫人來拿我？」十王回答：「不敢！不敢！想必是拿錯人了。」猴王說：「我本是花果山水簾洞天生聖人孫悟空。你們是誰？」十代冥王鞠躬，回答：「我們是陰間天子十代冥王。分別叫做秦廣王、初江王、宋帝王、忤官王、閻羅王、平等王、泰山王、都市王、卞城王、轉輪王。」悟空問：「你們既然是王，為什麼不知好歹？我老孫修仙得了道，與天同壽，為什麼叫人拿我？」十王說：「上仙息怒。普天之下同名同姓的很多，可能是錯拿了吧？」悟空說：「你們快取生死簿子來，給我查看！」

悟空握著如意棒，登上森羅殿，在那正中間南面坐下。十王叫掌案的判官取出文簿來查看。悟空親自檢閱，查到孫悟空名字，原是天產石猴，壽命三百四十二歲，善終。悟空說：「我也不記得活了多久，只管把名字去掉就是了！取枝筆來！」那個判官慌忙拿過一枝筆，悟空接過簿子，把其中凡是帶有名字的猴類，一律勾掉了。扔下簿子，說：「好了！好了！以後再也不歸你們管了！」說完，一路走，一路揮舞著鐵棒，打出了幽冥界。那十王不敢挨近，一同來到翠雲宮，參拜地藏王菩薩，商量向上天申訴。

猴王打出城中，忽然絆在一個草疙瘩上，跌了一跤，猛然醒來，原來是南柯一夢。

究竟四海龍王、幽冥界十代冥王如何到玉帝前告狀，且聽下回分解。

第三回　弼馬溫打理御馬監　美猴王入駐齊天府

卻說玉皇大帝，有一天，來到靈霄寶殿，聚集文武仙卿，正議朝事。只見東海龍王敖廣、冥司秦廣王送上狀子，告猴王的狀。玉皇看過狀紙，傳下旨意：「叫龍王、冥君先回去，朕馬上就派大將前去擒拿。」

大天尊問眾位文武仙卿，說：「可派哪一路神將下界收伏這個猴子？」話音未落，閃出太白長庚星，俯首啟奏：「這個猴子今天已經修成仙道，只須降下一道招安聖旨，把他宣來上界，授他一個官職，看管在這裡，不必勞師動眾。」玉帝聽了，心中很高興，就說：「就照卿所奏的去辦。」

金星領了聖旨，走出南天門，按下祥雲，來到花果山水簾洞。美猴王聽金星說了這件事，大喜，說：「我這幾天，正想去上天走一走，今天就有天使來請，好事！好事！」叫：「孩兒們！好好看家。等我上天去看看，好帶你們上去一同居住。」

太白金星和美猴王，一齊駕雲而起。初次登上上界，如入天堂。這天上有三十三座天宮，包括遣雲宮、毗沙宮、五明宮、太陽宮、花蘂宮；又有七十二重寶殿，是那朝會殿、凌虛殿、寶光殿、天王殿、靈官殿。

太白金星領著美猴王，不等宣詔，來到玉帝面前，朝上面禮拜。悟空站在一邊，並不禮拜。金星奏告玉帝：「臣領聖旨，已經宣召妖仙到了。」玉帝垂簾問：「誰是妖仙？」悟空才鞠了一躬，回答：「老孫便是！」玉帝傳下旨意，說：「這個孫悟空是下界妖仙，不知道上界的規矩，不參禮，不予計較。」眾仙卿叫了一聲：「謝恩！」猴王就朝著玉帝作了個揖。玉帝便命各位仙卿，查看何處有空缺的官職，以便安排孫悟空去擔任。武曲星君向前啟奏，說：「天宮裡各宮各殿，各方各處，都有人負責，只有御馬監裡缺一個正堂管事。」玉帝傳下旨意，說：「就安排他去做『弼馬溫』吧。」

猴王歡歡喜喜前去上任。召集御馬監裡的監丞、監副、典簿、力士，大小官員開會，問清楚了需要做的事情，原來是要照料上千匹的天馬。

弼馬溫盡心盡力，晝夜不睡，照料馬匹。那些天馬被養得更加肉膘肥滿。過了半月，一天，大家休息時，眾位監官擺下酒席，給猴王接風賀喜。正在暢飲時，猴王忽然放下手中的酒杯，問：「我這個『弼馬溫』是個什麼官？」眾位便說：「這個官兒，最低最小。」猴王聽說，不覺心頭火起，咬牙大怒，說：「竟敢這麼藐視老孫！老孫在花果山稱王稱祖，怎麼哄我來這裡替他養馬？不做了！不做了！我走了！」說完，把桌子推倒，從

耳中取出寶貝，晃一晃，碗來粗細，一直打出御馬監，來到南天門。眾天丁知道他是弼馬溫，不敢阻擋，由他打出天門去了。

不一會兒，按落雲頭，回至花果山上。只見眾位猴子和各洞妖王，還在那裡操演武藝。猴王厲聲高叫：「孩兒們！老孫來了！」一群猴子見了，都來叩頭，迎接猴王進入洞中，齊說：「恭喜大王，到上界去了十多年，想必是春風得意？」猴王說：「我才去半月，哪裡有十多年？」眾猴說：「大王，天上一日，就是下界一年呢。請問大王，官居什麼職務？」猴王搖手，說：「不好意思說！不好意思說！這個玉帝不會用人，他見老孫這個模樣，封我做個什麼『弼馬溫』，原來是給他養馬。我剛上任時不清楚，今天問起來，才知是這樣卑賤。」眾猴說：「回來得好！回來得好！大王在這裡為王，有多快樂！怎麼能去給他做馬伕？」

眾猴擺下宴席，和猴王一同飲酒歡會，有小猴前來報告：「大王，門外有一個獨角鬼王，要見大王。」猴王說：「讓他進來。」那個鬼王跑入洞中，倒在地上就拜。美猴王問：「你見我有什麼事情？」鬼王說：「早就聽說大王招賢，一直沒機會相見；今天見大王得意榮歸，特前來獻上赭黃袍一件，如果肯收納小人，願為大王效犬馬之力。」猴王聽了，大喜，將赭黃袍穿起，當時就把鬼王封為前部總督先鋒。鬼王謝了恩，又問：「大王在上天待了這麼久，是個什麼官兒？」猴王說：「玉帝輕賢，封我做個什麼『弼馬溫』！」鬼王聽到，又說：「大王神通廣大，就是做一個『齊天大聖』，有什麼不可以？」猴王聽說，歡喜不禁，連聲說了幾個「好」字，並叫眾猴：「快替我準備一個旗子，旗上寫『齊天大聖』四個大字，找個竿子掛在洞外。」

卻說玉帝第二天設朝，見張天師帶著御馬監監丞、監副在台階下拜奏：「萬歲，新任弼馬溫孫悟空，因為嫌官職小，昨天離開天宮去了。」玉帝聽奏，傳下旨意：「讓天兵前去擒拿這個妖怪。」臺階下面，走出托塔李天王和哪吒三太子，奏說：「萬歲，微臣請旨前去降住這個妖怪。」玉帝大喜，當時就封托塔天王李靖為降魔大元帥，哪吒三太子為三壇海會大神，立即興師下界。

李天王和哪吒叩頭謝了恩，點起三軍，率領眾位頭目，叫巨靈神擔任先鋒，魚肚將護衛，藥叉將督促三軍前行。出了南天門，來到花果山。安下了營寨，派巨靈神前去挑戰。巨靈神得到命令，掄著宣花斧，到了水簾洞外。猴王聽到報告，戴上紫金冠，穿上黃金甲，腳蹬步雲靴，手握如意金箍棒，率領眾猴出門，擺開陣勢。

巨靈神厲聲高叫：「大膽潑猴！我是托塔李天王部下先鋒巨靈天將！今天奉著玉帝聖旨，到這裡收伏你。你快快放下武器，歸順天恩，膽敢說半個『不』字，馬上叫你化為齏粉！」猴王聽了，大怒：「這個潑毛神，休在這裡逞能，我現在給你一條活路，好替我前去報信；你快回去對玉皇說：他不會用人！老孫有天大的本事，為什麼只叫我替他養馬？

你好好看一看我這旗子上的字號，如果照這個字號封我，我就不動武，如果不依，就打上靈霄寶殿，叫玉帝坐不成龍床！」巨靈神果然看見門外豎著一個高高的竿子，竿上有旗一面，旗上大大地寫著：「齊天大聖」。巨靈神冷笑三聲，說：「這個潑猴，不知天高地厚，先吃我一斧！」劈頭就朝猴王砍來。猴王用金箍棒迎了上來，兩個鬥了幾個回合，巨靈神打不過，被猴王劈頭一棒打來，慌忙用斧子一隔，「喀嚓」一聲，斧柄被打作兩截，只好回身逃跑。猴王呵呵大笑：「膿包！膿包！我饒了你，你快去報信！快去報信！」

巨靈神回到營門，見托塔天王，說起弼馬溫神通廣大。旁邊站立的哪吒太子忍不住氣，拜告托塔天王：「父王先饒了巨靈，讓孩兒出戰，看看這猴子有多大本事。」天王同意。

哪吒太子跳出營盤，一頭撞到水簾洞外。悟空見哪吒來勢洶洶，迎過去，問：「你是誰家小哥？闖過來有事嗎？」哪吒大喝一聲，說：「潑妖猴！我是托塔天王三太子哪吒。今天奉著玉帝欽旨，前來捉你歸案。」悟空笑著說：「小太子，你的乳牙還沒退，胎毛沒乾，怎麼敢在這裡說這樣的大話？」哪吒說：「這個妖猴，先吃我一劍！」悟空說：「我就站在這裡不動，任你砍上幾劍吧。」哪吒憤怒，叫聲：「變！」即變做三頭六臂，手持著六樣兵器：斬妖劍、砍妖刀、縛妖索、降妖杵、繡球兒、火輪兒，照著猴王撲面打來。悟空見了，心中也吃了一驚：「這小哥倒也有些本事！好吧，你也看看我的能耐！」好個大聖，喝聲：「變！」也變作三頭六臂，把金箍棒晃一晃，變作三條，六隻手拿著三條棒迎了上來。真是一場好鬥！三十回合後，那太子的六樣兵器，變作千千萬萬；孫悟空的金箍棒，變作萬萬千千，彼此不分勝負。最終還是悟空手疾眼快，趁混亂時，從身上拔下一根毫毛，叫聲：「變！」就變作他的樣子，手裡拿著棒，纏住哪吒；他卻一跳，來到哪吒腦後，向左胳膊上一棒打來。哪吒聽得身後棒子帶風打下來，躲閃時，被打了一下，收了法，把六件兵器拿回到身來，敗陣而回。

李天王早已看見這一切，太子來到面前，戰戰兢兢，報告：「父王！弼馬溫確實有本事！孩兒這樣的法力，也打不過他。」天王大驚失色，說：「既然是這樣，先不要和他對抗，回到上界，多派天兵，再來圍捉這個妖猴。」

卻說李天王和三太子領著眾將，來到靈霄殿，啟奏萬歲，請求添加天兵。玉帝驚訝：「這個妖猴這麼狂妄啊！」正在議論時，下面又閃出太白金星，奏說：「那個妖猴不懂規矩，一時也難以用兵收伏，不如請萬歲大發恩慈，再降一道招安旨意，就叫他做個齊天大聖。給他一個虛名。」玉帝想了想，便說：「准奏。」仍叫金星拿著詔書前去招安。

金星出了南天門，又一次來到花果山水簾洞。大聖走出洞門，向金星行了禮，金星跟著大聖走進洞內，面南站著，說：「大聖，你要做『齊天大聖』，老漢特意為大聖向玉帝奏聞，請大王照准。玉帝已經批准，特來請大聖前去赴任。」悟空笑了，說：「前後兩次

都蒙金星關照，多謝！多謝！」

悟空就和金星駕著祥雲，來到南天門，進入靈霄殿，面見玉帝。玉帝說：「孫悟空過來。今天封你做一個『齊天大聖』，官位可高了，只是你不能胡來。」這猴子也道了一聲謝恩。玉帝就讓人在蟠桃園右邊，建造一座齊天大聖府，府內還設立了二司：安靜司和寧神司。司中都有仙吏伺候。同時，賜給御酒二瓶，金花十朵，叫猴子好好待在這裡。猴王到了府中，打開酒瓶，請眾位一同暢飲御酒。此時，才感覺稱心如意。

齊天大聖在齊天府內，自由自在。有空時就到處交友，四處遊玩。見到三清，稱一個「老」字；逢著四帝，道一個「陛下」。和那些九曜星、五方將、二十八宿、四大天王、十二元辰、五方五老、普天星相、河漢群神，都以弟兄相待，彼此稱呼。

有一天，玉帝設早朝，下面閃出許旌陽真人，啟奏：「齊天大聖平時沒事到處遊逛，恐怕今後閒中惹事，不如給他安排一件事做。」玉帝准奏，就派大聖前去管理蟠桃園。

大聖歡喜謝恩，來到蟠桃園。園中土地、鋤樹力士、運水力士、修桃力士、打掃力士都前來見大聖，帶他進了園裡。大聖在園中看了看，問土地：「這裡的樹有多少棵？」土地回答：「有三千六百棵：前面有一千二百棵，蟠桃三千年一熟，人吃了能成仙成道，體健身輕。中間有一千二百棵，六千年一熟，人吃了會霞舉飛昇，長生不老。後面有一千二百株，九千年一熟，人吃了能和天地齊壽。」大聖聽了，當天就查了數目，回到府中。以後，三五日就來園中看一看，於是不再四處交友，四處遊玩。

一天，大聖見到那些老樹枝頭，桃子已經熟了大半，他一心想嘗嘗鮮，只是有土地、力士和齊天府仙吏跟隨在身邊。他便說：「你們先出門外伺候，讓我在這園中的亭子裡休息一會兒。」那些眾仙果然聽話，離開了。於是，猴王爬上大樹，揀著那些熟透的大桃，摘了下來，就坐在樹枝上享用。吃飽了，回到府中。過了二三日，又前去設法偷桃，盡情享用。

一天，王母娘娘為了開設「蟠桃勝會」，叫七衣仙女每人頭頂花籃，前去蟠桃園採摘桃子。七衣仙女來到園裡時，只遇到蟠桃園土地、力士同齊天府二司仙吏。聽說有個齊天大聖在這裡管理，只是未能見面。原來大聖在園中吃了幾個桃子，正變作一個二寸長的人兒，躺在一棵大樹上的濃葉上睡著了。七衣仙女等不及見大聖，徵得仙吏們的同意，進入樹林，在樹下採摘桃子。先在前面的樹上摘了二籃桃，又在中間的樹上摘了三籃桃；欲到後面的樹上摘桃子時，只見那些樹上花果稀疏，只有幾個帶青皮的掛在上面。原來熟的桃子早被猴王吃了。七仙女四處張望，只見南邊一棵大樹的一個枝上，掛著一個半紅半白的桃子。青衣女上前用手扯下枝來，紅衣女摘了桃，卻將枝子往上一放。原來那大聖正睡在這枝上的葉子中，一下子被驚醒。大聖現出原身，耳朵內拿出金箍棒，晃一晃，碗來粗細，說：「你們是何處來的怪物？如此大膽，敢到這裡偷摘我桃！」慌得七仙女一齊

跪下，說：「請大聖息怒。我們不是妖怪，是王母娘娘派來的七衣仙女，摘取仙桃，好準備開『蟠桃勝會』。」大聖聽了，由怒轉喜，說：「各位仙娥請起。王母設宴，請的是誰？」仙女回答：「請的是西天佛老、菩薩、羅漢，南方南極觀音，東方崇恩聖帝，十洲三島仙翁，北方北極玄靈，中央黃極黃角大仙，有五方五老。還有五斗星君，上八洞三清、四帝、太乙天仙等，中八洞玉皇、九壘、海岳神仙，下八洞幽冥教主、住世地仙。各宮各殿中的大小尊神，都將一齊赴蟠桃嘉會。」大聖笑著說：「請我了嗎？」仙女說：「沒聽說。」大聖說：「我是齊天大聖，就請我老孫做一個尊席，有什麼不可以？」

大聖拈著訣，念聲咒語，對眾仙女說：「住！住！住！」原來使出了一個定身法，把那七衣仙女一個個定在桃樹下面。大聖駕起一朵祥雲，跳出園內，奔向瑤池路上去。半路上，遇到赤腳大羅仙，前來趕赴蟠桃勝會。大聖心生一計，便上前問：「老道幹什麼去啊？」大仙回答：「受王母召喚，前去參加蟠桃嘉會。」大聖說：「老道你不清楚，玉帝因為老孫觔斗雲快，特意叫老孫五路邀請列位，先到通明殿下演禮，然後再去赴宴。」大仙是個光明正大的人，信以為真，便說：「往年只在瑤池演禮謝恩，怎麼改去通明殿演禮了？好吧，我去就是了。」無奈，只得調轉祥雲，前往通明殿。

究竟後來大聖怎麼攪了蟠桃勝會，且聽下回分解。

第四回 神通廣大巧戰哪吒 施展變化智鬥二郎

話說大聖駕著雲，念聲咒語，搖身一變，變作赤腳大仙模樣，奔向瑤池。沒多長時間，來到寶閣，按住雲頭，輕輕走了進去。只見桌上各種珍饈美味，應有盡有。只是還沒有一位仙人前來。突然，大聖聞得一陣酒香，四處張望，看見右側長廊下面，有幾個造酒的仙官、力士，領著幾個運水的道人、燒火的童子在那裡洗缸刷甕，已經造好了玉液瓊漿。大聖忍不住就要去喝那個酒，想了想，把身上的毫毛拔下幾根，放入口中嚼碎，吐了出去，念聲咒語，叫：「變！」即變作幾個瞌睡蟲，落在眾人臉上。眼看著這夥人倒在地下睡著了。大聖乘機拿了百味珍饈，佳肴異果，走進長廊裡面，就著酒缸，痛痛快快地吃喝了一通，不覺便有些醉意了，心想：「不妙！不妙！再過一會兒，請的客來了，還不怪我？不如早早回府中睡覺去。」

好個大聖，搖搖擺擺往回走，卻走錯了路，來到兜率天宮。突然反應過來：「兜率宮是離恨天太上老君住的地方——也好！也好！早就想來看望老君，卻找不到時間，今天看望他一下也好。」走進去，沒見到老君的身影。原來老君正和燃燈古佛在三層高閣朱陵丹臺上講道。這大聖到了丹房，見丹灶旁邊的爐中有火。爐的四周放著五個葫蘆，葫蘆裡都是已經煉好的金丹。大聖大喜，心想：「這可是仙家的寶貝，今天有緣，趁老君不在，我就吃他幾丸嘗嘗鮮。」他把葫蘆中的金丹倒出來，如同吃炒豆一樣，都吃了。吃完一想：「不好！不好！闖下大禍了，要是驚動了玉帝，恐怕性命難保。走！走！走！不如到下界繼續當王去！」說完，就回花果山去了。

到了花果山，眾猴見了大王，大喜過望，擺酒接風。大聖喝了一口酒，便說：「不好喝！不好喝！我今天早上在瑤池時，那長廊下面，有許多瓶罐，都是玉液瓊漿。你們都沒有吃過，等我再去偷他幾瓶回來，你們每個人飲它半杯，保你們一個個長生不老。」眾猴歡喜不禁。大聖當時就出了洞門，又翻了一路觔斗，使了一個隱身法，來到蟠桃會上，進了瑤池宮闕，只見那幾個造酒、運水、燒火的，還酣睡未醒。他兩臂下各夾了一個大的酒甕，兩隻手提了兩個，調轉雲頭回來，就和眾猴在洞中做了一個「仙酒會」，各自飲了幾杯，快樂不提。

卻說七衣仙女自從受了大聖的定身法術，整整一天時間，才解脫身子。各自提著花籃，回奏王母，王母得知，去向玉帝告狀。還沒把話講完，又見造酒的上前來奏：「不知道是什麼人，攪亂了『蟠桃大會』，偷吃了玉液瓊漿，其中的八珍百味，也都被偷吃

了。」又有四個大天師來奏：「太上道祖來了。」玉帝和王母出來迎接。老君說：「老道宮中，煉了些『九轉金丹』，準備為陛下做『丹元大會』，不想被賊偷去，特來告訴陛下知道。」又過了一會兒，有齊天府仙吏叩頭報告：「孫大聖不守本分，自從昨天出遊，至今未回，更不知去向。」玉帝生疑。只見赤腳大仙又前來上奏：「臣蒙王母詔命昨天赴會，路上偶然遇見齊天大聖，告訴臣說萬歲有旨，叫先去通明殿演禮。臣到了通明殿，不見萬歲，所以又急急來到這裡。」玉帝聽了，十分惱怒。立即叫四大天王，幫助李天王和哪吒太子，並命二十八宿、九曜星官、十二元辰、五方揭諦、四值功曹、東西星斗、南北二神、五嶽四瀆、普天星相，一共有十萬天兵，布下一十八架天羅地網，到花果山，一定要活捉這個妖猴，前來治罪。

當時李天王傳了令，讓眾天兵紮了營，把花果山圍得水洩不通。上下布了十八架天羅地網，先派九曜星官出戰。九曜星官來到洞外，大聖正和七十二洞妖王共飲仙酒，一個小妖跳進洞中，說：「爺爺，有九個凶神，在門前叫罵呢！」話音未落，又有一個小妖來報告：「爺爺！那九個凶神把門打破了，殺進來了！」大聖大怒，便命令獨角鬼王，率領七十二洞妖王出戰，老孫隨後跟來。鬼王率領妖兵出門迎敵，遇到九曜惡星，卻是殺不出去。正在叫嚷，大聖來到了。叫一聲：「開路！」拿著鐵棒，晃一晃，碗來粗細，丈二長短，向前便打。九曜星頓時被打退，一個個敗陣而走。李天王又調四大天王與二十八宿，一同來戰。大聖無所畏懼，調出獨角鬼王、七十二洞妖王，在洞門外擺列成陣勢。真是一場大混戰！一直殺到日落西山。最終，獨角鬼王和七十二洞妖怪，都被眾天神捉拿去了，唯獨沒有捉拿到一隻猴子，只因眾猴都藏在水簾洞底。這大聖一條棒，頂住了四大天神和哪吒太子的攻擊，見天快黑了，就從身上扯下毫毛一把，放在口中，嚼了嚼，叫聲：「變！」就變了千百個大聖，都使金箍棒，一擁而上，打退了哪吒太子和四個天王。

先不提天神圍住花果山，大聖天晚罷戰休息。且說南海普陀落伽山觀世音菩薩，和大徒弟惠岸行者前去參加王母娘娘蟠桃大會，和眾仙相見，得知猴王在這裡闖禍。菩薩和眾仙前去見了玉帝，又和老君、王母相見，便問：「蟠桃勝會怎麼樣了？」玉帝說：「每年勝會，大家都是高高興興，今年被這個妖猴攪了，朕心裡十分煩惱，已經調了十萬天兵，一天不見回報，不知得勝沒有。」

菩薩聽了，叫惠岸行者：「你快去花果山，打探軍情。需要時可以相助，然後回來報告。」惠岸行者拿著一條鐵棍，來到山前。只見天羅地網，將花果山緊緊圍住。惠岸站住，叫：「把營門的天丁，麻煩你前去傳報。我是李天王二太子木叉，南海觀音大徒弟惠岸，特來打探軍情。」這時候，正好天亮。惠岸進入，李天王問：「孩兒，你自哪裡來？」惠岸回答：「愚男隨菩薩赴蟠桃會，玉帝說起父王等人下界收伏妖猴，一日不見回報，菩薩因此叫愚男到這裡打聽戰況如何。」李天王正待說話，只見轅門外有個天兵

報告：「那個大聖率領著一群猴精，在外面叫喊。」木叉便說：「父王，愚男蒙受菩薩吩咐，下來探聽消息，菩薩說了，如果開戰，可以助上一臂之力。我現在就去會一會這個什麼大聖！」天王答應了。

二太子雙手掄著鐵棍，跳出轅門，高叫：「誰是齊天大聖？」大聖掄棒打來，木叉全然不懼。他們兩個在那半山中，轅門外，大戰五六十合，惠岸最終手臂痠麻，敗陣而走。大聖也不來追趕。李天王見了，無計可施，便叫大力鬼王和木叉太子上天啟奏戰況。

二人來到通明殿下面，見了四大天師，被引進到靈霄寶殿，遞上表章。惠岸見到菩薩，如實把發生的事情說了，菩薩低頭思索。

玉帝拆開表章，見有求助的話，笑著說：「這個猴精能有多大手段，能敵過十萬天兵！」話沒說完，觀音合掌啟奏：「陛下放心，貧僧推薦一位神仙，可以擒獲這個猴子。」玉帝問：「推薦哪位神仙？」菩薩回答：「就是陛下的外甥顯聖二郎真君，現在居住在灌洲灌江口，正享受下方香火，神通廣大。陛下可以降一道調兵旨意，叫他幫助。」玉帝聽了，就派大力鬼王前去調兵。

這真君得到調兵旨意，叫來梅山六兄弟以及康、張、姚、李四名太尉，郭申、直健二位將軍，又出動本部神兵，過了東洋大海，來到花果山。見了四大天王和李天王，說：「小聖來這裡，必須和他鬥個變化，各位列公布下天羅地網，不要封住頂上，只可將四

周圍住，我去和他鬥。不須幫忙，只請托塔天王拿個照妖鏡，幫助我照著他，不要讓他逃走。」

真君率領著四名太尉、二位將軍，連著自家的七兄弟，出了大營，前來挑戰。那猴王拿著金箍棒，見到真君，笑嘻嘻的，把金箍棒舉起，高叫：「你是哪裡來的小將，敢到這裡挑戰？」真君聽了，大怒：「潑猴！休得無禮！先吃我一刀！」大聖一側身躲過刀鋒，舉起金箍棒打來。真君和大聖鬥了三百多個回合，真君抖擻神威，搖身一變，變得身高萬丈，兩隻手舉著三尖兩刃神鋒，就像是華山頂峰，照著大聖的頭就砍。這大聖也使了神通，變得和二郎身軀一樣大，舉著一條如意金箍棒，就像崑崙頂上的擎天柱。這裡正在打鬥，康、張、姚、李、郭申、直健，傳下號令，向著水簾洞外，放出鷹犬，搭弩張弓，一齊掩殺。

卻說真君正和大聖相鬥時，大聖忽然見自家的妖猴驚散，一時亂了陣腳，收了法，不敢戀戰，趕回洞口，正撞著康、張、姚、李四名太尉，郭申、直健二位將軍，大聖就把金箍棒捏做繡花針，藏在耳內，搖身一變，變成麻雀，飛到樹上。那六個兄弟，前後尋找不見，一齊吆喝：「這猴精跑了！這猴精跑了！」

正嚷著，真君到了，問：「兄弟們，在哪裡不見的？」眾神回答：「剛才在這裡圍住，就不見了。」二郎睜開鳳眼看去，見大聖變成了麻雀兒，正在樹上，就收了法象，卸下彈弓，搖身一變，變作一隻雀鷹，一抖雙翅，飛去撲打。大聖見了，變做一隻大鷲老，沖天而去。二郎見了，急抖翎毛，搖身一變，變作一隻大海鶴，鑽上雲霄來銜。大聖又將身按下，入澗水中，變作一個魚兒。二郎趕到澗邊，不見大聖蹤跡。心中暗想：「這猢猻必然下水去了。一定變作魚蝦之類。等我再變一變好拿他。」二郎變作一隻魚鷹，飄蕩在水波上。等了一會兒，大聖變魚兒，正順水游著，忽然見到一隻飛禽正順流而飛：「想是二郎變化了等我呢！……」急轉頭，打個水花就走。二郎看見，心想：「打花的魚兒，怎麼見了我就回去了？必然是這個猴子變的。」趕上來，上去啄一口。大聖就跳出水面，又變作一條水蛇，游到岸邊，鑽入草中。二郎因為銜他不著，見一條蛇竄了出去，認得是大聖，急轉身，又變了一隻灰鶴，伸著一個長嘴，好像一把尖頭鐵鉗子，直接來吃這條水蛇。水蛇跳一跳，又變作一隻花鴇。二郎便現出原身，走過去，取過彈弓，一彈子打去。

大聖趁這機會，滾下山崖，又變成一座土地廟：大張著嘴，像個廟門；牙齒變做門扇，舌頭變作菩薩，眼睛變作窗戶。只有尾巴不好收拾，豎在後面，變作一根旗竿。真君趕到崖下，不見打倒的花鴇，只有一間小廟，急睜鳳眼，見旗竿立在後面，笑了，說：「是這猢猻了！又在哄我。我也曾見廟宇，從來沒見過有一個旗竿豎在後面的。一定是這畜生弄的！他若哄我進去，便一口咬住。我怎麼能進去？等我用拳頭先去搗窗戶，然後踢門扇！」大聖一聽，心驚膽顫，心想：「好狠啊！門扇是我牙齒，窗戶是我眼睛；若打了牙，搗了眼，卻怎麼是好？」於是，一個虎跳，又消失在空中。

真君到處亂趕，又見四名太尉、二位將軍一齊趕來。真君說：「兄弟們先在這裡巡邏，等我上去找他。」說完，駕起雲，站在半空。見李天王正高舉照妖鏡，和哪吒一起站在雲端，真君問：「天王，見到猴王了嗎？」李天王又把照妖鏡四方一照，呵呵地笑，說：「真君，快去！快去！那猴子使了一個隱身法，往你那灌江口去了。」二郎聽說，往灌江口趕去。

卻說那大聖到灌江口，搖身一變，變作二郎爺爺的模樣，按下雲頭，來到廟裡。正坐在廟裡自在逍遙時，真君便進了廟門。大聖見了，現出本來面目，說：「郎君不必叫嚷，廟宇已姓孫了。」這真君手舉三尖兩刃神鋒，劈臉就砍。那猴王使了一個分身法，避過神鋒，拿出那個繡花針兒，晃一晃，碗來粗細，兩個打出廟門，一直打到花果山，這邊，康、張太尉等迎著真君，齊心合力把美猴王圍在中間。

玉帝和觀音菩薩、王母以及眾位仙卿，正在靈霄殿等候消息。玉帝說：「二郎已經前去快一天了，怎麼還不見回報？」觀音合掌，說：「貧僧請陛下和道祖一同出南天門，親自去看看虛實好不好？」玉帝說：「言之有理。」於是和道祖、觀音、王母以及眾位仙卿來到南天門。早有眾天丁、力士迎接著，開門遠遠望去，只見眾天丁布下羅網，李天王和哪吒，舉著照妖鏡，立在空中，真君把大聖圍在中間，正在鬥著。菩薩對老君說：「貧僧所推薦的二郎神怎麼樣？果然有神通，已經把那個大聖圍困，只是沒能擒拿。我現在幫助他一下，一定拿住他了。」老君問：「菩薩用什麼兵器？怎能助他？」菩薩回答：「我將淨瓶楊柳拋下去，打猴子的頭；即使不能打死，也會把他打倒，好讓二郎小聖前去拿他。」老君說：「你這瓶是個瓷器，打著他還好；如果打不著他的頭，或者撞著他的鐵棒，卻不打碎了？你先不要動手，等我幫助他一下吧。」菩薩問：「你有什麼兵器？」老君回答：「有、有、有。」捋起衣袖，從左胳膊上取下一個圈子，說：「這件兵器，是錕鋼煉的，善能變化，水火不侵，又能套各種東西。名叫『金鋼琢』，又叫『金鋼套』。等我扔下去打他一下。」

說完這話，自天門上往下一扔，滴溜溜，一直落到花果山營盤裡，正好打在猴王頭上。猴王只顧苦戰七聖，卻不知天上墜下這個兵器，被打中了天靈蓋，站不穩腳，摔了一跤，爬起來就跑。二郎的狗趕上，往他腿上咬了一口，又摔在地上。還沒容得爬起來，被七聖一擁按住，即用繩索捆綁，用勾刀穿了琵琶骨，活活捉了去了。

老君收了金鋼琢，請玉帝同觀音、王母、眾仙等都回靈霄殿。不久，天師啟奏：「四大天王等眾捉了妖猴齊天大聖了，已經前來。」玉帝傳下聖旨，命令大力鬼王和天丁，押猴王到斬妖臺，碎剁其屍。

究竟猴王性命能否保住，且聽下回分解。

第五回　八卦爐中逃大聖　五行山下定心猿

話說齊天大聖被天兵押到斬妖臺下，綁在降妖柱上，刀砍斧剁，槍刺劍擊，都不能損傷大聖的身體。南斗星叫火部眾神，放火燒他，也沒有效果。又叫雷部眾神，用雷屑釘打，還是不能傷損一根毫毛。太上老君上奏玉帝：「那個猴子吃了蟠桃，飲了御酒，又盜了仙丹——我這五壺丹，有生有熟，都被他吃在肚子裡。運用三昧火，練成了一塊，所以他成為金鋼的軀殼，不如讓老道把他領去，放在『八卦爐』中，用文武火鍛煉。煉出我的丹來，他的身體自然化成灰燼了。」玉帝准奏。

老君到了兜率宮，讓手下把大聖身上的繩索解開，把大聖琵琶骨上的器物去掉，推入八卦爐裡，讓看爐的道人、架火的童子，把火扇起鍛煉。原來這個爐子是乾、坎、艮、震、巽、離、坤、兌八卦。大聖把身子鑽在「巽宮」位置下面。巽是風口，有風當然沒有火。只是風口有煙，把大聖的一雙眼都熏紅了，成了眼病，熏成了「火眼金睛」。

不知不覺到了七七四十九天，老君的火候到了。這一天，打開爐子取丹，那大聖雙手

揉著眼，聽得動靜，突然看見光明，忍不住，將身一跳，出了丹爐，轉身蹬倒八卦爐，往外就走。老君趕上，被他推了一個倒栽蔥。大聖從耳中拿出如意棒，迎風晃一晃，碗來粗細，依然拿在手中，在天宮裡，四處亂打，一直打到通明殿裡、靈霄殿外。幸好有佑聖真君的佐使王靈官守殿。他見到大聖，手拿金鞭擋住，兩個在靈霄殿前搏殺起來，佑聖真君又調來三十六員雷將，把大聖圍在中心鏖戰。那大聖毫不畏懼，使動一條如意棒，左遮右擋，又搖身一變，變作三頭六臂。把如意棒變作三條，六隻手使開三條棒，眾位雷神無法挨近。玉帝傳旨叫游弈靈官和翊聖真君上西方請佛老前來降伏。

二聖得了旨意，直奔靈山勝境、雷音寶剎前，如來問：「玉帝有什麼事，麻煩二聖下凡？」二聖把妖猴一事細細講了，說：「玉帝特請如來救駕。」如來聽了，對眾位菩薩說：「你們在此穩坐法庭，等我救駕回來。」如來叫上阿難、迦葉二尊者，離了雷音，來到靈霄門外。聽得喊聲震天，佛祖傳法旨：「叫雷將停戰，把大聖叫出來，等我問他。」且說大聖現出原身，走到如來面前，怒氣昂昂，厲聲高叫：「你是哪裡來的善士？敢來止住刀兵問我？」如來笑著說：「我是西方極樂世界釋迦牟尼尊者，阿彌陀佛。今天聽說你多次大鬧天宮，你是一個成精的猴子，怎麼敢奪玉皇上帝的尊位？玉帝歷經過一千七百五十劫，每劫有十二萬九千六百年。你算算，他應該有多少年歲，才能享受這樣的無極大道？你趁早皈依吧！」大聖說：「他雖然年久修長，也不應當長久地占住這裡。

常言說得好：『皇帝輪流做，明年到我家。』只叫他搬出去，把天宮讓給我！」佛祖說：「你除了會生長變化道法，還有什麼能耐，敢占天宮勝境？」大聖回答：「我的手段多的呢！我有七十二般變化，萬劫不老長生。會駕觔斗雲，一下子跳出十萬八千里。」佛祖說：「我和你打個賭，你如果真有本事，一觔斗翻出我這右手掌中，算你贏，就請玉帝到西方居住，把天宮讓你；如果不能翻出我手掌，你就下界做你的妖去。」

大聖聽了，暗笑：「這個如來真傻！我老孫一觔斗十萬八千里。他那個手掌，方圓不滿一尺，怎麼會跳不出去？」便說：「你說話算數？」佛祖說：「算數！算數！」伸開右手，只有荷葉大小。大聖收起如意棒，抖擻神威，往上一跳，站在佛祖手心裡，說一聲：「我出去了！」於是一路雲光，無影無形去了。佛祖慧眼觀看，見猴王只管前進。大聖正前行，忽然見前面有五根肉紅柱子，撐著一股青氣。他心想：「這裡一定是盡頭路了。這次回去，如來作證，靈霄殿肯定是我坐了。」又想了一想，說：「慢著！等我在這裡留個記號，才好和如來理論。」於是，從身上拔下一根毫毛，吹口氣，叫：「變！」變作一枝濃墨雙毫筆，就在那中間柱子上寫了一行大字：「齊天大聖，到此一遊。」寫完，收了毫毛。又在第一根柱子上撒了一泡尿。翻轉觔斗雲，回來站在如來掌上，說：「我已經去過了，現在又回來了。你叫玉帝把天宮讓給我。」

如來罵他：「你這個尿精猴子！你正好沒有離開我的手掌呢！」大聖說：「你不知

道。我到了天盡頭，見五根肉紅柱子，撐著一股青氣，我留個記號在那裡，你敢和我一同去看嗎？」如來說：「不必去，你只要低頭看看就知道了。」大聖睜圓火眼金睛，低頭一看，佛祖右手中指寫著：「齊天大聖，到此一遊。」大指丫裡，還有一股猴尿的臊氣。大聖大吃一驚，說：「怎麼會有這等事！怎麼會有這等事！我把這個字明明寫在撐天柱子上，怎麼現在卻在他手指上？莫非他有一個未卜先知的法術？我不相信！不相信！等我再去一次！」

好個大聖，又要跳出，卻被佛祖把手掌一翻，推出西天門外。又將五指化作金、木、水、火、土五座山，名叫「五行山」，輕輕地壓住這猴王。

玉帝大喜，請如來佛和眾仙一同飲酒歡慶。忽然有一個巡視靈官前來報告：「那大聖伸出頭來了。」佛祖說：「沒關係，沒關係。」從袖中抽出一張帖子，遞給阿難，叫他貼在那座山頂上。這尊者領了帖子，拿出天門，在那個五行山頂上，把帖子貼在一塊四方石上。大聖的身子便再也動不了了。

如來和玉帝眾神告別後，和二尊者出了天門外，發了一個慈悲，念動真言咒語，為五行山召來一尊土地神，和五方揭諦一起，居住在這座山裡，看管大聖。讓他餓時，給他鐵丸子吃；渴時，給他溶化的銅汁喝。等他災殃離去，自然會有人救他出去。

如來辭別了玉帝，回到雷音寶剎。有一天，和諸佛、阿羅、揭諦、菩薩、金剛、比丘

僧尼等一同坐下說話，講到：「今天正是孟秋望日。我有一個寶盆，上面放上百樣花，千般異果，和各位開個『盂蘭盆會』，怎麼樣？」大眾感激。各獻詩表達謝意。

眾菩薩獻完詩，請如來明示根本。如來微微張開善口，宣揚正果，對眾人說：「當今世上，四大部洲，眾生善惡，都不一樣。我現在有三藏真經，可以勸人行善。」

諸位菩薩聽了，俱合掌皈依，在佛面前，問道：「如來有哪三藏真經？」如來回答：「我有法一藏，談天；論一藏，說地；經一藏，渡鬼。三藏共有三十五部，共一萬五千一百四十四卷，是修行的途徑。我本想送到東土，可惜眾生愚蠢，不知道我法門要旨，怠慢了瑜伽正宗。最好是請一位有法力的，去東土找尋一個善士，讓他歷經千山萬水，到我這裡求取真經，傳到東土，勸他眾生行善。誰肯去走一趟？」觀音菩薩聽了，當時就說：「弟子不才，願上東土找尋一個取經人來。」

如來大喜，說：「須是觀音尊者，神通廣大，才可以去。」菩薩問：「弟子這一去東土，有什麼話囑咐？」如來說：「這一去，只可以在半雲半霧中穿行；所經過的山水，要謹記路途遠近。一路上恐怕善士難行，我給你五件寶貝。」叫阿難、迦葉，取出「錦襴袈裟」一領，「九環錫杖」一根，對菩薩說：「這袈裟、錫杖，可給那個取經人使用。如果一心一意來這裡，穿著我的袈裟，可避免墮入輪迴；拿著我的錫杖，可以不遭受毒害。」

觀音菩薩拜了，領取了這兩件寶貝。如來又取出三個箍兒，遞給菩薩，說：「這個寶貝叫『緊箍兒』，一樣三個，用途各不相同。我有『金緊禁』的咒語三篇。如果在路上撞見神通廣大的妖魔。你須是勸他學好，跟取經人做個徒弟。他如果不服從使喚，可以將這個箍兒給他戴在頭上，見肉生根。各照所用的咒語念一念，眼脹頭痛，腦門欲裂，定叫他進入我門中來。」

菩薩聽了，叫惠岸行者隨行。惠岸使一條渾鐵棍，重有千斤，在菩薩身邊做一個降魔的大力士。菩薩把錦襴袈裟捲成一個包裹，讓他背了。菩薩把金箍藏在身上，手拿著錫杖，走出靈山。到山腳下，有玉真觀金頂大仙請菩薩喝茶。菩薩不敢久停，對大仙說：「今有如來法旨，上東土尋取經人去。」大仙問：「取經人幾時才能到這裡？」菩薩回答：「說不定，可能二三年到這裡。」告別了大仙，半雲半霧，約記程途。

師徒二人正行著，看到一條大河，名叫流沙河。菩薩說：「徒弟呀！取經人在這裡可是不好過去。」惠岸說：「師父，你看這條河有多遠？」菩薩停住雲步，只見河中潑喇一聲響亮，水波裡跳出一個妖魔，十分醜惡，手裡拿著一根寶杖，走上岸就捉菩薩。惠岸手持渾鐵棒擋住，大喝一聲：「站住！」兩個在流沙河邊，戰了數十合，不分勝負。那怪物架住鐵棒，問；「你是什麼地方的和尚，敢來和我相鬥？」木叉回答：「我是托塔天王二太子木叉惠岸行者，今天保護我師父前往東土尋找取經人。」怪物說：「我記得你跟南海觀音在紫竹林中修行，你為什麼會來到這裡？」木叉說：「你看，那岸上不就是我師父嗎？」

怪物聽說，收起寶杖，讓木叉揪了去見觀音，下拜，然後說：「菩薩，饒恕我，我不是妖邪，我原是靈霄殿下侍鑾輿的捲簾大將。只因為在蟠桃會上，不小心打碎了琉璃盞，玉帝把我貶下界來，變成現在這樣。又教七天一次，用飛劍穿我胸脅百餘下才行。正在苦惱，而且飢寒難忍，我只好二三天跳出波濤找一個行人食用。不想今天衝撞了大慈悲菩薩。」菩薩說：「你既然被貶下來，今天又這麼傷人，可是罪上加罪。我現在領了佛旨，去找尋取經人。你可以入我門來，皈依善果，隨那個取經人做個徒弟，上西天拜佛求經，不是正好？我叫飛劍不來穿你。等到功成免罪，仍讓你做本職，好不好？」

怪物回答：「我願意皈依正果。」又向前說：「菩薩，我在這裡吃人無數，以前有幾次取經人來，都被我吃了。凡吃的人頭，拋落流沙，沉在水底。這個水，鵝毛也不能浮，只有九個取經人的骷髏，浮在水面，再不能沉下去。我把這九個骷髏用繩索穿在一處，有空時拿出來玩耍。這一去，恐怕取經人不經過這裡，卻不是反而耽誤了我的前程？」菩薩說：「豈有不到的道理？你可將骷髏掛在脖子下，等候取經人，自有用處。」怪物說：「既然如此，願意聽取教誨。」菩薩給他摩頂受戒，指沙為姓，起了一個法名，叫做沙悟淨。

菩薩和他相別，和木叉繼續奔向東土。走了很長時間，又見一座高山，山上有惡氣遮

漫。正準備駕雲過這座山，突然狂風颳起，跳上一個妖魔，望著菩薩，舉起釘鈀就打，被木叉擋住，大喝一聲：「潑怪，不得無禮！看棒！」妖魔說：「這和尚真不知死活！看鈀！」兩個在山底下，打鬥起來。觀世音在半空中，拋下蓮花，隔開鈀杖。怪物見了心驚，便問：「你是哪裡和尚，敢弄什麼『眼前花』來哄我？」木叉說：「你這個肉眼凡胎的潑物！我是南海菩薩的徒弟。這是我師父拋來的蓮花，你當然不認得呢！」怪物說：「南海菩薩，可是掃三災救八難的觀世音嗎？」木叉說：「正是。」怪物拋了釘鈀，向前行禮，說：「老兄，菩薩在哪裡？麻煩你引見引見。」木叉仰面一指：「那不是？」怪物朝上磕頭，厲聲高叫：「菩薩，恕罪！恕罪！」

觀音按下雲頭，前來問道：「你是哪裡成精的野豕，哪裡作怪的老彘，敢在這裡擋住我的去路？」怪物說：「我不是野豕，也不是老彘，我原是天河裡的天蓬元帥。只因為酒後戲弄嫦娥，玉帝把我打了二千錘，貶在這裡。沒想到在這裡投胎，投在一個母豬胎裡，變得這個模樣。於是我咬死母豬，打死群彘，在這裡吃人度日。」菩薩問：「這裡叫做什麼山？」怪物回答：「叫福陵山。山中有一個洞，叫雲棧洞。洞裡原來有個卵二姐，見我有些武藝，讓我在這裡『倒插門』。沒到一年，她死了，一洞的家當都歸我受用。」菩薩說：「你如果肯皈依正果，自然有養身的地方。世上有五穀雜糧，你為什麼吃人度日？」那怪聽了，似夢方醒，菩薩又說：「我領了佛旨，上東土找尋取經人。你可以給他做個徒

弟，往西天走一趟，將功折罪，定叫你脫離災厄。」怪物滿口答應：「願隨！願隨！」菩薩給他摩頂受戒，指身為姓，就姓了豬，替他起一個法名，就叫豬悟能。

菩薩和木叉離開了悟能，正走著，只見空中有一條玉龍呼喚。菩薩走近前去，問：「你是什麼龍，怎麼在這裡受罪？」玉龍回答：「我是西海龍王敖閏的兒子。只因為縱火燒了殿上明珠，被我父王表奏天庭。玉帝把我吊在空中，打了三百下，要殺我。還望菩薩搭救搭救。」觀音聽了，便和木叉上了南天門，面見玉帝，說：「貧僧領佛旨上東土找尋取經人，路遇孽龍懸吊，特來啟奏，饒了他性命，賜給貧僧，叫他給取經人做個腳力。」玉帝聽了，傳下聖旨，予以赦宥，叫天將解開玉龍，送給菩薩。這小龍叩謝活命之恩，願聽從菩薩使喚。菩薩把他送在深澗中，只等取經人來，變作白馬，一同上西方。

菩薩帶著木叉行者過了這座山，又奔向東土。沒走多遠，忽然見金光萬道，瑞氣千條。木叉說：「師父，放光的地方，是五行山，那裡有如來的『壓帖』。」菩薩說：「原來是大鬧天宮的齊天大聖被壓在這裡。」師徒上山來，觀看帖子，早驚動了大聖。大聖在山根下，高叫：「是誰在山上說話？」菩薩聽到，下山來尋。見石崖下，有土地、山神、監押大聖的天將，都來拜接了菩薩，領到大聖面前。這大聖被壓在石匣中，口裡能說話，身子卻不能動。菩薩說：「姓孫的，你認得我嗎？」

究竟大聖怎麼回答菩薩的話，且聽下回分解。

第六回　老龍王拙計犯天條　唐太宗對案脫地府

話說大聖睜開火眼金睛，點著頭高叫：「我怎麼不認得你，你是大慈大悲觀世音菩薩。我在這裡度日如年，你從哪裡來？」菩薩說：「我奉佛旨，上東土找尋取經人，從這裡經過，特來看你。」大聖說：「如來哄了我，把我壓在這座山下五百多年了，萬望菩薩行個方便，救我老孫一救！」菩薩說：「救你出來，恐怕你又生出禍害，反而不美。」大聖說：「我已知道錯了，但願大慈悲指條門路，情願修行。」菩薩聽了這句話，滿心歡喜，對大聖說：「你既然有這個心，等我到了東土大唐國找尋一個取經的人來，讓他救你。你跟他做個徒弟，入我佛門，再修正果，怎麼樣？」大聖連聲說：「願去！願去！」菩薩說：「既然有善果，我給你起個法名。」大聖說：「我已經有名字了，叫做孫悟空。」菩薩又喜，說：「我前面也有二人歸降，正是『悟』字排行。你今天也是『悟』字，正好和他們相合，很好，很好。不需要叮囑，我去了。」

菩薩和木叉離開這個地方，一直東來，不久就到了長安大唐國。師徒裝扮成兩個疥癩

游僧，來到長安城裡，不覺天晚。走到大市街旁，見到一座土地廟，二人進去，嚇得土地心慌，知是菩薩，叩頭接了進去。土地又急忙跑去告訴城隍社令以及滿長安城各廟神，都來參見，齊說：「菩薩，饒恕眾神來遲。」菩薩囑咐：「你們不可走漏消息。我今天奉著佛旨，特來這裡尋訪取經人。暫借你廟宇先住幾天，等訪到真僧就回去。」

長安城是歷代帝王建都的地方，此時大唐太宗文皇帝登基已經有十三年。長安城外涇河岸邊，有兩個賢人：一個是漁翁張稍，一個是樵夫李定，都是通情達理的人。一天，在長安城裡，兩人分別賣掉了肩上柴、籃中鯉，一同走進酒館，喝了酒，又各自帶著一瓶，順著涇河岸邊，慢慢往家走。兩人一路走一路聊，到了岔路口，互相告別。張稍說：「李兄，一路保重！上山時防著老虎。如果出了事，明天街頭就見不到老兄了！」李定聽了，大怒：「你這個傢伙！好朋友能兩肋插刀，你為什麼要咒我？我即使真被老虎吃了，你也一定會在江中遇著大浪，掉下去淹死！」張稍說：「我這一輩子也不會掉在江裡的。」李定說：「天有不測風雲，人有旦夕禍福。你怎麼就這麼肯定？」張稍說：「你不知道。這長安城裡，西門街上，有一個算卦的先生。我每天送他一尾金色鯉魚，他就給我袖傳一課，確定捕魚的位置，回回靈驗。今天我又去問卦，他叫我在涇河灣頭東邊下網，西岸拋釣，一定會滿載魚蝦歸來。好了，明天進城，再和老兄聊天。」二人告別。

這正是路上說話，草裡有人。原來這涇河水府裡有一個巡水的夜叉，聽見了這一番話，急忙跑到水晶宮，向龍王報告：「臣巡水到了河邊，聽見一個漁翁和一個樵夫在一起聊天。漁翁說，長安城裡西門街上，有個算卦先生，算得最準。他每天送他鯉魚一尾，他就袖傳一課，教他回回靈驗。這樣下去，卻不將我們都盡情打撈上去？」

龍王聽了，大怒，便要去長安城，殺這個算卦的。旁邊閃過龍子龍孫、蝦臣蟹士、鰣軍師、鱖少卿、鯉太宰，一齊啟奏：「大王息怒。大王這一去，必然帶來雲雨，會驚擾長安百姓，上天會責怪的。大王只可以變成一個秀士，到長安城裡，找到這個算卦的，看看情形再動手不遲。」龍王答應了，放下寶劍，也不興雲雨，到了岸上，搖身一變，扮成了一個白衣秀士，一直走到長安城西門大街上。正見有一群人，擠在一起，裡面有人高談闊論：「屬龍的本命，屬虎的相沖。……」龍王聽了，分開眾人，只見有一招牌，招牌上寫著：「神課先生袁守誠」。龍王進去，和先生相見。

先生問：「公來問什麼事？」龍王說：「請卜天上陰晴事。」先生於是袖傳一課，說：「雲迷山頂，霧罩林梢。若占雨澤，準在明朝。」龍王問：「明天什麼時候下雨？雨有多大？」先生回答：「明天辰時布雲，巳時響雷，午時下雨，未時雨足，一共雨量是三尺三寸零四十八點。」龍王笑著說：「如果明天有雨，和你說的一模一樣，我送你課金五十兩酬謝。如果說的不準，我一定要打壞你的門面，扯碎你的招牌，把你趕出長安，不許在這裡妖言惑眾！」先生坦然地說：「可以。明天雨後再來見面。」

龍王辭別，出了長安，回到水府。大小水神問：「大王見到算卦的了？」龍王說：「是、是、是！」便把和算卦的打賭一事說了。眾水族笑著說：「大王就是八河都總管，負責下雨的大龍神，有雨無雨，只有大王知道，他怎麼敢這樣胡說？」

正當龍子龍孫和魚卿蟹士在一起議論，只聽得半空中叫：「涇河龍王接旨。」眾位抬頭往上一看，是一個金衣力士，手裡拿著玉帝敕旨，往水府來了。慌得龍王連忙焚香接旨。

金衣力士回去了。龍王謝恩，拆封看時，上寫著：「敕命八河都總管，明天在長安城下雨。」旨意上寫的時間和雨量，和那位先生判斷的一點不差，嚇得龍王魂飛魄散，對眾水族說：「世上竟然有這樣的神人！這一回可是輸給他了！」鰣軍師奏說：「大王放心。要贏他有什麼難的？臣有個小計。」龍王問計，軍師說：「把下雨的時間略微改一改，還怕不贏他？」龍王大喜。

第二天，龍王叫上風伯、雷公、雲童、電母，一同來到長安城空中。等到巳時才開始布雲，午時發雷，未時落雨，申時雨停，卻只下了三尺零四十點深的雨水，時間改動了一個鐘頭，少下了三寸八點雨。下雨過後，讓眾將先回去。龍王又按落雲頭，變作白衣秀士，到了西門裡大街上，闖進袁守誠卦鋪，不容分說，就把他的招牌、筆、硯等一齊打碎。那先生坐在椅上，無動於衷。這龍王又掄起門板便打，還嘴裡罵著：「你這個妖人，你的卦算得不靈！你昨天提到的今天下雨的時間和雨量都不對，還敢高坐在這裡，快快離開，饒你死罪！」守誠毫不畏縮，仰面朝天，冷笑說：「我不怕！我不怕！我沒有死罪，只怕你倒有個死罪呢！別人好欺騙，只是難騙我。我認得你，你不是秀士，是涇河龍王。你違背了玉帝敕旨，改了下雨時間，減少了雨量，觸犯了天條。你在剮龍臺上，難免一刀，你還敢在這裡罵我？」龍王聽了，心驚膽顫，毛骨悚然，急忙扔下門板，跪在先生面前，說：「先生休怪。我剛才是說著玩的，今天果然違犯了天條，怎麼辦？求先生救救我！」守誠說：「我救不了你，只能給你指條活路就是了。」龍王說：「請先生指教。」先生說：「你明天午時三刻，應該到人曹官魏徵處聽斬。你如果想保全性命，去求唐太宗才好。魏徵是唐王的丞相，只有唐王幫你說話，你才能無事。」龍王聽了，拜辭含淚去了。這時候，紅日已經落下。

涇河龍王不回水府，只在空中，等到子時前後，收了雲頭，來到皇宮門前。這時唐王正夢出宮門外，在花蔭下散步，龍王變作人樣，上前跪拜，口叫：「陛下，救我！救我！」太宗問：「你是什麼人？朕可以救你。」龍王說：「陛下是真龍，臣因為犯了天條，要到陛下賢臣人曹官魏徵處聽斬，所以特來拜求，請陛下救救我！」太宗說：「既然是到魏徵處聽斬，朕可以救你。你放心去吧。」龍王歡喜，叩謝走了。

太宗夢醒後，把這件事放在心裡。五鼓三點，太宗設朝，聚集兩班文武官員。眾官朝賀結束，唐王往下看時，只見文官裡面是房玄齡、杜如晦、徐世勣、許敬宗、王珪等人；武官裡面是馬三寶、段志賢、殷開山、程咬金、劉洪紀、胡敬德、秦叔寶等人，只是不見魏徵丞相。唐王把徐世勣叫上殿，講到：「朕夜裡有一怪夢，夢見一人迎面拜謁，嘴裡說是涇河龍王，犯了天條，該到人曹官魏徵處聽斬，拜告寡人救他，朕已答應。今天不見魏徵，怎麼辦呢？」徐世回答：「一會兒，魏徵來朝，陛下不要放他出門。過了這一天，當可以救出夢中之龍。」唐王大喜，立即傳下旨意，叫當駕官宣魏徵入朝。

卻說魏徵丞相在府中，夜觀乾象，只聽得九霄鶴叫，原來是上天差來一位仙使，手捧玉帝金旨一道，叫他午時三刻，夢斬涇河老龍。魏徵丞相謝了天恩，這時候正在府中試用慧劍，運起元神，所以沒有入朝。一見當駕官持聖旨來宣召，不敢違背君命，只得入朝，在御前叩頭請罪。唐王說：「赦卿無罪。」這時候，眾臣退朝，單獨留下魏徵，召入便殿，先談論一番政事。快到巳末午初時候，就叫宮人取棋過來，說：「朕和賢卿下盤棋。」魏徵謝了恩，坐下。

話說太宗和魏徵在便殿下棋，正好下到午時三刻，一盤殘局沒下完，魏徵忽然伏在案邊睡著了。太宗由他睡著，也不叫他，一會兒，魏徵醒來，俯伏在地，說：「臣該萬死！臣該萬死！剛才身乏打盹，請陛下寬恕臣慢待君王的罪過。」太宗說：「卿沒罪，你起來，重新下一盤棋。」魏徵謝了恩，剛把棋子拿在手裡，只聽見朝門外大呼小叫。原來

是秦叔寶、徐茂功等人，把一個血淋淋的龍頭，捧在皇帝前，啟奏：「千步廊南面，十字街頭，從雲端裡落下這顆龍頭，臣不敢不報告。」唐王驚問魏徵：「這是怎麼回事？」魏徵轉身叩頭，說：「這個龍是臣剛才在夢中斬下的。」唐王聽了，大驚，說：「賢卿剛才睡著，不見你動身動手，又沒刀劍，怎麼能斬這條龍？」魏徵奏說：「主公，臣身雖在君前，夢中卻離開陛下。那條龍，在剮龍臺上，被天兵天將綁縛。是臣承奉天命，斬了這條龍。」太宗聽了，當晚回宮，心中憂悶。夜裡二更時分，聽見宮門外有哭聲，太宗驚恐。迷迷糊糊間，又見到涇河龍王，手提著一顆血淋淋的首級，高叫：「唐太宗！還我命來！還我命來！你昨夜滿口答應救我，怎麼天明時反叫人曹官來殺我？你出來，你出來！我和你到閻君那裡說說清楚！」他扯住太宗，再三叫嚷不放，太宗掙扎得汗流遍體。正在難分難解的時候，只見正南方有一個女真人走上前來，將楊柳枝用手一擺，那沒頭的龍，哭哭啼啼，往西北去了。原來是觀音菩薩，領佛旨上東土找尋取經人，住在長安城都土地廟裡，夜聞鬼泣神號，特來喝退了這龍，救了皇帝。

太宗甦醒，只叫：「有鬼！有鬼！」身體便感覺不適。一到晚上，就夢見鬼魅叫喊。秦叔寶聽說，便和胡敬德一起為太宗把守宮門。這一夜，太宗在宮中安睡。但過了幾天，又聽得後宰門乒乒乓乓，磚瓦亂響，一早便急忙宣召眾臣，說：「連日前門幸喜無事，今天夜裡後門又響，驚殺寡人了！」便叫魏徵護衛後門，一夜通明，並沒有什麼鬼魅。只是太

宗的病越來越重。一天，太后傳下皇帝的聖旨，召集眾臣商議殯殮後事。一旁閃出魏徵，手扯龍衣，奏說：「陛下寬心，臣有一策，管保陛下長生。」太宗問：「病已經重了，怎麼能保得長生無事？」魏徵說：「臣有一封信，請陛下捎到冥司，交給酆都判官崔珪。」太宗問：「崔珪是誰？」魏徵說：「崔珪原是太上先皇帝駕前的大臣，擔任過茲州令，後來升為禮部侍郎，是臣的好朋友。他現在已死，在陰司擔任掌管生死文簿的酆都判官，夢中經常和臣相會。這一去，如果能將這封信交給他，他必然會放陛下回來。」太宗聽了，接過信來，閉上眼睛，死去了。

且說太宗魂靈走出五鳳樓，率領御林軍馬出朝打獵。走了很久，突然人馬消失，只留下獨自一個人在荒郊草野中行走。忽然見到一個人跪拜路邊，口稱：「陛下，赦臣失迎的罪過！」太宗問：「你是什麼人？為什麼前來接拜？」這人回答：「微臣半月前，在森羅殿上，見涇河鬼龍告陛下許救反誅的罪，第一殿秦廣王便叫鬼使催請陛下，要三曹對案。所以來這裡等候迎接。」太宗問：「你是誰？」這人回答：「微臣姓崔，名珪。今在陰司，擔任酆都掌案判官。」太宗大喜，說：「朕駕前魏徵有一封信要給先生，正好相遇。」太宗從衣袖中取出信來，遞給崔珪。崔珪拜接了，拆信看過，滿心歡喜，說：「魏人曹前天夢斬老龍一事，臣已經知道，陛下寬心，微臣一定送陛下重新回到陽世，重登玉闕。」太宗稱謝了。

二人正說著話，只見一邊有一對青衣童子，高叫：「閻王有請，有請。」來到一座城池，城門上掛著一面大牌，上寫著「幽冥地府鬼門關」七個大金字。走入城中，只見一座碧瓦樓臺，十分壯麗，十代閻王正從臺階上走下來，迎進太宗。來到森羅殿上，坐下。

不一會兒，秦廣王拱著手，說：「涇河鬼龍告陛下答應救他卻又殺了他，是怎麼回事？」太宗回答：「朕曾夜夢老龍求救，確實是答應了救他，朕為了救他，宣召魏徵在殿內下棋，卻不知道魏徵夢中斬了他。朕並非言而無信，實在是他命中注定如此。」十王聽了，說：「那條龍沒有出生前，南斗星死簿上已注定應當被人曹殺掉，我們是知道的，只是他在這裡說三道四，定要陛下來這裡三曹對案。今天麻煩陛下來到這裡，還請恕罪。」說完，叫掌管生死簿的判官：「快去取簿子來，看陛下陽壽天祿該有多長時間？」崔判官急忙回到司房，拿出天下萬國國王天祿總簿，先逐一檢閱，只見南贍部洲大唐太宗皇帝注定崩於貞觀一十三年。崔判官吃了一驚，取出濃墨大筆，將「一」字上添了兩畫，才將簿子呈上。十王從頭看時，見太宗名下注定崩於三十三年，閻王驚問：「陛下登基多少年了？」太宗回答：「朕即位，今已一十三年了。」閻王說：「陛下請寬心吧，還有二十年陽壽呢。這一次，已經是對案明白，請返回人間吧。」太宗聽了，躬身稱謝。十閻王叫崔判官、朱太尉二人送太宗還魂。

畢竟太宗從何處回陽，且聽下回分解。

第七回　觀音心儀顯像指點　玄奘誠心受命取經

崔判官送唐王來到超生貴道門，對唐王說：「陛下，這裡是回人間的出口，小判就回去了，叫朱太尉再送送。」唐王感謝。判官又說：「陛下到了人間，一定要舉行一個水陸大會，超渡無主的冤魂。要讓天下人多做善事，可以確保你的江山牢固。」唐王答應了，告別了崔判官，跟著朱太尉走到門裡來。朱太尉進門後看到一匹海騮馬，趕緊請唐王上馬。馬跑得很快，來到渭水河邊，正瞧見一對金色鯉魚在河裡跳躍。唐王正看著，馬站住了，朱太尉高叫：「怎麼還不走？等什麼！」撲通一聲，把馬推到渭河裡，唐王便離開了陰司，重新回到人間。

徐茂功、秦叔寶、胡敬德、段志賢、馬三寶、程咬金、高士廉、虞世南、房玄齡、杜如晦、傅奕、張道源、張士衡等人，正在白虎殿上哀悼唐王。忽然聽到棺材中連聲大叫：「淹死我了！淹死我了！」嚇得文官武將心裡發慌，走上前來，扶著棺材，叫：「陛下有什麼話，請告訴我們，不要裝神弄鬼。」魏徵說：「這不是弄鬼，是陛下活過來了。」打開棺蓋，果然見太宗坐在裡面。徐茂功等人把唐王扶了起來，說：「陛下不要怕，臣都在這裡保護皇上您呢。」唐王睜開眼，說：「朕剛才好痛苦，躲過了陰司惡鬼，又被朱太尉把朕推到渭水河中，差一點淹死。」魏徵聽了，知道唐王心神不安，趕緊叫太醫院拿來用於安神的湯藥，讓太宗服了，眾臣把太宗扶到臥室。太宗整整睡了一夜，天明才醒來，來到金鑾寶殿，眾位大臣見到太宗身體好轉，都非常高興。

過了幾天，太宗傳下聖旨，派胡敬德負責蓋一個寺院，準備請僧眾做法會。敬德在城裡蓋起寺院，起名為「敕建相國寺」。寺院蓋成，官員奉命貼出榜文，招集天下僧眾，準備開水陸大會，超渡冥府孤魂。唐王還傳下旨意，讓魏徵和蕭瑀、張道源，邀請各位活佛，選舉一名有品德高尚的活佛當壇主，安排道場。

第二天，三位朝中大臣，聚集眾僧，選了一位有德操的高僧。這位高僧法名叫做陳玄奘，因幼時曾遭水難，又稱江流兒，從小就當了僧人。他的外公是當朝一路總管殷開山，他的父親陳光蕊，是文淵殿大學士。太宗聽說，大喜，指示：「人選得很好。朕賜玄奘天下大闡都僧綱這一官職。」又賜給五彩織金袈裟一件，毗盧帽一頂。讓他選定好日子，講經論法。玄奘謝恩，接受了大闡官爵。玄奘領到聖旨，來到化生寺裡，選了大小明僧一千二百位，選定當年九月初三，開七七四十九天水陸大會。太宗和文武大臣、國戚皇親，也將到會參加。

貞觀十三年，九月甲戌初三這一天，皇帝早朝結束，率領文武官員，乘鳳輦龍車，離開金鑾寶殿，上寺廟燒香。

這時候，觀世音菩薩正在長安城尋找那位取經的善人，還沒有結果。聽說太宗宣揚善果，選舉高僧，召開水陸大會。又見到那位法師壇主氣質不俗，菩薩心中十分歡喜，就將如來佛賜給的錦襴異寶袈裟和九環錫杖這兩件寶貝，捧上長街，和木叉一起叫賣。菩薩來到東華門前，正撞著宰相蕭瑀離朝回府，宰相在馬車上看見菩薩手裡捧的袈裟十分鮮豔，便叫手下人問這個袈裟要賣多少錢。菩薩回答：「袈裟要五千兩，錫杖要二千兩。」蕭瑀問：「為什麼這麼貴？」菩薩回答：「穿了我這個袈裟，就可以不墮入地獄，這就是它的好處。」蕭瑀聽了，從馬車上走下來，和菩薩以禮相見，說：「大法長老，我大唐皇帝十分願意做善事。今天起開建水陸大會，這個袈裟給大闡都僧綱陳玄奘法師穿上正合適。我和你入朝見皇上去。」

太宗聽到這件事，當時就要買下這兩件寶貝送給陳玄奘。菩薩表示：「既然陳玄奘法師有高尚的品德，貧僧情願把這兩件東西送給他，不要錢。」說後，留下東西，仍前去土地廟中隱避。

光陰迅速，一天，玄奘上表請唐王前來燒香。觀音菩薩對木叉說：「今天召開水陸大會，我和你前去，聽一聽陳玄奘講的是什麼經法。」兩人來到寺裡，陳玄奘法師坐在臺上，念一回《受生渡亡經》，談一回《安邦天寶篆》，又宣講一回《勸修功卷》。菩薩走近他身邊，拍著寶臺厲聲高叫：「和尚，你只會講授小乘教法，可會講授大乘嗎？」玄奘聽了，大喜，從台上一下子跳了下來，對菩薩拱起手，說：「老師父，弟子得罪。以前眾僧，都講小乘教法，卻不了解大乘教法。」菩薩說：「你這個小乘教法，管不了死者升天。我有大乘佛法三藏，能使死者升天，能讓人擺脫苦難，能修煉得一個長壽的身體。」

太宗聽說有和尚會講大乘教法，便派人把兩個和尚請來。唐王一見，問菩薩：「你是前一天送袈裟的和尚吧？」菩薩回答：「正是。」太宗問：「你所說大乘佛法三藏，在什麼地方保管？」菩薩回答：「在大西天天竺國大雷音寺我佛如來處。」太宗說：「你能講授嗎？」菩薩回答：「我能。」太宗大喜，說：「叫法師帶你過去，請上臺講授。」菩薩帶了木叉，飛上高臺，踏住祥雲，一直到九霄中，現出了救苦原身，托了淨瓶楊柳。左邊是木叉惠岸，手持棍子，一邊站立。

唐王見了，大喜，連忙朝天禮拜，文武官員跪地焚香，滿寺中的人，一邊下拜，一邊說著：「好菩薩！好菩薩！」

菩薩乘祥雲越離越遠，很快就不見了金光。這時，從半空中，滴溜溜落下一張柬帖，上面寫著：「禮上大唐君，西方有妙文。程途十萬八，大乘進殷勤。此經回上國，能超鬼出群。若有肯去者，求正果金身。」

太宗見了，命令眾僧：「這個會先不要開了，等我叫人取得大乘經來，再重修善果。」當時就在寺中問：「誰肯領朕旨意，上西天拜佛求經？」話音未落，旁邊走出來玄奘法師，向前施禮，說：「貧僧願效犬馬之勞，為陛下求取真經，以確保我王江山永固。」唐王大喜，上前扶起法師，說：「法師如果真是不怕路途遙遠，跋山涉水前去，朕情願和你結拜成為兄弟。」玄奘謝恩。唐王便和玄奘拜了四拜，口稱「御弟聖僧」。

玄奘回到洪福寺裡，寺中僧眾和幾個徒弟，都來相見，問：「師父發誓願上西天，有這樣的事情？」玄奘回答：「是。」

徒弟說：「師父，聽人們經常這樣說，西天路遠，更有虎豹妖魔。只怕是有去無回，難保自家的性命。」玄奘說：「我已發了誓，不取得真經，永遠墮入沉淪地獄。」又說：「徒弟們，我去之後，或者用上二、三年，或者五、七年，只要看到山門裡松枝頭朝向東面，就是我取經回來了。」

第二天一早，太宗讓官員寫了取經文牒，用了通行寶印，交給御弟法師，說：「御弟，這是通關文牒。朕還有一個紫金缽盂，送你路上化齋時使用。這裡有兩個僕人和一匹馬，幫助你一同前去。你現在就出發吧。」

唐王和眾位官員送法師到了關外，太宗又問：「御弟雅號怎麼稱呼？」玄奘回答：「貧僧是一個出家人，不敢稱號。」太宗說：「當時菩薩說了，西天有經三藏。御弟可指

經取號，就號三藏，可好？」玄奘謝恩拜辭，出關去了。唐王率領眾官也回到城中。

玄奘穿上袈裟，和二位僕人上路啟程。幾天後，來到鞏州城。第二天早上又出城繼續走路。又過了兩三天，來到河州衛。離開河州衛，往前走了幾十里，遇到一個山嶺，道路崎嶇難走，突然之間，三人一馬都摔到一個坑裡。只聽到裡面高呼：「拿來！拿來！」又是一陣狂風，從風中一擁而出五六十個妖邪，把三藏、僕人揪了上去。一個十分兇惡的魔王，讓手下把三個人綁了。正好這個時候，手下報告：「熊山君和特處士來了。」一個黑漢走在前面，便是熊山君。一個胖漢走在後面，便是特處士。

這兩個搖搖擺擺走到裡面，魔王出來迎接。熊山君說：「寅將軍，這一陣子春風得意，可賀！可賀！」特處士也附和著：「可喜！可喜！」三個一同坐下。

黑漢看到柱子上綁著三個人，問：「這三個人是從哪裡來的？」魔王回答：「自己送上門的。」特處士笑了笑，說：「能用他們待客嗎？」魔王說：「可以！可以！」熊山君就說：「不要都吃掉，吃兩個，留下一個。」魔王同意，叫手下將兩個僕人剖腹剜心，剁碎其屍，把人頭和心肝獻給二位客人吃掉，魔王將四肢留給自己食用，剩下的骨頭、肉塊，分給各妖怪吃了，把三藏嚇得半死。那二個怪物等到天亮了，才和魔王告別。

三藏昏昏沉沉，忽然見到有一個老人，手裡拿著枴杖前來。用手一摸綁在三藏身上的繩索，繩索立即斷開了，又對三藏臉上吹了一口氣，三藏清醒過來，跪拜在地上，說：

「多謝老公公的救命之恩！」老人也行了一個禮，說：「你站起來。丟什麼東西了嗎？」三藏說：「貧僧的僕人，已經被妖怪吃了，不知行李、馬匹擱在什麼地方了。」老人用枴杖往後一指，說：「是不是這匹馬和兩個包袱？」三藏回頭一看，果然東西就在一邊放著。三藏問：「老公公，這裡是什麼地方？」老人說：「這裡叫雙叉嶺，你怎麼會掉在這裡？」三藏回答：「貧僧前往西天取經，路過這個地方，不知道怎麼就突然掉到了這裡。後來，見到一個魔王，把貧僧和二位僕人都綁了。正好有一個黑漢和一個胖漢走進來，他們三個把我二位僕人吃了。……」老人說：「這個處士是一個野牛精，山君是一個熊羆精，寅將軍是一個老虎精。周圍妖邪，不是山精樹鬼，就是怪獸蒼狼。只因為你的本性元明，所以吃不得你。你跟我來，我帶你上路。」三藏不勝感激，把包袱放在馬背上，牽著馬韁繩，跟著老人離開這個大坑，走上大路。正要轉身拜謝公公，那公公已經化作一陣清風，跨著一隻朱頂白鶴，騰空而去。空中掉下來一張柬帖，上面有四句頌子，寫著：「吾乃西天太白星，特來搭救汝性靈。前行自有神徒助，莫為艱難怨佛經。」三藏看過，朝著天上禮拜，說：「多謝金星救我一命。」拜過以後，獨自牽著馬，艱難地往前走。走了大半天，仍是荒無人煙。心中正難過時，突然發現前面兩隻猛虎迎面走來，後邊有幾條長蛇跟著。三藏到了這個時候，只好聽天由命了。那匹馬嚇得跪在地下，根本牽不起來。正在危急時刻，兩隻猛虎和尾隨身後的長蛇忽然都慌亂地逃去了。三藏只見有一個人，手裡拿著鋼叉，腰裡掛著弓箭，從山坡前轉出來。三藏見到人來，跪在路邊，合掌高叫：「大王饒命！大王饒命！」漢子來到跟前，放下鋼叉，用手攙起三藏，說：「長老不要怕。我不是壞人，我是這山中的獵戶，名叫劉伯欽，綽號鎮山太保。」三藏說：「貧僧是大唐駕下欽差，欲往西天拜佛求經。多謝救命之恩！」伯欽說：「我在這兒附近居住，專靠打獵為生，所以猛獸見我就怕。你既然是從朝中來的，我也是唐朝的百姓，你不要怕，跟我到家裡休息一下，明天我再送你上路。」三藏聽了，滿心歡喜，向伯欽表示了感謝，牽著馬一同走去。

剛一過山坡，又聽得呼呼風響。伯欽說：「長老先在這裡坐一下。這一陣風，是老虎帶出的，我去把牠殺死，好招待長老。」三藏膽戰心驚，不能回話。太保手持鋼叉，衝上前去。那隻斑爛虎，猛然撞見伯欽，嚇得急忙回頭就跑。太保大叫一聲：「畜生！往哪裡走！」老虎看見伯欽趕得急，轉身掄爪撲了過來。嚇得三藏癱在草地上。太保和老虎在山坡下，鬥了大半個時辰，只見老虎動作開始慢了下來，被太保舉叉照著胸口刺倒，頓時血流滿地。伯欽把老虎拖到路上，面不改色，對三藏說：「好運氣！好運氣！這隻老虎，夠長老吃上好多天。」

三藏大加誇讚，說：「太保真是一位山神啊！」伯欽說：「有什麼本事，敢教長老這樣誇獎？這還多虧長老的洪福。走！我們回去，把這隻老虎的皮剝了，把肉煮熟，好好招

待招待你。」來到一座山莊，伯欽把長老安頓了，長老不吃葷，當然也不會吃煮好的虎肉。伯欽便給長老安排了素食，當晚便在山莊裡歇下。

第二天，伯欽又叫家裡人做了一些粗麵燒餅做為乾糧，和家童一起送三藏上路。走了半天時間，到了一座大山的半山腰，伯欽轉過身，站在路邊，說：「長老，你自己接著往前走吧，我就在這裡告別長老了。」三藏聽了，從馬鞍上急忙下來，說：「還請太保再送我走一段！」伯欽說：「長老有所不知。這座山叫作兩界山，東半邊是我大唐的地界，西半邊是韃靼國的地界。界外的狼虎不怕我，再說，我也不能過國界，你自己去吧。」三藏心驚，只好告別。就在這時，聽得山腳下叫喊如雷：「我師父來了！我師父來了！」嚇得三藏、伯欽臉色煞白。

究竟是什麼人在叫喊，且聽下回分解。

第八回　孫悟空脫難歸正　六強盜身亡無蹤

話說劉伯欽和唐三藏被嚇得臉色煞白，還多虧跟來的那些家童明白，說：「叫喊的一定是山腳下石匣中的老猿。」太保便說：「是他！是他！」三藏問：「是什麼老猿？」太保回答：「這座山過去的名字叫五行山，只因為我大唐王征西，改名兩界山。早年間曾聽得老人家說：『王莽篡漢那個年代，上天降下這座山，下面壓著一個神猴，不怕寒暑，不吃飲食，有土地神監押，只叫他餓時吃鐵丸，渴時喝銅汁。』必定是他。長老不要怕，我們下山去看一看。」三藏只得答應，沒走幾里路，看到一個石匣，果然有一個猴子，露著頭，伸著手，喊：「師父，你怎麼現在才來？來得好！來得好！救我出來，我保護你上西天取經去！」長老走到跟前，只見這個猴子：長得尖嘴猴腮，金睛火眼，頭上堆滿苔蘚，兩鬢邊上附著青草。

正是五百年前的孫大聖！

太保膽大，走上前去，給他拔去了鬢邊的青草，問：「你有什麼話要說？」猴子回答：「我沒話說，只叫這個師父走過來，我問一問他。」三藏說：「你要問我什麼？」猴子說：「你是東土大王差往西天取經去的人嗎？」三藏說：「我正是，你想問什麼？」猴子說：「我是五百年前大鬧天宮的齊天大聖，前一段時間，有觀音菩薩上東土找尋取經人，經過這個地方，見了我，勸我皈依佛法，盡力保護取經人，往西方拜佛，功成後自然會有好結果。所以一直在這裡留心，只等師父來，好救我脫身。我願保護你前去取經，給你做徒弟。」

三藏聽了這番話，滿心歡喜，說：「好！好！可我現在手裡沒有斧子鑿子，怎麼能救你出來？」猴子回答：「不用斧子鑿子，你只要肯救我，我自然會出來。」三藏問：「我肯，你怎麼出來？」

猴子說：「這座山山頂上有我佛如來的金字壓帖。你只要上去把帖兒揭起，我就出來了。」三藏回頭求劉伯欽，說：「太保啊，你陪我前去，好不好？」伯欽叫過家童，讓把馬牽了，扶著三藏，攀籐附葛，到了最高處，果然見到金光萬道，瑞氣千條，有一塊四方大石，石上貼著一道封皮，三藏跪下，朝著石頭，拜了幾拜，向西方禱祝：「弟子陳玄奘，特奉旨意求經，如果真有徒弟之分，便能揭得金字，救出神猴，同往靈山。」祝完又拜，然後上前將六個金字輕輕揭下。只覺得有一陣香風拂過，壓帖兒被刮到空中，有人叫：「我們一直負責監押著大聖。今天大聖的苦難到期，我們回去面見如來，繳封皮去。」嚇得三藏和伯欽，望空禮拜。待重新回到石匣邊，對猴子說：「壓帖揭了，你出來吧。」猴子歡喜，叫：「師父，請你走開點，我好出來，別嚇著你。」伯欽聽說，領著三藏，大家往東面走了六、七里路，猴子高叫：「再走！再走！」三藏等人又走了老遠的路，下了山，只聽得一聲響亮，如同地裂山崩一般。眾人都害怕，猴子早到了三藏的馬前，赤條條地跪下，說：「師父，我出來了！」對三藏拜了四拜，又向伯欽行了一個大禮，說：「有勞大哥送我師父，謝大哥替我抹去臉上的青草。」說完，就去收拾行李，拉過馬來。

三藏問：「徒弟啊，你姓什麼？」猴王回答：「我姓孫。」三藏說：「我給你起一個法名，才好稱呼你。」猴王說：「我原來有個法名，叫做孫悟空。」三藏歡喜：「也正合我們的宗派。你這個模樣，就像小頭陀一樣，我再給你起一個混名，稱為行者，好不好？」悟空說：「好！好！好！」從此，悟空又稱為孫行者。伯欽見孫行者一心收拾要走路，向三藏道了喜，告別而去。

卻說孫行者請三藏上了馬，他赤條條地背著行李走在前邊，沒用多長時間，翻過了兩界山，忽然見有一隻猛虎，咆哮著前來，三藏在馬上心驚，行者在路邊歡喜，說：「師父不要怕牠，牠是給我送衣服來的。」說完，放下行李，從耳朵裡拔出一個針兒，迎著風，晃一晃，成為碗來粗細的一條鐵棒。他拿在手中，笑著說：「這個寶貝，五百多年沒有用它了。」你看他迎著猛虎，喝一聲：「畜生！哪裡去！」那老虎蹲下，再也不敢動一動。他照虎頭打了一棒，把老虎頭打得稀爛！

行者拖過老虎來，說：「師父先坐一坐，等我把牠的皮剝下來當衣服穿。」猴王把身上的毫毛拔下一根，吹口氣，叫：「變！」變作一把牛耳尖刀，剝下虎皮，剁去了爪甲，割下頭，割了一張四四方方的虎皮，提起來，在身子上量了一量，說：「寬了些，一半就可以了。」拿過刀來，把虎皮裁為兩張。收起一張，把一張圍在腰間，從路邊扯下一條葛籐，緊緊繫住，遮了下面的身體，便和師父繼續前進。

師徒兩個走著路、說著話，不知不覺，太陽已經落下，前面正有一處莊院，師徒前去借宿。

剛一進門，莊戶人家被孫行者的模樣嚇了一大跳，後來，知道了孫行者身分，才安下心來。行者眼尖，見師父剛剛在屋內洗過澡，脫下的一件白布小褂子沒再穿上，他就扯過來披在身上，又借了針線，把那張虎皮脫下，用線縫接在一起，又圍在腰間，用籐條繫了。三藏見了，說：「徒弟，你不嫌破舊，這件小褂兒，就給你穿了吧。」

第二天繼續上路，連續幾天，白天走路，晚上就找個莊戶人家借宿休息。這時節剛剛進入初冬。一天，師徒們走了大半天，在路上遇到了六位強盜，個個手持長槍短劍。行者便向前問：「你們是什麼人，敢這麼大膽攔路搶劫？」有一個人說：「你聽著，我們六

個人的名字叫做眼看喜、耳聽怒、鼻嗅愛、舌嘗思、意見欲、身本憂。」悟空笑了，說：「原來是六個毛賊！你們真是有眼無珠！趕緊把以前打劫來的珍寶拿出來，我和你們均分，否則，絕不輕饒你們！」六個賊聽到這話，喜的喜，怒的怒，愛的愛，思的思，欲的欲，憂的憂，一齊上前亂嚷：「這個和尚真是無禮！敢來向我們要東西分！」邊嚷邊掄槍舞劍，照行者頭上亂砍，足足砍了七、八十下。悟空站在中間，一點反應都沒有。六個賊說：「好一個和尚！頭真硬！」行者笑著說：「好了！你們也打得累了，也該我老孫取個針兒和你們玩玩。」行者伸手從耳朵裡拔出一根繡花針，迎風一晃，成為一條鐵棒，嚇得這六個賊往四處逃跑，被他大步趕上，一個個都打倒在地。三藏見到整個情形，說：「你真會闖禍！他們雖然是強盜，也不該死罪，你怎麼把他們都打死了？你這樣如何做得和尚？」行者回答：「不瞞師父說，我老孫五百年前，在花果山稱王，不知打死過多少人。這算得什麼。」三藏說：「只因為你無法無天，才會受了這五百年罪。如今，你既然入了沙門，就不能照過去那樣傷害人。你忒惡毒了！」猴子聽三藏這樣說，控制不住情緒，說：「你既然說我做不得和尚，就別再嘮叨了，我走就是了！」三藏還沒有答應，他就將身一縱，說了一聲：「老孫去了！」三藏一抬頭，哪裡還有影子。長老孤孤零零，無可奈何，只好收拾了行李，放在馬背上，也不騎馬，一隻手拄著錫杖，一隻手揪著韁繩，淒淒涼涼，往西前進。走了不長時間，見山路前面，有一個老母走來，手捧一件棉衣，棉衣上有一頂花帽。老母問三藏：「你是哪裡來的長老，孤孤零零地在這路上行走？」三藏回答：「弟子是東土大唐奉聖旨往西天拜活佛求真經的人。」老母說：「西方佛在大雷音寺天竺國界，這一去有十萬八千里路。你一個人怎麼能去得了？」三藏說：「弟子前幾天收了一個徒弟，性格凶頑，被我說了他幾句，他就離我而去了。」老母說：「我這裡有這一領棉布褂子，一頂嵌金花帽，原來是我兒子用的。他只做了三天和尚，不幸死了。我剛才去寺裡，哭他一場，拿這兩件衣帽回來，做個紀念。長老啊，你既然有徒弟，我就把這衣帽送給你吧。」三藏說：「謝了。只是我的徒弟已走，用不著了。」老母問：「他去哪裡了？」三藏說：「我聽得呼的一聲，他回東方去了。」老母說：「東方不遠，就是我家，想必往我家去了。我還有一篇咒，叫做定心真言，又名叫緊箍咒。你把它暗暗地念熟，牢記心頭，不要告訴任何人。我去趕上他，叫他還來跟你，你只要把這套衣帽給他穿戴。他如果不聽服你管教，你就默念這個咒，他就不敢再行兇了，也不敢再去了。」三藏拜謝。老母化成一道金光，回東方而去。三藏已經明白，這就是觀音菩薩，急忙從地上抓起一把土，焚香禮拜。

卻說悟空離別了師父，一連觔斗雲，奔向東洋大海。按住雲頭，分開水道，來到水晶宮。龍王出來迎接，說：「最近聽說大聖難期已滿，想必是會重整仙山，再回古洞了。」悟空說：「我做了和尚了。」龍王問：「做了什麼和尚？」行者回答：「虧了南海菩薩勸

善，叫我正果，跟隨來自東土的唐僧，上西方拜佛，皈依沙門。」

龍王說：「這麼說真是可喜可賀！既然如此，怎麼不往西去，回來做什麼？」行者笑著說：「唐僧不通人情。路上遇到幾個毛賊搶劫，被我打死，唐僧就嘮嘮叨叨。你想老孫可是受得了悶氣的？我就離開了他，準備回花果山去。先到你這裡，喝杯茶再去。」

喝完茶，行者回頭一看，只見後壁上掛著一幅圯橋進履的畫。行者問：「這是什麼景致？」龍王回答：「大聖，這叫做圯橋三進履。」行者問：「怎麼講三進履？」

龍王解釋說：「這個仙人是黃石公，這個小子是漢代張良。石公坐在圯橋上面，忽然把履掉在橋下，於是叫張良揀來。張良忙去取了，跪在地上，拿給黃石公。一連三次這樣做，張良仍是十分勤謹，黃石公便向他傳授了天書，叫他幫助大漢興國。以後，張良棄職隱居，追隨赤松子，成了仙。大聖，你如果不保護唐僧，不能勤謹，不接受教誨，最終只是一個妖仙，休想得成正果。」悟空聽了，沉吟不語，不一會兒，想通了，說：「老孫還是去保他取經好了。」告別龍王，行者一聳身，離了海底，駕起雲，正走著，遇著了南海菩薩。菩薩問：「孫悟空，你怎麼不接受教誨，不保護唐僧，來這裡幹什麼？」行者慌忙在雲端裡施禮，說：「……我現在就去保護他。」菩薩說：「快去，快去。」說完，逕自走了。

行者沒用多久，早看見唐僧坐在路旁發呆，他上前叫：「師父！怎麼不走路？還在這

裡做什麼?」三藏抬頭看見,說:「我在這裡等你。你去哪裡了?」行者說:「我剛才到東洋大海老龍王家討了杯茶喝。」三藏說:「徒弟啊,出家人不要說謊。你離開了我,也就是半個時辰,就說到龍王家喝茶?」

行者笑了,說:「不瞞師父說,我會駕觔斗雲,一個觔斗有十萬八千里路。」三藏說:「我只是說說你,你就怪我,離我而去。你有本事,能討得茶喝;我只能在這裡餓著渴著,你真過意得去啊!」行者說:「師父,你如果餓了,我現在去給你化些齋吃。」三藏說:「不用化齋了。我包袱裡還有些乾糧,是劉太保送的,你去拿個缽盂找些水來,等我吃些乾糧走路。」行者解開包袱,把那幾個粗麵燒餅拿出來遞給師父。見包袱裡有一領光鮮亮麗的棉布褂子,一頂嵌金花帽,行者問:「這套衣帽是從東土帶來的?」三藏順口答應著,說:「是我小時候穿戴的。如果戴上這個帽子,就會念經;如果穿上這件衣服,就會行禮。」行者說:「好師父,讓我穿戴穿戴吧。」三藏說:「就怕不合尺寸,你想穿就穿吧。」行者於是脫下身上破舊的白布褂子,將棉布褂子穿上,還真合身,又把帽子戴在頭上。三藏見他戴上帽子,默默地念了一遍緊箍咒。行者叫:「頭痛!頭痛!」師父又念了幾遍,把行者頭疼得滿地打滾,抓破了嵌金的花帽。

三藏恐怕扯斷金箍,就不念了。他的頭就不痛了。行者伸手在頭上一摸,一條金線兒,緊緊地勒在上面,取不下,揪不斷,已經生根了。他從耳朵裡取出針兒來,插入箍裡，往外亂扯。三藏又怕他扯斷了，嘴裡又念起緊箍咒，行者又疼痛不止，耳紅面赤，眼脹身麻。師父見他這樣，於心不忍，不再念了，他的頭又不痛了。行者說：「我這頭，原來是師父咒我的。」三藏說：「我念的是緊箍經，怎麼咒你了？」

行者說：「你再念念看。」三藏又念，行者又痛，只叫：「不要念了！不要念了！一念我就頭痛！這是怎麼說？」三藏問：「你從今聽不聽我的教誨？」行者說：「聽！請問師父，你這法兒是誰教你的？」三藏回答：「是剛才一個老母傳授給我的。」行者大怒，說：「不用講了！這個老母，肯定是觀世音！竟敢害我！等我上南海打她去！」

三藏說：「這個辦法是她傳授給我的，她必然也會念。你如果找到她，她念起來，你不就疼死了？」行者一聽，說得有理，只好回心轉意，跪下哀告，說：「師父！這是她治我的法兒，好讓我隨你西去。我也不去招惹她，你也不要念這個咒。我願意保護師父，不會再反悔。」三藏說：「既然如此，你服侍我上馬上路吧。」

究竟這一去，後面又有什麼話說，且聽下回分解。

第九回　鷹愁澗小龍歸順　觀音院和尚謀寶

話說行者服侍唐僧西進，走了數天，經過蛇盤山鷹愁澗時，澗中鑽出一條龍，上來就抓長老。行者慌忙丟掉行李，把師父抱下馬來，回頭就走。那條龍追趕不上，只好把他的白馬連鞍轡一口吞下肚子裡去，潛到了水裡。行者把師父送到高處坐了，返回來看時，一擔行李還在，馬卻不見了。

他打了一個呼哨，跳到空中，手搭在一對火眼金睛上，四下查看，不見馬的蹤跡。按落雲頭，前去向師父報告：「師父，我們的馬可能被那條龍吃了，找不到了。」三藏說：「徒弟呀，那妖精能有多大的嘴，把那匹大馬連鞍轡都吃了？你再找找看。」行者說：「你不知道我的本事。我這雙眼，白天能看到一千里路的吉凶。馬如果跑了，我早就能看到了。」三藏說：「既然是被他吃了，我怎麼往西走！可憐啊！這萬水千山，怎生走得了！」說完，淚如雨下。行者見他哭了，忍不得，喊著：「師父不要太膿包了！你坐著！坐著！等我老孫去找到那個壞蛋，叫他還我馬就是了。」

正說著，只聽得空中有人說話，叫：「孫大聖不要生氣，唐御弟也不要哭。我們是觀音菩薩派來的一路神祇，特來暗中保護取經人。」那長老聽了，慌忙禮拜。行者說：「你們報上名來，我好點卯。」眾神說：「我們是六丁六甲、五方揭諦、四值功曹、一十八位護教伽藍，輪流值日聽候。」

行者問：「今天該誰值日？」眾揭諦說：「丁甲、功曹、伽藍平時輪流值日。我五方揭諦，只有金頭揭諦早晚提供保護。」行者說：「既然如此，今天不值日的退下，留下六丁神將和日值功曹以及眾揭諦保護我師父。等老孫找到那澗中的孽龍，叫他把馬還給我。」眾神遵令。猴王手持金箍鐵棒，半雲半霧，站在水面上，高叫：「潑泥鰍，把馬還我！把馬還我！」

那龍吃了三藏的白馬，正伏在澗底中間休息，聽見有人大喊大叫，按不住心火，縱身躍浪翻波，跳上來，問：「是誰敢在這裡罵我？」行者大叫一聲：「不要走！把馬還我！」掄著鐵棍，照龍頭就打下來。兩個在澗邊鬥了一會兒，那條龍力軟筋麻，一個轉身，又攛進水裡，再不出頭。猴王跳到澗邊，使出翻江搗海的神通，把鷹愁澗清澈的水，攪得像九曲黃河上的狂波。孽龍在深澗中，坐臥不寧，受不得這個氣，咬著牙，又跳了出去，兩個又在山崖下苦苦打鬥。沒鬥幾個回合，小龍實在抵擋不住，變作一條水蛇兒，鑽入草裡去了。

猴王拿著棍，趕上前來，撥草尋蛇，根本找不到，念了一聲咒語，叫出土地、山神，行者就要打這二神。二神叩頭哀告：「求大聖開恩，讓小神解釋。」行者問：「你們想解釋什麼？」二神說：「這澗中水光清澈，鴉鵲不敢從上頭飛過，因為水清，容易照見自己的影子，認作同群之鳥，不留神一頭扎入水內，所以這裡叫鷹愁澗。前些日子，觀音菩薩救了一條玉龍，送他到這裡，叫他等候取經人，不許為非作歹，不知他竟會衝撞大聖。」行者問：「剛才他變作一條水蛇，鑽在草裡。我趕來找他，你們知道他在哪裡嗎？」

土地回答：「大聖，這條澗千萬個孔竅相通，想必是在其中的一個孔竅裡，大聖不必發怒，只要請到觀世音，他自然出來了。」

行者聽到這樣說，叫山神、土地一同前來見了三藏，說了前事。三藏說：「去請菩薩，你多久才能回來？貧僧飢寒時怎麼辦！」正說著，只聽得暗空中有金頭揭諦叫：「大聖，你不必動身，讓小神去請菩薩來吧。」行者大喜。

卻說金頭揭諦到了南海，來到落伽山紫竹林中，見了菩薩，說明了來因。菩薩聽完，說：「他本來是西海敖閏的兒子，在天庭犯了死罪，是我親自求見玉帝，討他下來，叫他給唐僧做個腳力。他怎麼反而吃了唐僧的馬？我這就前去。」菩薩說完，跟著揭諦，駕著祥光，過了南海前來。

很快來到了蛇盤山。菩薩在半空裡留住祥雲，低頭觀看，只見孫行者正在澗邊叫罵。

菩薩讓揭諦把他叫來。行者聽了，縱雲跳到空中，大叫：「你這個慈悲的教主！怎麼能生著法兒害我！」菩薩說：「你今天不來謝我救命之恩，還敢和我叫嚷？」行者說：「你真行啊！既然放了我，就讓我逍遙自在好了，怎麼送他一頂花帽，讓他哄我戴在頭上受苦？」菩薩笑著說：「你這個猴子！不遵教令，不受正果，如果不這樣對待你，你又會不知好歹！無法無天！只有這樣，你才肯入我瑜伽門路。」行者說：「這件事不提了，可你怎麼又把那個有罪的孽龍，送在這裡讓他成精，吃我師父的馬？」菩薩說：「我讓那條龍在這裡，專等取經人來，好做個腳力。你想想，那東土來的凡馬，怎麼能走得萬水千山？必然是這個龍馬，方才能去得了。」行者說：「他如今躲著不出來，怎麼辦啊？」菩薩叫揭諦：「你去澗邊叫一聲：『敖閏龍王玉龍三太子，你出來，有南海菩薩在此。』他就出來了。」那揭諦遵令去澗邊叫了兩遍。那條小龍掀起波浪，跳出來，變作一個人樣，踏著雲頭，在空中對菩薩禮拜，說：「菩薩有什麼吩咐？」菩薩指著行者，說：「取經人的大徒弟已到，你快快跟著去見取經人。」小龍見了，說：「菩薩，這是我的對頭。他沒有說出一個取經的話來。」菩薩對小龍說：「就那猴頭，你指望他向你解釋？」菩薩上前，把那條小龍脖子下的明珠摘了下來，用楊柳枝蘸出甘露，往他身上拂了一拂，吹口氣，叫：「變！」那條龍變成一匹白龍馬。菩薩又吩咐說：「你好好跟著去西天，取經功成後，給你一個金身正果。」菩薩又叫悟空：「你過來，我再給你一樣本事。」菩薩將楊柳葉兒摘下三個，放在行者的腦後，喝聲：「變！」變作三根救命的毫毛，叫他知道：「如果到了難以脫身的時候，你可以隨機應變，能救得你。」行者謝了菩薩。菩薩轉身回普陀去了。

行者按落雲頭，揪著龍馬的頭鬃，前來見三藏，說：「師父，馬有了。」三藏一見大喜，問：「徒弟，這馬怎麼比以前更健壯了點？在哪裡找到的？」行者說：「師父，你還做夢呢！……」行者便將剛才的經過一五一十地向三藏說明了。

三藏聽了，朝南方焚香禮拜。行者喝退了山神土地，吩咐了揭諦功曹，便請師父上馬，走大路，朝西方而去。天晚，遠遠見前面有一座廟宇。師徒說著話，來到廟門外。看到一個老人，掛著數珠兒，合掌前來迎接，把師徒請到大殿裡。喝過茶，行者眼尖，看房簷下面，有一條晾衣服用的繩子，便過去一把扯斷，將馬腳繫住。老人笑著說：「這匹馬是偷來的？」行者大怒，說：「你這個老頭子，怎麼這樣說話！我們是拜佛的聖僧，怎麼會偷馬？」老兒笑著說：「不是偷的，怎麼沒有鞍轡韁繩，卻要上來扯斷我晒衣的繩子？」三藏賠禮道歉，那個老人說：「我老漢只是開個玩笑，不要當真！我這裡有一副鞍轡，明天把那個鞍轡取出來，送給老師父。」

第二天早晨，那個老人果然拿來一副鞍轡和襯屜韁籠，凡是馬上用的，都拿全了，放在廊下。行者一件件拿起看了，真是好東西！三藏拜謝老人，老人慌忙攙起，說：「這樣的小事，不必謝，不必謝。」老人便請三藏上馬。長老出門，攀鞍上馬，行者擔著行李。

那老兒又從衣袖裡取出一條鞭兒，用的是香籐柄子，虎筋絲穿結的梢兒，在路邊拱手送給三藏，說：「聖僧，我還有這件東西，都送給你吧。」三藏在馬上接了，說：「多承布施！多承布施！」正說著，老人忽然不見了，再看那祠廟，也消失了。只聽得半空中有人說話：「聖僧，我是落伽山山神土地，受菩薩之命，前來送鞍轡給你。」三藏望空稱謝而去。

不知不覺又過了兩個月光陰，到了早春時候，一天，看看又到太陽墜下的時候，遠處又見樓臺殿閣。行者看了，對三藏說：「前面不是殿宇，一定就是寺院。我們趕過去，借宿一晚。」三藏答應，奔向前來。

他們師徒兩個，策馬前來，果然是一座觀音禪院。寺院院主把他們請到後方丈，又見兩個小童攙著一個老僧出來。眾僧說：「師祖來了。」老僧說：「聽說是東土唐朝來的老爺，特來見一見。」問：「老爺，東土到這裡，有多少路程？」三藏回答：「出長安邊界，有五千多里；過兩界山，收了一個小徒弟，一路來，經過西番哈密國，大概兩個月，又走了五六千里，才到了貴處。」老僧說：「也有萬里之遙了。我們弟子虛度一生，山門也沒有出去過，真是坐井觀天啊。」三藏又問：「老院主高壽多少？」老僧回答：「有二百七十歲了。」

老僧叫獻上茶來，說著閒話。老僧問：「老爺從天朝上國，來到這裡，可有什麼寶

貝，給弟子欣賞欣賞？」三藏回答：「可憐！我那東土，沒有什麼寶貝，就算是有，路程遙遠，也不能帶在身上。」行者在一邊，說：「師父，我前天在包袱裡，曾經見到那領袈裟，不就是件寶貝？拿給他們看看好不好呢？」三藏把行者扯住，悄悄地說：「徒弟，不要拿出來。你我單身在外，搞不好只怕有錯。」行者說：「看看袈裟，能有什麼差錯？」三藏說：「古人有言，珍奇寶貝，不可輕易給人看。萬一被貪婪奸偽的人看到，必然動了壞心思；有了壞心思，必然設計謀取。」行者說：「放心！放心！有什麼事情都在老孫身上！」行者不由分說，急急地走了出去，把包袱解開，早有霞光溢出，去掉兩層油紙，取出袈裟，一經抖開，紅光滿室。眾僧見了，連聲誇讚。真是一個好袈裟！那老僧見了這般寶貝，果然動了奸心，走上前對三藏跪下，眼中垂淚，說：「我弟子真是沒緣！」三藏向前攙起，說：「老院師有什麼話要說？」他說：「老爺這件寶貝，方才展開，怎奈何天晚了，老眼昏花，不能看得明白，還不是無緣！」三藏說：「把燈拿上來，讓你再看。」老僧說：「爺爺的寶貝，已經是光彩照人，再點了燈，更加晃眼，更看不仔細。」行者問：「你要怎麼看才算好？」老僧說：「請老爺讓弟子拿到後面房間，細細地欣賞一晚，明天早上還給老爺，不知道願意不願意？」三藏聽到這番話，吃了一驚，埋怨行者：「都是你！都是你！」行者笑了，說：「他能怎麼樣？等我把這件寶貝包起來，讓他拿去，一旦有差錯，老孫自有辦法解決。」三藏無奈，只好把袈裟遞給老僧，說：「你拿去吧，只是明天早上照舊還給我，不要有一點損壞。」老僧高高興興，叫人把袈裟拿進後面房間，吩咐眾僧，把前面禪堂打掃乾淨，取出兩張籐床，放上鋪蓋，就請二位老爺安歇；同時，又叫人安排明天的早齋，然後大家都散了。師徒兩個關上了禪堂，睡下。

卻說那老和尚把袈裟騙到手裡，在後面房間，面對袈裟，嚎啕痛哭，那些寺僧，不敢休息。老僧有兩個徒孫，是他心愛的人，便上前問：「師公，你為什麼要大哭啊？」老僧回答：「我哭無緣，看不得這件唐僧寶貝！」小和尚說：「公公年紀高大，袈裟在這裡，你盡情去欣賞就是了，怎麼還要痛哭？」老僧說：「只是只能看上這一晚，我今年二百七十歲，儘管有了幾百件袈裟，沒有一件比得上這一件！如果能讓我穿一天這件寶貝，死也甘心，也沒白白地當這和尚一場！」眾僧說：「真是好沒道理！你要穿他的這件寶貝，寶貝就放在你的面前，有什麼不可以？我們明天留他住一天，你就穿他一天，留他住十天，你就穿他十天。何苦這麼痛哭？」老僧說：「就是留他住上半年，也只能穿得半年，到底也不得長久。他要去時，只得還給他，怎麼才能留得長遠？」

正說著，有一個叫廣智的小和尚，出來勸說：「公公，要想長遠擁有也容易。」老僧聽了，歡喜起來，說：「我兒，你有什麼高見？」廣智說：「那唐僧兩個是走路的人，一路勞累，現在已經睡著了。我們找幾個有力氣的，拿了槍刀，打開禪堂，將他們殺了，把屍首埋在後園，人不知鬼不覺，又白白地得到他的白馬、行囊，把袈裟留下，做為傳家

之寶，這難道還不是長久之計嗎？」老和尚聽到這樣說，滿心歡喜，揩去了眼淚，說：「好！好！好！這條計策絕妙！」即便收拾槍刀。又有一個名叫廣謀的小和尚，是廣智的師弟，上前來說：「這條計策不好。要殺他，應當先看看動靜。那個毛臉的看上去可是不好惹。萬一殺他們不成，反而惹出大禍。依小孫的想法，現在就叫醒東山大小房頭，叫他們每個人拿乾柴一把，寧可放棄那三間禪堂，放起一把火來，讓他們想走無門，把馬也燒死。就是山前山後有人家看見，也只說是他們自己不小心，著了火，把我們的禪堂都燒了。那兩個和尚，不都燒死了？也好掩人耳目。」眾和尚聽了，都十分歡喜。

這個寺裡，有七八十個房頭，大大小小有二百多人。當天夜裡搬來柴草，把禪堂前前後後四面圍繞，就準備放火。

卻說三藏師徒，已經安歇。行者是一個靈猴，雖然睡下，只是存神煉氣，半睡半醒。忽然聽見外面不住地有人行走，他心裡疑惑：「現在深更半夜，怎麼還有人走來走去？」翻身跳起，想開門出去看看，又恐怕驚醒師父，於是，搖身一變，變做一個蜜蜂兒，從椽稜下鑽出。只見一些僧人，搬柴運草，已經圍住禪堂準備放火呢。行者暗中竊笑：「果然應了我師父的話！我若是拿棍打他們啊，可憐他們又禁不住打，只需一頓棍就都打死了，師父又會怪我行兇。乾脆給他們來一個順手牽羊，將計就計，讓他們在這裡都住不成！」

究竟行者怎麼將計就計，且聽下回分解。

第十回　孫行者借來火罩　黑熊精竊取袈裟

話說行者一觔斗跳上南天門裡，找到廣目天王，提出：「唐僧路遇壞人，現在正準備放火燒死他，事情萬分緊急，特來找你借一借避火罩兒，用後馬上還給你。」天王說：「你錯了，既然是壞人要放火，只應當借水救他，要避火罩幹什麼用？」行者說：「你怎會明白。借水去救，火就燒不起來，倒便宜了他們。如今只是借借這個罩子，護住唐僧，其餘管他好壞，讓他燒去，快快！不要耽誤我做事！」廣目天王笑了，說：「這個猴子還是這麼壞，只顧自己，不管別人。」

行者說：「快點！快點！」那個天王不敢不借，於是把罩子遞給了行者。

行者拿了，按著雲頭，回到禪堂的房脊上，罩住了唐僧和白馬、行李，他到後面老和尚住的方丈房上坐著，留意保護那個袈裟。看著那些人放起火來，他念著咒，望地上吸一口氣，吹過去，一陣風起，風狂火盛，把整個一座觀音院都燒著了。那些和尚，搬箱抬籠，搶桌端鍋，滿院子裡跑來跑去，叫苦連天。

這場大火，驚動了一山獸怪。觀音院正南二十里，有一座黑風山，山中有一個黑風洞，洞中有一個妖精，睡醒翻身，看到窗外透亮，以為天亮了。起床一看，大驚，說：「呀！這一定是觀音院裡失了火！這些和尚怎麼這樣不小心！我幫他們救火去。」好妖精，縱起雲頭，看到沖天的大火，把前面的殿宇都燒沒了，只見兩廊的殿宇還在燒著。他跑進去，卻見後面房間並沒有起火，房脊上有一個人在放風。他到了房間裡面一看，見方丈中間有些霞光彩氣，桌子上放著一個青氈包袱。解開一看，是一領錦襴袈裟。他不由得心中大喜，也不再去救火，拿著袈裟，趁亂打劫，轉回東山。

這場火一直燒到五更天明，才慢慢滅了。

卻說行者取了避火罩，一觔斗送上南天門，交還廣目天王。又直接來到禪堂前，搖身一變，現出了本來面目。

三藏一覺醒來，穿了衣服，開門出來，忽然見面前都是倒壁紅牆，不見了樓臺殿宇，大驚，說：「呀！怎麼回事？為什麼會這樣？」行者說：「你還做夢呢！今晚這裡失火了。」三藏說：「我怎麼不知道？」行者說：「是老孫護住了禪堂，看見師父酣睡，沒敢驚動。」

卻說那些和尚，正在心中憂苦，忽然看見他們師徒牽馬挑擔走來，嚇得一個個魂飛魄散，說：「冤魂索命來了！」行者大喝一聲，說：「什麼冤魂索命？快把袈裟還給我！」

眾僧一齊跪倒在地，叩頭，說：「爺爺呀！冤有冤家，債有債主。這件事和我們無關，都是廣謀和老和尚商量害你們的。」行者氣恨恨地說：「你們這些該死的畜生！饒了你們的性命！把袈裟還給我就不追究了！」有兩個膽量大的和尚說：「老爺，你們在禪堂裡已經被燒死了，現在又來討還袈裟，你們是人還是鬼？」行者笑著說：「這夥孽畜！你們去前面看看禪堂，再來說話！」眾僧們爬起來到前面一看，那個禪堂外面的門窗隔扇，完好無損。眾人悚懼，才知道三藏是位神僧，行者是尊護法，一齊上前叩頭，說：「我們有眼無珠，不識真人下界！你的袈裟放在後面方丈中老師祖那裡呢。」來到方丈，眾僧搶進裡面，叫：「公公！唐僧是神人，沒有燒死！趁早拿出袈裟，還給他去吧。」

原來這老和尚找不見袈裟，又見燒了本寺的房屋，正在萬分煩惱，一聽眾僧說話，怎麼敢答應？只好躬著腰，往牆上一頭撞去，死了。眾僧見了，大哭，說：「師公已經死了，現在又不見袈裟，怎麼是好？」行者說：「一定是你們偷盜了！都出來！點名！讓老孫一個一個地審問！」不一會兒，寺裡的人都來了，一共有二百三十名。行者請師父坐在一邊，他卻一一從頭點名搜檢，都要把衣服翻起來查看，沒有找到。又把各房頭搬搶出去的箱籠物件，從頭細細找了一遍，還是沒有找到。三藏心中煩惱，怨恨行者，念動那咒。行者撲地跌倒在地，抱著頭，十分難受，只喊：「不要念了！不要念了！我一定能找到那個袈裟！」僧人見了，一個個戰戰兢兢，上前跪下勸解，三藏才不念。行者一下子跳起來，從耳朵裡拿出鐵棒，要打那些和尚，被三藏喝住：「這個猴頭！你頭痛還不怕，還要無禮？不准動手！再給我審問審問！」眾僧磕頭禮拜，哀告三藏，說：「老爺饒命！我們確實沒有看見。真不知道袈裟的去向。」

行者大怒，走進方丈屋裡，把那屍首抬出，渾身也沒有那件寶貝，把方丈掘地三尺，也不見蹤影。行者忖量好半天，問：「你們這裡可有什麼妖怪成精嗎？」院主回答：「我們這裡正東南有一座黑風山，黑風洞內有一個黑大王。這老死鬼常跟他講道，他就是一個妖精。」行者問：「那座山離這裡有多遠？」院主回答：「只有二十里，那邊能望到的山頭就是。」行者笑了，說：「師父放心，不用講了，一定是那個黑怪偷去了。」三藏說：「他離這裡有二十里遠，怎麼就能肯定是他拿的？」行者說：「你沒見到晚上的大火，把天空照得透亮，不要說二十里，就是二百里外也照見了！一定是他見到火光，趁著機會，暗暗地來到這裡，看見我們的袈裟是件寶貝，趁亂偷去了。等老孫去找他。」行者急縱觔斗雲，前往黑風山，尋找這件袈裟。

孫行者一觔斗跳到空中，很快就來到了黑風山上。按住了雲頭，仔細往下查看，忽然聽得芳草坡前面有人說話。他悄悄地走過去，躲在一面石崖下面，偷偷一瞧，原來是三個妖魔，坐在地上：一個黑漢、一個道人，還有一個白衣秀士，在一起高談闊論。黑漢笑著說：「後天是我的生日，二公前去熱鬧一番吧！」白衣秀士回答：「應當！應當！」黑漢說：「我夜裡得到了一件寶貝，叫作錦佛衣。我明天就以它做壽，大擺宴席，邀請各山道官，慶賀佛衣，就稱作佛衣會好不好？」道人笑著說：「妙！妙！妙！我明天先來拜壽，後天再來赴宴。」

行者聽到佛衣，忍不住心中怒火，跳出石崖，雙手舉起金箍棒，高叫：「你們這夥賊怪！偷了我的袈裟，還要做什麼佛衣會！趁早還給我！」掄起鐵棒打來，那個黑漢嚇得乘風而逃，道人駕雲而走，只把那個白衣秀士一棒打死，原來是一條白花蛇怪。行者又追到深山老林裡，去找那個黑漢。見有一面陡崖，聳出一座洞府，兩扇石門，關得很緊，門上有一個石板，上面有六個大字：「黑風山黑風洞」。行者掄著棒，上前叫聲：「開門！」那個黑漢被行者在芳草坡前趕過來，剛關了門，還沒容得坐下，又聽見行者在外面叫喊，心中暗想：「這傢伙不知是從哪裡來的，這麼無禮！」於是，拿著一桿黑纓槍，走出門來。行者見了，暗笑：「這位怎麼跟個燒窯的似的！身上這麼烏黑？」那怪厲聲高叫：「你是哪裡的和尚，敢在我這裡大喊大叫？」行者手持鐵棒，到面前，大喝一聲：「別廢話！快還你老外公的袈裟來！」那怪說：「你是哪個寺裡的和尚？你的袈裟丟在哪裡了，敢來到我這裡討取？」行者說：「我的袈裟，在這裡北面的觀音院後方丈裡放著。院裡失了火，你趁機盜來，要做佛衣會慶壽，還敢抵賴？快快還我，饒你性命！若說半個不字，我推倒這座黑風山，踏平你這黑風洞，把你這一洞妖邪，都碾為齏粉！」那怪聽了，呵呵冷笑，說：「你這個潑物！原來昨夜的火就是你放的！你在方丈屋上，行兇招風。是我把一件袈裟拿來了，你想怎麼著！你是哪裡來的？叫什麼？」行者說：「你聽著！你老外公是大唐上國駕前御弟三藏法師的徒弟，姓孫，叫悟空行者！」那怪聽了，笑著說：「原來是那個鬧天宮的弼馬溫嗎？」行者最恨的就是人們叫他弼馬溫，於是大怒，大罵：「你這賊怪！偷了袈裟不還，還用言語傷老爺！不要走！看棍！」那個黑漢側身躲過，持長槍，劈手來迎。那怪和行者鬥了十多回合，不分勝負。漸漸紅日當午，黑漢舉槍架住鐵棒，說：「孫行者，我兩個先收兵，等我吃過飯，再和你賭鬥。」說完，那怪虛晃一槍，轉身入洞，關了石門，大擺宴席，書寫請帖，派出小怪分別前去邀請各山魔王。

行者攻門不開，也只得回觀音院。寺中僧人已埋葬了老和尚，都在方丈裡照顧唐僧。早齋吃過，又擺上午齋，添湯換水，見行者從空中降下，眾僧禮拜，接進方丈，見了三藏，把前去黑風山發生的事情說了一遍。說完，吃了些齋，又駕著祥雲，前往黑風山。正走著，只見一個小怪，胳膊下夾著一個花梨木匣子，從大路走來。行者猜想他的匣內必有什麼柬札，舉起棒，朝著小怪劈頭一下，可憐不經打，就打得似個肉餅一般，拖到路邊，揭開匣子觀看，果然是一封請帖。一看，上面抬頭是：「侍生熊羆拜上……」原來這個帖子是寫給那個老和尚的，把老和尚稱做金池長老，特意邀請老和尚前來開佛衣會。行者見了，呵呵大笑，說：「那個老剝皮，他死得一點兒也不冤！原來和妖精交往！怪不得他也活了二百七十歲。想必是那個妖精，傳授給他些什麼辦法，所以才會有這樣的高壽。老孫還記得他的模樣，等我變作老和尚，往他洞裡走走，看我那袈裟放在什麼地方。」

大聖念動咒語，迎著風一變，果然就像那老和尚一般，藏了鐵棒，奔到洞口，叫聲開門。小妖開了門，見了，急轉身報告：「大王，金池長老來了。」那怪大驚，說：「剛才叫了小的前去請他，這時候應當還沒到他那裡呢，怎麼他就來了？想必是小的沒有見到他，應當是孫行者讓他前來討袈裟的。你們趕快把佛衣藏起來，不要叫他看見。」行者進了門，只見那個黑漢走過來迎接，說：「金池老友，多日不見了。請坐，請坐。」行者以禮相見，坐下喝茶。

正在這時，有一個巡山的小妖前來報告：「大王！出事了！下請書的小校，被孫行者打死在大路旁邊，孫行者變做金池長老，騙佛衣來了！」那怪一聽，猛一轉身，拿過槍來，就刺行者。行者耳朵裡取出棍子，現出了本來面目，架住槍尖，就在中廳裡跳出，從天井中，一直鬥到前門外，又從洞口打上山頭，自山頭殺在雲外，吐霧噴風，飛砂走石，鬥到紅日將落，仍不分勝敗。這黑漢又化作一陣清風，轉身回到本洞，緊閉石門不出。

行者無可奈何，只得回到觀音院裡，按落雲頭，道聲：「師父。」三藏眼巴巴的，正盼著他來呢，看到他，臉上透出笑容；又見他手裡沒有袈裟，又沒了笑容，問：「怎麼這次還沒有把袈裟取來？」行者從袖中取出一個柬帖，遞給三藏，說：「師父，那怪物和這

死的老剝皮，原來是朋友。……」又把剛才的經過說了一遍。三藏問：「你的本事和他比誰強？」行者回答：「我也強不了多少，打個平手。」三藏這才看了柬帖，又遞給那些和尚，說：「你師父也是個妖精？」那些和尚慌忙跪下，說：「老爺，我師父是人。只因為那黑大王修成人道，常來寺裡和我師父講經，他傳授我師父一些養神服氣的招數，成了朋友。」行者說：「這伙和尚沒有妖氣。你看帖兒上寫著侍生熊羆，這個怪物必定是個成精的黑熊。」三藏說：「我聽得古人有言，熊和猩猩相類，都是獸類，他卻怎麼成了精？」行者笑著說：「老孫是獸類，也做過齊天大聖，和他有什麼不同？世間之物，凡有九竅的，都可以修行成仙。」三藏又說：「你剛才說他本事能和你平手，你怎麼做才能取回我的袈裟來？」行者說：「不用管，不用管，我自有辦法。」

整整一夜，三藏想著袈裟，哪裡能睡得穩？等到窗外透出亮光，忙叫起行者。行者起來，說：「我想這件事還得去找觀音菩薩，讓她出面向妖精討袈裟還我。」說完，早已無影無蹤地去了。很快就到了南海，菩薩問他：「你來有什麼事？」行者說：「我師父路遇你的禪院，你受了人間香火，卻容一個黑熊精在附近居住，他偷了我師父袈裟，今天特來問你要的。」菩薩說：「你這猴子說話，十分無禮！既然是熊精偷了你的袈裟，你怎麼來問我要？都是你這個孽猴大膽，將寶貝顯擺，拿給小人看見，你卻又行兇，喚風發火，燒了我的留雲下院，反來我這裡犯混！」行者見菩薩說出這句話，知道菩薩了解過去和未來的事，慌忙禮拜，說：「菩薩，恕弟子之罪，確實是這樣的。只是恨那怪物不肯還我袈裟，師父又要念那咒語，老孫忍受不了頭疼，所以前來拜煩菩薩。希望菩薩發慈悲心，幫助我去拿了妖精。」菩薩說：「那怪物有許多神通，比你不差。好了，我看唐僧面上，和你去一趟。」菩薩出門，行者緊隨，駕著祥雲，很快就來到了黑風山，墜落雲頭，正走著，只見山坡前，走出一個道人，手裡拿著一個玻璃盤子，盤內放著兩粒仙丹，往前正走，被行者撞個滿懷，取出棒，照頭一下，打得腦漿流出。

菩薩大驚：「你這個猴子，他又沒有偷你袈裟，你怎麼就將他打死？」行者說：「菩薩，你不認得他。他是黑熊精的朋友。他昨天和一個白衣秀士，都在前面芳草坡說話，所以我認得。」菩薩說：「既然是這樣，那就算了。」行者上去把那道人提起來一看，卻是一隻蒼狼。旁邊那個盤子底下卻有字，刻著：「凌虛子製」。

究竟行者見了這四個字，又有了什麼主意，且聽下回分解。

第十一回　觀音院唐僧脫難　雲棧洞悟空擒怪

行者見了，笑著說：「菩薩，我悟空有一句話，叫作將計就計，不知菩薩同意不同意？」菩薩說：「你說。」行者說：「菩薩，你看這盤子中是兩粒仙丹，便是我們送妖魔的禮物；這盤子後面刻四個字，說凌虛子製，想必這道人就叫做凌虛子。菩薩，你同意時，就變作這個道人，我把這丹吃一粒，再變作一粒略大些的。菩薩你就捧了這個盤中的兩顆仙丹，去給那妖上壽，把這丸大些的讓那妖吃，老孫就在他身體內降住他。」菩薩沒辦法，只得點點頭。只一恍惚之間，即變作凌虛子。行者轉身變作一粒仙丹，略大一些。菩薩拿了那個玻璃盤子，來到妖洞門口。那妖迎出門，說：「凌虛兄，有勞仙駕光顧。」菩薩說：「小道敬獻一粒仙丹，給大王做壽。」剛剛坐下，菩薩說：「大王，小道有禮了。」說完，把那一粒大的，遞給那妖，說：「願大王千壽！」那妖也拿了一粒，遞給菩薩，說：「願和凌虛子一同吃。」說完，那妖剛要嚥，那藥早已經順著嘴一直滾下去。行者在那怪腹中現了原身，亂打亂踢，那妖滾倒在地。菩薩也現出原身，向那妖索取了佛

衣，行者便從那怪鼻孔中出來。菩薩又怕那妖無禮，把一個箍丟在那妖頭上。那妖起來，提槍要刺，行者、菩薩早已騰空，菩薩將真言念起。那怪頭疼，丟了槍，滿地亂滾。菩薩問：「孽畜！你如今可皈依嗎？」那怪忙說：「情願皈依，只求饒命！」行者恐耽擱了工夫，舉棒就要打，菩薩急忙攔住，說：「不要傷了他的命，我還要用他呢。」行者說：「這樣一個怪物，不打死他，留他有什麼用？」菩薩說：「我那落伽山後，無人看管，我要帶他去做個守山大神。」那怪甦醒多時，跪在地下哀告：「只求饒了性命，願皈依正果！」菩薩墜落祥光，又給他摩頂受戒，叫他拿了長槍，跟隨前去。

三藏正一心盼望行者請得菩薩歸來，只見半空中彩霧燦燦，行者忽然來到身邊，叫他：「師父，袈裟拿回來了。」三藏大喜。行者把請菩薩施展變化降妖的事情，細細地說了一遍，三藏聽了，設置香桌，朝南禮拜。

第二天一大早，收拾行裝出門。眾僧把他們送出了很遠才回。正是春天節氣，師徒們走了六、七天的荒路，有一天，天色將晚，遠遠地看見一個村莊。來到街口，見到一個少年，匆匆忙忙地走路，行者一把扯住，問：「勞駕，請問這裡是什麼地方？」那個人開始只想走路，不肯說。虧得悟空緊緊揪住，才說出：「這裡是烏斯藏國界，這個莊子叫高老莊。一莊人家有大半姓高。」行者又問：「看上去，你好像有事情，走路很慌忙。你實話告訴我，你要去哪裡？說了我才放你走。」這個人無奈，只得說：「我是高太公的家人，叫高才。我那太公有一個女兒，今年二十歲，三年前被一個妖精霸占了。妖精做這個女婿，我太公心中不高興，說女兒招了妖精，敗壞家門，一直想退掉這個婚事。那妖精不肯，把他女兒關在後宅，已有半年時間，不讓家人相見。我太公給了我幾兩銀子，叫我尋訪法師，捉拿妖怪。我這些天一直在外尋找，曾經請了三、四個人，都是不管用的和尚、道士，降伏不了那妖精。剛才太公罵了我一場，說我不會幹事，又給了我五錢銀子做路費，叫我再去請好法師降伏他。我無奈，你放我走吧。」行者說：「這是你的造化，你也不用遠行了，也不要花費銀子了。我有些手段，專門會拿妖捉怪。麻煩你回去告訴你家主人，說我們是東土駕下差來的御弟聖僧，是往西天拜佛求經的，能降妖伏怪。」高才聽了，無可奈何，提著包袱，拿了傘，轉步回身，領他師徒到莊門，說：「二位長老，等我進去報告主人。」

高才進了大門，見到高太公。太公聽了，說：「既然是遠來的和尚，說不定還真有些手段。」高才出來迎接。坐定，高老問：「二位長老是東土來的？」三藏回答：「是。貧僧奉朝命往西天拜佛求經，經過寶莊，想在這裡歇一晚，明天一早就走。」高老說：「二位原是借宿的，怎麼卻說會拿怪？」行者說：「本來是借宿，也想順便拿幾個妖怪玩玩。請問府上有多少妖怪？」高老說：「天哪！只這一個妖怪女婿，已夠受的了！」行者說：「你把妖怪的事說說看，我好幫助你拿他。」高老說：「我生有三個女兒，從大到小分別叫香蘭、玉蘭、翠蘭。那兩個大的從小時候就許了本莊人家，只有這個小的，要招個女婿，指望他和我一同生活，做個養老女婿。三年前，有一個漢子，模樣兒倒也不錯，他說是福陵山上人家，姓豬，上無父母，下無兄弟，願給人家做個女婿。我就招他進了門。他也挺勤謹：耕田耙地，不用牛具；收割田禾，不用刀杖。各方面都不錯，只是有一件，就是他會變嘴臉。」行者問：「怎麼變？」高老說：「剛來時，是個黑胖漢，後來就變作一個長嘴大耳朵的呆子，腦後又有一溜鬃毛，身體粗糙得嚇人，頭臉就像個豬的模樣。很能吃，一頓要吃三五斗米飯。值得慶幸的是，這個女婿喜歡吃素，如果再吃葷酒，我可是養不起了！」三藏說：「他能幹活，當然能吃。」高老說：「吃還是件小事，他現在又會弄風，雲來霧去，走石飛砂，嚇得我一家和左鄰右舍，都不得安生。又把翠蘭小女關在後宅子裡，半年也不曾見面，更不知死活。因此知他是個妖怪，要請個法師治他。」行者說：「你不用擔心了，今夜一定幫你拿住他，讓他寫了退親文書，還你女兒好不好？」高老大喜。

吃完飯，行者對長老說：「師父，你放心坐著，老孫去了。」

行者拿著鐵棒，扯著高老，說：「你帶我去後宅子妖精的住處看看。」高老帶他到了後宅門前，行者說：「你取鑰匙來。」高老說：「你先看看，如果能用得鑰匙，就不請你了。」行者笑著說：「你這老兒，年紀雖大，卻不懂得開玩笑。你還當真了。」走上前，摸了一摸，原來是銅汁灌的鎖。他用金箍棒上去一搗，搗開門扇，裡面黑洞洞的。行者說：「老高，你去叫你女兒一聲，看她在裡面沒有。」那老兒壯著膽叫聲：「三姐姐！」那女兒聽得是她父親的聲音，少氣無力地應了一聲：「爹爹，我在這裡呢。」高老過去，一把扯住，父女抱頭大哭。行者說：「先別哭！先別哭！我問你，妖怪往哪裡去了？」

女子說：「不知往哪裡走了。這段日子，天明就去，入夜方來。知道父親要退掉他這個女婿，他也常常防備，所以晚來早走。」行者說：「知道了。」便讓父女兩個離開房子。行者搖身一變，變成那女子模樣，單獨坐在房裡等那妖精。沒多久，一陣風來，真是走石飛砂，只見半空裡來了一個妖精，果然生得醜陋：黑臉短毛，長嘴大耳。行者暗笑：「原來是這個買賣！」好行者，睡在床上裝病，嘴裡哼哼不絕。那怪不識真假，走進房，一把摟住，就要親嘴。行者使個拿法，托著那怪的長嘴，一摔，把那怪摔下床來。那怪爬起來，扶著床邊說：「姐姐，你怎麼今天這樣了？是怪我來晚了嗎？」行者說：「不怪！不怪！」那妖說：「既然不怪我，怎麼就摔我這一跌？」行者說：「你怎麼上來就摟著要親嘴？我今天身體不舒服，你脫了衣服睡就是了。」那怪不解其意，真的就去脫衣。行者跳起來，坐在淨桶上。那怪又來床上摸一把，摸不著人，叫：「姐姐，你到哪裡去了？請脫衣服睡吧。」行者說：「你先睡，等我先解個手。」

那怪解衣上床。行者忽然歎了口氣，說：「真沒意思！」那怪問：「你為什麼生氣

了？怎麼沒意思了？我到了你家，雖然多吃了一些飯，也沒有白吃你的：我也曾經替你家掃地通溝，搬磚運瓦，築土打牆，耕田耙地，種麥插秧，創家立業。現在你身上穿錦戴金，一年四季能吃到花果，你還有什麼不順心的，這麼短歎長吁？」行者說：「不是這個意思。今天我的父母，隔著牆，往屋裡扔磚瓦，要打我呢。」那怪說：「他打你做什麼？」

行者回答：「他說我和你做了夫妻，你是他的一個女婿，形象太差了，不能見親戚，又不知你到底是從哪裡來的，更不知道你的姓名，敗壞了他的清德，玷辱了他的門風，所以就來打罵，因此我很煩。」那怪說：「我雖是醜陋，如果想俊，也不是難事。我剛來的時候，曾和他說過，他願意了才招我入贅，今天怎麼又說起這話！我家住在福陵山雲棧洞。我以相貌為姓，姓豬，官名叫做豬剛鬣。他如果來問你，你就把這句話說給他聽。」行者暗喜，心想：「那怪還算老實，既然有了地方姓名，不管怎麼樣都能拿住他。」行者便說：「他要請法師來拿你呢。」那怪笑著說：「睡覺！睡覺！不必理他！我有天罡數的變化，九齒的釘鈀，怕什麼法師、和尚、道士？就是你老子請下九天蕩魔祖師下界，我也認識他，他也不會拿我怎麼樣。」行者說：「他說請一個五百年前大鬧天宮姓孫的齊天大聖，要來拿你呢。」那怪聽到這句話，開始感覺有點害怕，說：「既然是這樣，我走了吧，兩口子做不成了。」行者說：「你為什麼要走啊？」那怪回答：「你不知道，那個鬧天宮的弼馬溫，有些本事，只怕我鬥不過他。」說完，他穿上衣服，開了門，往外就走，被行者一把扯住，將自己臉上抹了一抹，現出原身，大喝：「好妖怪，哪裡走！你抬頭看看我是誰？」那怪轉過身，看見行者那活雷公般的模樣，嚇得手麻腳軟，掙破了衣服，化陣狂風脫身走了。行者趕上去，拿著鐵棒，望風打了一下，駕著雲，一路趕來。

那怪前面跑，這大聖後面追。忽然見到一座高山，那怪現了原身，跑入洞裡，取出一柄九齒釘鈀出來。行者大喝：「潑怪！你是哪裡來的邪魔？怎麼知道我老孫的名號？你有什麼本事，快快招來，饒你性命！」

那怪說：「你還不知我的手段！上前來站著，我說給你聽：我曾經是玉帝封的天蓬元帥，專管天河，由於在蟠桃會上喝醉了，一頭闖進廣寒宮，扯住嫦娥進行騷擾。糾察靈官把這件事奏明了玉帝，把我抓了起來，正準備處決我，多虧太白金星出面說情，最後把我重重打了二千下，把我貶出天關，來到福陵山下。我因有罪，錯投了胎，俗名叫豬剛鬣。」行者一聽，說：「你原來是天蓬水神下界，怪不得知道我老孫名號呢。」那怪說：「你這個弼馬溫，那年闖出那場禍時，不知連累多少人，今天又來這裡欺負人！不要無禮，先吃我一鈀！」行者怎麼肯留情，也舉起棒，當頭就打。打到天快亮了，妖精兩隻胳膊覺得痠麻，敗陣逃去，又化為一陣狂風，轉回洞裡，把門緊閉，不再出門。行者在這洞門外看到一塊石碣，上書：「雲棧洞」，見那怪不出來，天又大亮，於是來到洞口，一頓鐵棍，把兩扇門打得粉碎。那怪正氣喘吁吁地待在洞裡，聽見打得門響，只得拖著鈀，抖擻精神，跑出來說：「少廢話！看老豬這鈀！」行者聽了，收了鐵棒，說：「呆子不要逞能！老孫把這頭伸在這裡，你先打一下兒，看能把我怎麼樣？」那怪舉起鈀，使出全身氣力打來，撲的一下，行者沒傷著一點頭皮。嚇得他手麻腳軟，說：「好頭！好頭！」行者說：「你是不知道。老孫因為鬧天宮，被小聖二郎擒住，押在斗牛宮前，眾天神把老孫斧剁錘敲，刀砍劍刺，火燒雷打，也沒傷著分毫。太上老君把我放在八卦爐中，將神火鍛煉，煉成火眼金睛、銅頭鐵臂。不信，你再打幾下，看看疼不疼？」那怪說：「你這猴子，我記得你鬧天宮時，家住在東勝神洲傲來國花果山水簾洞裡，很長時間沒你消息了，你怎麼來到這裡欺負我？難道是我丈人把你請來的？」行者說：「你丈人沒有請我。只是老孫改邪歸正，保護一個東土大唐駕下御弟，叫做三藏法師，往西天拜佛求經，路過高老莊借宿，高老兒說起你這件事，就請我救他女兒！」那怪一聽，扔了釘鈀，行個禮，說：「取經人在什麼地方？麻煩你帶我去見一見。」行者問：「你見他幹什麼？」那怪說：「我受觀世音菩薩勸善，在這裡吃齋守候，叫我跟隨那取經人往西天拜佛求經，將功折罪，還得正果。只是叫我等他，這幾年卻沒有消息。今天遇到你，如果早說了取經事，我就不和你打了。」行者聽他這樣講，便說：「既然是這樣，你點把火燒了你這個住處，我帶你去。」那怪於是搬了些蘆葦荊棘，點著一把火，把那雲棧洞燒得像個破瓦窯，對行者說：「你帶我去吧。」行者說：「你把釘鈀給我拿著。」那怪就把鈀遞給行者。行者又拔了一根毫毛，吹口仙氣，叫「變！」變作一條三股麻繩，走過來，把那怪背手綁了，卻又揪著耳朵，叫：「快走！快走！」那怪說：「輕著點！你的手重，揪得我耳根子疼。」行者說：「輕不成！常言說，善豬惡拿。只等見了我師父，果有真心，方才放你。」他兩個半雲半霧的，前往高老莊來。

很快到了莊前。那怪走上前，雙膝跪下，背著手對三藏叩頭，高叫：「師父，弟子失迎，早知是師父住在我丈人家，我就來拜接，怎麼又生出這許多波折？」三藏問：「悟空，你用什麼辦法教他前來拜我？」行者這時才放了手，拿著釘鈀柄打著，大喝：「呆子！你說！」那怪把菩薩勸善的事情，說了一遍。三藏大喜。

究竟三藏收了那怪沒有，且聽下回分解。

第十二回　高老莊八戒拜師父　浮屠山玄奘受心經

話說那怪拜了三藏，又拜了行者，稱行者為師兄。三藏說：「你如今做了徒弟，我給你起個法名，好稱呼你。」他說：「師父，菩薩已給我摩頂受戒，起了法名，叫做豬悟能。」三藏笑著說：「好！好！你師兄叫作悟空，你叫作悟能，還真是我法門中的宗派。」悟能說：「師父，我受了菩薩戒行，不吃五葷三厭，在我丈人家吃齋，不再動葷。今天見了師父，我開了齋吧。」三藏說：「不可以！不可以！你既然是不吃五葷三厭，我再給你起個別名，叫做八戒。」那呆子歡歡喜喜，說：「願聽師父的話。」從此又叫作豬八戒。

高老看到這樣的結果，十分喜悅，忙讓家中夥計排下宴席，酬謝唐僧。師徒們吃過飯，高老用一紅漆丹盤托出二百兩散碎金銀，又把三領棉布褊衫拿出來相送。三藏說：「我們是行腳僧，遇莊化齋，怎麼敢接受金銀財物？」八戒在旁邊說：「師父、師兄，你們不要還好說，我給他家做了這幾年女婿，做了多少事啊。丈人啊，我的褂子，昨天晚上被師兄扯破了，給我一件青錦袈裟；鞋子開縫了，給我一雙新鞋子吧。」高老聽了，不敢不給，叫人去買了一雙新鞋，把一領褂子換了舊衣物。八戒搖搖擺擺，對高老行個禮，說：「丈人、大姨、二姨、姨夫、姑舅：我今天去做和尚了，不能一一告別，不要怪我。丈人啊，你要好好地照顧我老婆，只怕我們取不成經時，我好來還俗，照舊給你做女婿。」行者大喝：「不要胡說！」八戒說：「哥啊，不是胡說，就怕一時間有些兒差錯，和尚做不成，老婆也得不到，雞飛蛋破！」三藏說：「少說廢話，我們早一點走路吧。」於是收拾了一擔行李，教八戒擔著；三藏騎著白馬；行者肩扛鐵棒，在前面引路。一行三人，辭別高老等人，往西邊去了。

大約走了一個月，過了烏斯藏界，前面又出現了一座高山。三藏勒住馬，說：「悟空、悟能，前面山高，務必小心。」八戒說：「沒事的。這座山叫作浮屠山，山裡有一個烏巢禪師，在這裡修行，老豬也見過他。」三藏問：「他做什麼的？」八戒回答：「他也有些道行。也曾經勸我跟他修行，我沒去。」師徒們說著話，沒多長時間就來到了山上。

卻說那禪師見他三人前來，前來迎接。三藏下馬禮拜，禪師用手攙起，說：「聖僧請起，失迎，失迎。」八戒說：「老禪師，作揖了。」禪師驚問：「你是福陵山豬剛鬣，怎麼有這樣的大緣，和聖僧同行？」八戒說：「前年蒙觀音菩薩勸善，願隨他做個徒弟。」禪師大喜，說：「好！好！好！好！」又指著行者，問：「這一位是誰？」行者笑著說：「這老禪師怎麼認得他，反而不認得我？」禪師說：「因為沒見過面。」三藏說：「他是我的大徒弟孫悟空。」禪師賠笑：「欠禮，欠禮。」三藏再拜，請問西天大雷音寺在哪裡。禪師說：「遠了！遠了！而且路多虎豹，難行。」三藏再問：「路途能有多遠？」禪師說：「路途雖遠，畢竟有到達的時候，只是魔障太多。我有《多心經》一卷，共有二百七十字。如果遇到魔障，念這個經，就不會受到傷害。」三藏拜伏於地，禪師於是口誦傳給三藏，駕霧去了。

師徒三人，在路上戴月披星，又到了夏天。有一天正走著，看看天晚，見山路旁邊有一個村舍。

三藏說：「悟空，天晚了，路旁有一人家，我們先去借宿一晚，明天再走。」八戒說：「說得是，我老豬也有點餓了，到人家化些齋吃，好有力氣挑行李。」行者說：「這個戀家鬼！你離開家才幾天，就開始抱怨！」八戒說：「哥啊，我和你不同。我跟了師父這幾天，經常半飢半飽，你怎麼知道啊！」三藏聽了，說：「悟能，你如果還是戀家，你就回去吧。」呆子慌得跪下，說：「師父，你不要聽師兄的話。我沒抱怨什麼，我是個直腸子的痴漢，我只說餓了，好找個人家化化齋，他就罵我是戀家鬼。師父啊，我受了菩薩的戒行，又得到師父的憐憫，情願服侍師父往西天去，定不反悔！」三藏說：「既然是這樣，你起來吧。」

呆子起身，嘴裡嘮嘮叨叨，挑著擔子，跟著前來。到了路旁人家門前，三藏下馬，行者接了韁繩，八戒放下行李，都站在綠蔭下面。三藏拄著九環錫杖，先奔到門前，見到一個老人，說明來意，被老人請到裡面的天井中坐下。

老人叫一個少年拿出三杯清茶給師徒喝，然後又安排做飯，閒談了幾句。說著說著，三藏問：「往西去取經路途好不好走啊？」老人回答：「取經不難，只是路途難行。我們這裡往西去，三十里左右，有一座山，叫做八百里黃風嶺，那山中有妖怪。」行者說：「沒問題！沒問題！有了老孫和我這師弟，隨便他是什麼妖怪，也不敢惹我們。」正說著，飯做好了，擺在桌上。老人請師徒吃飯。三藏合掌念《起齋經》，八戒早已吞了一碗飯。長老的幾句經還沒念完，呆子已經吃下三碗。行者說：「真是撞著餓鬼了！」老人看見他吃得快，說：「這個長老，想必是餓著了，快添飯來。」呆子也不抬頭，一連就吃了十多碗。三藏、行者都還沒吃完兩碗。呆子一頓，把他一家子飯都吃得乾乾淨淨，嘴上還說只有半飽。當晚，安排了住處睡下。

第二天，師徒繼續往前走。走了半天，來到一座高山，看上去十分雄偉險峻。正要走到那座山山腳，忽然遇到一陣大風，三藏在馬上心驚，八戒上前，一把扯住行者，說：「師兄，風真大！我們先躲一躲吧。」行者笑著說：「兄弟不中用！風大時就想躲，如果當面撞見妖精，又會怎麼樣？」八戒說：「哥啊，你沒聽過避色如避仇，避風如避箭嗎？

我們先躲一躲，有什麼不好？」行者說：「先別說話，等我把這風抓一把來聞一聞。」八戒笑著說：「師兄又撒謊，風能抓過來聞？就是抓得來，也從手縫裡鑽走了。」行者說：「兄弟，你還不知道老孫有個抓風的方法。」大聖讓過風頭，把那風尾抓過來聞了一聞，有些腥氣，說：「不是好風！這風的味道不是虎風就是怪風，其中必有事情發生。」

話音未落，只見山坡下，跳出一隻斑斕猛虎，慌得三藏坐不穩雕鞍，一頭摔下馬來，魂飛魄散。八戒扔了行李，手拿釘鈀，大喝一聲，說：「孽畜！休走！」趕過去，劈頭就打。那隻虎直挺挺站起來，把前左爪掄起，摳住自己的胸膛，往下一抓，呼喇的一聲，把皮剝了下來，站在路邊，大喊：「慢來！慢來！我不是別人，我是黃風大王部下的前路先鋒。今天奉著大王的嚴命，在山裡巡邏，要拿幾個人去下酒。你是哪裡來的和尚，敢用兵器打我？」八戒罵著說：「你這個孽畜！你是認不得我！」妖精哪容分說，衝到跟前，使一個招勢，照著八戒的臉就抓。這八戒閃過，掄鈀就打。那怪手裡沒有兵器，回身就走，八戒隨後趕來。那怪到了山坡下面亂石叢中，取出兩口赤銅刀，掄起來便轉身來迎。這時，孫行者攙起唐僧，說：「師父，你不要害怕，先坐在這裡，等老孫去幫幫八戒，打倒那怪，好走路。」三藏這時才坐起來，戰戰兢兢，嘴裡念著《多心經》。行者拿著鐵棒，大喝：「拿了！」八戒抖擻精神，那怪敗下陣去。行者說：「不要饒他！趕上去！」他們兩個掄釘鈀，舉鐵棒，趕下山來。那怪慌了手腳，使了一個金蟬脫殼計，打個滾，現了原身，仍是一隻猛虎。行者和八戒不肯放棄，趕著那虎，一定要除根。那怪見他們趕到跟前，卻又摳著胸膛，剝下皮來，蓋在一面臥虎石上，脫了真身，化作一陣狂風，回到路口。路口上，那師父正念《多心經》，被他一把拿住，駕著長風抓走了。

那怪抓著唐僧，來到洞口，按住狂風，對把門的說：「你去報告大王，前路虎先鋒拿了一個和尚，在門外聽令。」那洞主傳令：「拿進來。」那虎先鋒，腰裡別著兩口赤銅刀，雙手捧著唐僧，上前跪下，說：「大王，小將蒙鈞令往山上巡邏，忽然遇到一個和尚，他是東土大唐駕下御弟三藏法師，上西方拜佛求經，被我抓來送上。」洞主聽到這話，吃了一驚，說：「我曾經聽人們傳說：三藏法師是大唐奉旨意取經的神僧，他手下有一個徒弟，名叫孫行者，神通廣大，智力高強。你怎麼把他捉來了？」先鋒說：「他有兩個徒弟：先來的那位，使著一柄九齒釘鈀，生得嘴長耳大；又有一個，使一根金箍鐵棒，生得火眼金睛。正趕著小將，被小將使了一個金蟬脫殼計，把這和尚拿來，奉獻大王，可以吃了他。」洞主說：「先別吃他。」先鋒說：「大王，見食不吃，豈不可惜？」洞主說：「你不知道，吃了他不要緊，只是怕他那兩個徒弟上門吵鬧，先把他綁在後園定風樁上，等上三五天，他兩個不來打擾，那時候，卻不任我們擺布？或煮或蒸，或煎或炒，慢慢地自在受用不遲。」先鋒大喜，說：「大王深謀遠慮，說得有理。」叫：「小的們，拿了去。」旁邊擁上七、八個綁縛手，把唐僧拿去，綁了。三藏不由得心裡叫著：「徒弟

啊！不知你們在哪裡擒怪降妖，我卻被這魔頭拿來，遭受毒害，什麼時候再得相見？好苦啊！」一邊嗟歎，一邊淚落如雨。

卻說行者、八戒，趕著那虎下了山坡，只見那虎倒在崖前，行者舉棒，盡力一打，震得自己手疼。八戒復打了一鈀，也將鈀齒脫手跳起，原來是一張虎皮，蓋著一塊臥虎石。行者大驚：「不好了！不好了！中了他的計了！」八戒問：「中了他什麼計？」行者說：「這個叫做金蟬脫殼計，他將虎皮蓋在這裡，他卻走了。我們先回去看看師父，不要遭了毒手。」兩個趕緊轉回來，三藏早已經不見了。行者大叫如雷：「怎麼辦！師父已被他擒去了。」八戒牽著馬，眼中滴淚，說：「天哪！天哪！卻往哪裡去找！」行者抬著頭跳著說：「不要哭！不要哭！一哭就挫了銳氣。反正只在這座山中，我們找一找。」

他兩個跑入山中，只見石崖下面，聳出一座洞府，果然凶險。行者叫八戒在這裡看著馬和行李，自己整一整褂子，拿著棒，撞到門前，只見門上有六個大字：「黃風嶺黃風洞」。行者站住，拿著棒，高叫：「妖怪！趁早送我師父出來，免得掀翻了你這個窩巢！」黃風怪正坐在裡面，聞聲害怕，叫虎先鋒：「我叫你去巡山，只該拿些山牛、野豬、肥鹿、胡羊，你怎麼拿了那唐僧來，卻惹他那徒弟來這裡吵，怎麼是好？」先鋒說：「大王放心，小將願帶領五十個小妖出去，把那什麼孫行者拿來湊吃。」說完，叫上五十名精壯小妖，擂鼓搖旗，出門來。行者見了，拿著鐵棒向前。那先鋒持刀按住。只打了

三、五回合，那先鋒便腰軟無力。轉身就要逃跑，卻被悟空緊緊纏住。

那虎怪撐不住，回頭就走。原來他在那洞主面前說了大話，不敢回洞，只有往山坡上逃生。行者哪裡肯放走他，拿著棒，一味趕來，喊聲不絕，卻趕到那藏風山凹裡面。一抬頭，看見八戒在那裡放馬。八戒忽然聽見喊叫聲，回頭一看，原來是行者追趕著那個虎怪，於是丟了馬，舉起鈀，從一側衝過去，向前就打。可憐那先鋒，沒留神，卻被八戒一鈀，在身上打了九個窟窿，鮮血往外冒，倒在地上。

行者見了，大喜，說：「兄弟，正好！他領了幾十個小妖，來和老孫鬥，被我打敗了，他不往洞裡跑，卻跑來這裡尋死。虧你接著；不然，又讓他逃了。」八戒說：「把師父抓走的就是他？」行者說：「正是，正是。」八戒說：「你問他師父的下落了嗎？」行者說：「這怪把師父抓進洞裡，是老孫急了，就和他鬥，一直來到這裡。兄弟啊，這個功勞算你的，你先守著馬和行李，等我把這死怪拖了去，再到那個洞口索戰。一定要拿得那老妖，才能救得師父。」八戒說：「哥哥說得有理。你去，你去，如果打敗了這老妖，就趕到這裡來，等老豬截住殺他。」行者一隻手提著鐵棒，一隻手拖著死虎，來到那個洞口。

究竟這一去可否降得妖怪，救得唐僧，且聽下回分解。

第十三回　黃風嶺靈吉降風魔　流沙河三藏收沙僧

話說那五十個逃跑的小妖，拿著一些破旗破鼓，一頭撞入洞裡，報告：「大王，虎先鋒被那毛臉和尚打死了，拖在門口叫罵呢。」那個老妖一聽大怒，手持一桿三股鋼叉，出門，照著行者當胸就刺。老妖和大聖鬥了三十回合，不分勝敗。這行者使了一個手段：把毫毛揪下一把，在嘴裡嚼得粉碎，望上一噴，叫聲：「變！」變出一百多個行者，都是一個模樣，各持一根鐵棒，把那怪圍在空中。那怪害怕，也使出本事：急回頭，望著地上把嘴張了三下，一口氣吹出去，忽然之間，一陣黃風，從空中刮起。那妖怪使出三昧神風，就把孫大聖毫毛變的小行者刮在半空中，團團亂轉，行者一驚，趕緊把毫毛一抖，收上身來，又舉著鐵棒，上前來打，卻被那怪照臉上噴了一口黃風，把行者兩隻火眼金睛，颳得緊緊閉上，無法再睜開，於是敗下陣來。那妖收住黃風回洞。

行者眼珠疼痛，淚水直流。回來找到躲在山凹裡面的豬八戒，急於找眼藥治眼。二人出了山凹，這時已經接近黃昏，見那路南山坡下面，有一家莊院。莊院裡出來一位老人，

帶有家僕。得知來的二人是東土大唐聖僧的徒弟，便請二人進了裡邊，獻茶、供飯，又安排他們睡覺休息。行者說：「先不要睡，請問好人，貴地可有賣眼藥的？」老人說：「是誰眼睛不好？」行者說：「我們今天在黃風洞口救我師父，沒想到被那怪一口風噴來，吹得我眼珠疼痛。現在眼淚汪汪，所以要找眼藥。」那老人說：「原來如此，我這地方卻沒有賣眼藥的，老漢也有眼病，曾遇到一位異人傳了一個藥方，叫三花九子膏，能治風眼。」那老人走進去，取出一個瑪瑙石的小罐，拔開塞口，用玉簪兒蘸出一點給行者點在眼睛上，叫他不要睜開，安心睡覺，說明天一早就能好。

行者和八戒睡下，不覺又是五更時間，天快亮了，行者抹抹臉，睜開眼，忙說：「果然是好藥！比平時還要光明！」轉頭往後邊一望，呀！哪裡有什麼房舍窗門，只見到一些老槐高柳，兄弟倆都睡在那綠草地上。八戒醒來，問：「哥哥，你嚷什麼？」呆子也一抬頭，見沒了人家，慌忙爬起來。行者笑著說：「呆子，不要慌，你看那樹上是個什麼紙條。」八戒走上前，用手揭下，原來上面有四句頌子：「莊居非是俗人居，護法伽藍點化廬。妙藥與君醫眼痛，盡心降怪莫躊躇。」行者說：「這主人和家僕一定是那護教伽藍、六丁六甲、五方揭諦、四值功曹，奉著菩薩的法旨暗保我師徒。」

接著，行者和八戒商議再去救師父。行者來到妖怪門前，門關著。行者不叫門，也不驚動妖怪，念著口訣，念個咒語，搖身一變，變作一隻蚊子，飛入妖精洞裡。只見那老妖

正吩咐各門謹慎，整理著兵器。行者又飛過那邊廳堂，來到後面。見到一道門，關得緊，行者沿著門縫鑽進去，裡面是個大空園子，那邊定風樁上綁著唐僧。行者停在他的光頭上，叫聲：「師父。」那長老聽得是他的聲音，問：「悟空啊，想死我了！你在什麼地方叫我呢？」行者說：「師父，我在你頭上呢。你不要焦急，我們務必拿住那妖精，救你性命。我先去了。」

說聲去，嚶嚶地飛到前面，只聽得眾妖說：「大王，不知道那猴子會不會請些神兵來，那可怎麼辦啊？」老妖說：「不用怕他，怕什麼神兵！我這風勢，除了靈吉菩薩能破，其他都不怕！」行者在屋梁上，聽他一說，心中歡喜，急忙飛出，現出原身，來至林中，找到八戒，說：「你知道靈吉菩薩住在哪裡？」八戒搖頭不知。正說著，只見大路旁走出一個老公公來。大聖藏了鐵棒，上前問：「老公公，我們是取經的聖僧，昨天在這裡丟了師父，特來問公公一聲，靈吉菩薩在哪裡住？」老人說：「從這裡一直往南方，有二千里路。那裡有一座山，叫做小須彌山。山中有一個道場，是靈吉菩薩講經禪院。」行者問：「不知從哪條路去？」老者用手向南指著說：「從這條羊腸路走就行。」哄得那孫大聖回頭看路，那公公化作清風，忽然不見了，只是路旁邊有一張便條，上有四句頌子：「上復齊天大聖聽，老人乃是李長庚。須彌山有飛龍杖，靈吉當年受佛兵。」行者拿了便條，轉身下路，把便條遞給八戒，八戒念了一遍，問：「李長庚是誰？」行者說：「是西

方太白金星的名號。」八戒慌得望空就拜，說：「恩人！恩人！老豬若不是虧了金星奏准玉帝，性命也不保了！」行者說：「兄弟，你卻也知感恩。你現在只待在這裡，仔細看著行李、馬匹，等老孫去須彌山，請菩薩去。」

孫大聖跳在空中，一路觔斗雲，去了。不一會兒，見到一座高山，山凹裡果然有一座禪院，大聖和那菩薩相見，說明來意。菩薩說：「我受了如來法令，在這裡鎮押著黃風怪。如來賜了我一顆定風丹，一柄飛龍寶杖。那怪當時被我拿住，饒了他的性命，放他歸山，不許傷生造孽，不知他今天欲害令師，有違教令，是我的過錯。」說完，那菩薩取了飛龍杖，和大聖一齊駕著雲前去。一會兒，到了黃風山上。行者按落雲頭，不容分說，拿著鐵棒把那洞門打破，誘出妖怪，只見半空裡，靈吉菩薩把飛龍寶杖扔下來，也不知念了些什麼咒語，卻是一條八爪金龍，撥喇地張開兩爪，一把抓住妖精，提著頭，扔到山石崖邊，現了原身，卻是一個黃毛貂鼠。行者趕上去舉棒就打，被菩薩攔住：「大聖，不要傷了他的性命，我還要帶他去見如來。」又說：「他是靈山腳下得道老鼠，因為偷了琉璃盞內的清油，燈火昏暗，恐怕金剛拿他，所以走了，卻在這裡成精作怪。如來讓我管押，沒想到今天又衝撞大聖，陷害唐僧，我拿他去見如來才好。」行者聽了，謝了菩薩。菩薩西歸。行者找到豬八戒，又救出了師父。

話說唐僧師徒三人，走過黃風嶺，見眼前出現一條大河，十分寬闊。行者看了，說：

「這條河有八百里寬，眼前又沒有船，怎麼過得去啊？」長老煩惱，忽然見到岸上有一塊通石碑。三人來看，上有三個篆字：「流沙河」。還有小小的四行真字：「八百流沙界，三千弱水深。鵝毛飄不起，蘆花定底沉。」師徒們正看碑文，只聽得那湖水浪打浪，湖當中鑽出一個妖精，十分凶醜。那怪奔上岸來，來搶唐僧，慌得行者把師父抱住，急忙跑到高岸。那八戒放下擔子，拿出鐵鈀，照著妖精就打，那怪用寶杖架住。戰了二十回合，不分勝負。

那大聖保護著唐僧，牽著馬，守著行李，見八戒和那怪交手，恨得咬牙切齒，摩拳擦掌，一時壓不住心中的火，打個呼哨，跳到前邊。那怪正和八戒難解難分，被行者掄起鐵棒，照著那怪頭上一下，那怪急轉身，慌忙躲過，鑽入流沙河裡。

他兩個攙著手，轉回來見唐僧。唐僧問：「捉到妖怪了？」行者說：「那妖怪鑽入水裡去了。」三藏說：「徒弟，這怪長久住在這裡，他知道水的淺深。須是有個知水性的，領著過了這個河才好。」行者說：「說得有理。那怪在這裡，一定知水性。我們如今拿住他，先不要打死，只叫他送師父過河。」八戒說：「哥哥不必遲疑，你先去拿他，老豬我看守師父。」行者笑著說：「賢弟呀，這件事我不敢誇口。水裡的事，老孫不大熟。入水還要念訣，又要念念避水咒。再不然，就要變化成什麼魚蝦蟹鱉一類的，我才去得。」八戒說：「老豬當年總督天河，掌管了八萬水兵，倒學得些水性，卻只怕那水裡有什麼眷族老小，七窩八代的都來，我就鬥他不過。」行者說：「你如果到他水中和他交戰，不要戀戰，許敗不許勝，把他引出來，等老孫在岸上助你。」八戒說：「說得是，我去了。」

卻說那怪並不是什麼妖魔，他曾經是玉皇大帝封的捲簾將，往來護駕。只因為蟠桃會上，失手打破玉琉璃，玉皇生氣，下令將他處死，多虧了赤腳大仙為他求情，於是被貶到流沙東岸上。

那怪敗了陣，回到水中，剛剛喘過氣來，又聽得有人推得水響，起身觀看，原來是八戒用鈀推水。那怪舉杖當面高呼：「那和尚哪裡走！仔細看打！」八戒大怒，揮鈀便打！兩個從水中打出水面，踏浪登波。鬥了兩個鐘頭，不分勝敗。

卻說那大聖保著唐僧，眼巴巴地望著他兩個在水上爭持，只是他不好動手。只見那八戒虛晃一鈀，裝輸詐敗，轉回頭往東岸上走。那怪隨後趕來，快到了岸邊，這行者忍耐不住，撇了師父，拿著鐵棒，跳到河邊，望妖精就打。那妖精不敢相鬥，又鑽入河內。八戒大嚷：「你這弼馬溫，真是個急猴子！你再慢一點，等我哄他到了高處，你卻阻住河邊，叫他不能回身，不就可以拿住他了！他一進去，什麼時候才肯出來?」

行者笑著說：「呆子，不要生氣。天色晚了，先坐在這裡，老孫去化些齋飯，你和師父吃了好睡覺，明日再想辦法。」八戒說：「好的，你快去快回。」行者急縱雲跳起，一直往北，不知去了多遠，到一戶人家化了一缽素齋，回獻師父。

吃完，師徒們歇在流沙河東崖下面。第二天一早，三藏說：「悟空，今天怎麼安排？」行者說：「沒有別的好辦法，還得八戒下水。」好八戒，抹抹臉，抖擻精神，雙手拿鈀到了河沿，分開水路，依然又下到窩巢。那怪才睡醒，忽然聽到水響，回頭見八戒持鈀來到，他跳出來，掄動寶杖，來來往往，鬥了三十回合。八戒又使了一個裝輸計，拖了鈀就走。那怪隨後趕來，一直到崖邊。八戒罵：「你這個潑怪！你上來！到這高處，腳踏實地好打！」那妖罵著：「你這混蛋哄我上去，又要叫那幫手來呢。你下來，還在水裡相鬥。」原來那妖學乖了，不肯上岸。

卻說行者見他不肯上岸，恨不得一把捉來。行者說：「師父！你坐下，等我給他來個餓鷹撲食。」就縱觔斗，跳在半空，刷地落下來，要抓那妖。那妖正與八戒吵鬧，忽然聽得風響，急回頭，見是行者落下雲來，卻又收了那杖，一頭扎進水裡。行者站岸上，對八戒說：「兄弟呀，這妖也學精了。他不肯上岸，怎麼辦？」八戒也說：「難！」行者說：「先見師父去。」

二人又到高岸，見了唐僧。那長老落淚，說：「這麼艱難，怎麼才能渡過去！」行者說：「師父不要煩惱。這怪深潛水底，確實不好降服。八戒，你在這裡保護師父，不要和他鬥，等老孫到南海去一趟。」八戒問：「哥啊，你去南海幹什麼？」行者說：「我去求觀音菩薩幫忙。」

行者即縱觔斗雲，前往南海。沒用多久，早望見普陀山境。墜下觔斗，到紫竹林外，又只見到那二十四路諸天，由諸天領見菩薩，細說了前來的原因。菩薩說：「那流沙河的妖怪，是捲簾大將下凡，也是我勸化了的，叫他保護取經人。你如果說出是東土取經人，他決不會和你爭持，一定會歸順。」行者說：「那怪如今怯戰，不肯上岸，只在水裡潛伏，如何讓他歸順？」

菩薩叫來惠岸，袖中取出一個紅葫蘆，吩咐：「你帶著這個葫蘆，同孫悟空到流沙河水面上，只叫悟淨，他就出來了。先要帶他皈依了唐僧，然後把他那身上的九個骷髏穿在一處，按九宮布列，再把這葫蘆安在當中，就是法船一隻，能帶唐僧渡過流沙河界。」惠岸按照師命，立刻就和大聖捧葫蘆去了。

他兩個很快按落雲頭，來到流沙河岸。豬八戒認得是木叉行者，帶著師父上前迎接。木叉向三藏說明來意，捧著葫蘆，半雲半霧，到流沙河水面上，厲聲高叫：「悟淨！悟淨！取經人在這裡，你怎麼還不歸順！」卻說那怪正在窩中休息，聽見叫他法名，知是觀音菩薩，又聽說「取經人在這裡」，急忙從水中伸出頭來，認得是木叉行者，上前作禮，說：「尊者失迎，菩薩在哪裡？」木叉說：「我師沒來，叫我來吩咐你早跟唐僧做個徒弟。要你把項下掛的骷髏和這個葫蘆，按九宮結做一隻法船，渡他過去。」悟淨說：「取經人在哪裡？」木叉用手指著說：「那東岸上坐的不是？」悟淨看見了八戒，說：

「他不知是哪裡來的一個潑物，和我整整鬥了兩天，根本沒提一個取經的字！」又看見行者，說：「這個主子，是他的幫手，好不厲害！我不去了。」木叉說：「那是豬八戒，這是孫行者，都是唐僧的徒弟，都是菩薩勸化的，怕他們幹什麼？我先和你見唐僧去。」那悟淨這才收了寶杖，跳上岸來，在唐僧面前雙膝跪下，說：「師父，弟子有眼無珠，多有衝撞，萬望恕罪。」長老說：「你真肯誠心皈依我教嗎？」悟淨說：「弟子蒙菩薩教化，指河為姓，給我起了法名，叫做沙悟淨，豈有不從師父之理！」三藏說：「既然如此，悟空，取戒刀來，給他落了髮。」大聖便用戒刀給他剃了頭。又來拜了三藏，拜了行者和八戒，分了大小。三藏見他行禮，真像一個和尚，所以又叫他沙和尚。木叉說：「現在可以早做法船渡過這裡。」那悟淨不敢怠慢，把脖子下掛的骷髏取下，用繩索結作九宮，把菩薩的葫蘆安在當中，請師父下岸。那長老登法船，坐在上面，果然穩似輕舟。周圍有八戒、悟淨保護，孫行者在後面牽了龍馬半雲半霧地跟隨，頭上又有木叉擁護，那師父穩渡流沙河界，腳踏實地。木叉按下祥雲，收了葫蘆，又只見那骷髏一時間化作九股陰風，突然不見。三藏拜謝了木叉，頂禮了菩薩。

究竟什麼時候才得求經，且聽下回分解。

第十四回　三藏禪心拒誘惑　行者貪慾竊參果

話說他師徒四人，自渡過流沙河，光陰迅速，又到了秋天，一天正走著，不覺又到天晚。遠遠望去，見一處松林，裡面有幾間房舍，背靠青山。

那師父說：「徒弟啊，你看那邊有一座莊院，我們去借宿。」行者聽了，舉目一看，見那半空中被慶雲籠罩，知道是佛仙點化的地方，他不敢洩漏天機，只說：「好！好！好！我們借宿去。」

來到門前，行者正在偷瞧，忽然聽得腳步響，一個半老不老的婦人前來，嬌聲問：「什麼人，闖進我這個寡婦的門？」慌得大聖諾諾連聲，說：「小僧是東土大唐來的，奉旨向西方拜佛求經。一行四人，路過貴地，天色晚了，特請老菩薩允許我師徒在這裡住上一晚。」那婦人笑語相迎，說：「長老，那三位在哪裡？請來。」行者高聲叫：「師父，請進來。」三藏和八戒、沙僧牽馬挑擔進入，只見那婦人出廳迎接。喝過茶，那婦人又吩咐辦齋。三藏問：「老菩薩，貴姓？貴地是什麼地名？」婦人說：「這裡是西牛賀洲的地

方。小婦人娘家姓賈，夫家姓莫。幼年不幸，公姑早亡，和丈夫守承祖業，有家資萬貫，良田千頃。夫妻們命裡無子，只生了三個女孩，前年不幸，死了丈夫，遺下田產家業，再無一個親人，想再嫁，又難捨家業。今天長老經過，想是師徒四人。小婦娘女四人，想就在這裡招夫，四位恰好，不知尊意如何？」三藏聽說，裝聾作啞。

那婦人又說：「我是丁亥年三月初三日酉時生。亡夫比我大三歲，我今年四十五歲。大女兒叫真真，今年二十歲；次女叫愛愛，今年十八歲；小女兒叫憐憐，今年十六歲，都沒有許配人家。雖然小婦人貌醜，小女卻都有幾分姿色，也會做家務。」

那八戒聽了，心中癢癢，坐在那椅子上，忍耐不住，走上前，扯了師父一把，說：「師父！這娘子說的話，你聽到沒有？」那師父猛然抬頭，喝退八戒，說：「你這個孽畜！我們是出家人，怎麼能被富貴、美色迷惑，成什麼道理！」

那婦人見說不動，轉進屏風，便把門關了，師徒們被撇在外面。八戒心急，埋怨唐僧，說：「師父真不會幹事，把話說絕了。你好歹含糊答應，讓她們給我們吃些齋飯，現在沒處吃飯，沒地睡覺，雖是可以熬過這一夜，但那匹馬明天還要馱人，餓上這一夜，只好剝皮了。你們坐著，我老豬放放馬去。」那呆子急急地解了韁繩，拉出馬去。行者說：「沙僧，你先陪師父坐在這裡，等老孫跟他去，看他到哪裡放馬。」這大聖走出廳房，搖身一變，變作一隻紅蜻蜓，飛出前門，趕上八戒。

那呆子拉著馬，遇到有草的地方，卻不讓馬吃草，趕著馬，轉到後門，只見那個婦人，帶了三個女子，在後門外站著，正觀賞菊花，見八戒走來，三個女兒躲了進去，那婦人靠住門邊，說：「小長老哪裡去？」這呆子扔了韁繩，上前行個禮，說：「娘！我來放馬。剛才都在前廳上，我不好說話，只怕娘嫌我嘴長耳大。」那婦人說：「我也不嫌，只是家中沒個男人，招一個就行。只怕小女嫌你醜。」又說：「也好，等我和小女去說。」看她也躲進去了，掩上後門。八戒也不放馬，又往回走。孫大聖已經全都聽到了。他飛回來，現了原身，先見唐僧，把那婦人和八戒說的話，從頭說了一遍，三藏半信半疑。

一會兒，那呆子拉過馬來，拴在樹上。又聽得一聲響，門開了，那婦人帶著三個女兒，走了出來，前來拜見取經人。那女子站成一排，朝上禮拜。那三藏合掌低頭，孫大聖裝作不睬，這沙僧轉過身去。你看那豬八戒，目不轉睛，低聲說：「有勞仙子下降。娘，請姐姐們去吧。」那三個女子，轉入屏風，把一對紗燈留下。

婦人說：「四位長老，你們叫誰娶我小女？」悟淨說：「我們已商量了，叫那個姓豬的入贅。」八戒說：「兄弟，還需要商量一下。」行者說：「還商量什麼？你已經在後門娘都叫了，還要商量什麼？你快來拜了師父，進去做女婿吧。」他一隻手揪著八戒，一隻手扯住婦人，說：「親家母，帶你女婿進去。」那呆子便傻乎乎地就往那裡走，那婦人招呼童子：「放好桌椅，把晚齋端上來，管待三位親家。我領姑夫到房裡去。」

卻說那八戒跟著丈母，走到裡面堂屋，問：「娘，你把哪個姐姐配我啊？」他丈母說：「正琢磨呢，我要把大女兒配你，恐怕二女怪我；要把二女配你，又恐怕三女怪我；把三女配你，又恐怕大女怪我。麻煩。」八戒說：「娘，都給我吧。」他丈母說：「不好！不好！我這裡有一塊手帕，你頂在頭上，蓋住臉，撞個天婚，讓我女兒從你跟前走過，你伸開手扯到誰就把誰配了你吧。」呆子答應了，接了手帕，頂在頭上，蓋上臉。他丈母叫：「真真、愛愛、憐憐，都來撞天婚，配給你女婿。」只聽得有人來來往往，那呆子真去伸手摸人，兩邊亂撲，左也撲不著，右也撲不著。東撲抱著了柱子，西撲摸著了板壁，跑暈了，站不穩，一勁兒地摔跤。跤得嘴腫頭青，坐在地下，氣呼呼地說：「娘啊，你女兒這麼狡猾，撈不著一個，怎麼辦啊？」那婦人給他揭了蓋頭，說：「女婿，不是我女兒狡猾，是她們互相謙讓。」八戒說：「娘啊，既然是她們不肯招我，你招了我吧。」那婦人說：「好女婿啊！這麼沒大沒小的，連丈母也都要了！我這三個女兒，心性最巧，她們一人結了一個珍珠嵌錦汗衫。你如果穿得上誰結的汗衫，就叫誰招你吧。」八戒說：「好！好！好！把三件都拿來給我穿了看。如果都能穿得上，就都招了吧。」那婦人轉進房裡，只取出一件，遞給八戒。那呆子脫下青錦布褂子，取過衫，穿在身上，還沒繫上帶子，就一下子跌倒在地，原來是幾條繩子緊緊地綳住了他。那呆子疼痛難忍，這些人卻早已不見了。

卻說三藏、行者、沙僧在八戒走後，吃過飯，又躺下休息。一覺醒來，東方已經發白。睜眼抬頭一看，不見了那大廈高堂，一個個都睡在松柏林中。慌得那長老忙招呼行者，沙僧說：「哥哥，我們遇到鬼了！」孫大聖心中明白，微微笑著說：「怎麼說？」長老說：「你看我們睡在什麼地方了啊！」行者說：「睡在這松林裡落得快活，但不知那呆子在什麼地方受罪呢。」長老問：「誰受罪？」行者笑著說：「昨天這娘女，不知是何處的菩薩，在這裡點化我們呢，想必是半夜裡去了，只是苦了豬八戒。」三藏聽了，合掌頂禮，又見那後邊古柏樹上，飄飄蕩蕩，掛著一張紙條。沙僧取來給師父看，卻是八句頌子：「黎山老母不思凡，南海菩薩請下山。普賢文殊皆是客，化成美女在林間。聖僧有德還無俗，八戒無禪更有凡。從此靜心須改過，若生怠慢路途難！」那長老、行者、沙僧正念著，只聽得樹林深處高聲叫：「師父啊，綳死我了！救救我！下次我再不敢了！」三藏說：「那叫喚的可是悟能嗎？」沙僧說：「正是。」行者說：「兄弟，不要理他，我們去吧。」三藏說：「那呆子雖然心裡犯傻，但還是一個直腸子，也有體力，能挑行李，看在菩薩的面上，把他救下來隨我們去吧，估計他以後再不敢了。」

卻說那三人穿過樹林，只見那呆子被綳在樹上，一聲一聲地叫喊，痛苦難忍。行者上前笑著說：「好女婿啊！你娘呢？你老婆呢？好個女婿啊！」那呆子見他這樣說，咬著牙，忍著疼，不敢叫喊。沙僧見了心中不忍，放下行李，上前解了繩索。

行者把那紙條遞給八戒，八戒見了，更加慚愧，說：「從今往後，再也不敢妄想。就是累折了骨頭，也隨師父往西天去。」三藏說：「有這個心思就好。」

師徒繼續西行，走了不知有多長時間，見到前面有高山擋路。這座山名叫萬壽山，山裡有一座觀，叫五莊觀，觀裡有一個尊仙，道號鎮元子，渾名與世同君。那觀裡有一樣異寶，天地生成時，造就這棵靈根，叫「草還丹」，又名「人參果」。三千年開一次花，三千年結一次果，再三千年才能成熟，一萬年才能吃。這一萬年，只結三十個果子。果子的模樣，如同三天未滿的小孩，四肢俱全，也有五官。人如果有緣，把那果子聞一聞，就能活三百六十歲；吃上一個，就能活四萬七千年。

當天鎮元大仙得到元始天尊的柬帖，邀請他到上清天上彌羅宮中聽講混元道果。大仙門下有四十八個徒弟，都是得了道的全真。當天帶領四十六個徒弟上界去聽講，留下兩個看家：一個叫做清風，一個叫做明月。清風有一千三百二十歲，明月有一千二百歲。鎮元大仙吩咐二童，說：「不能違背大天尊的柬帖，我今天要往彌羅宮聽講，你兩個小心看家。過不了幾天會有一個故人從這裡經過，不要怠慢了他，可把我的人參果打下兩個給他吃。」二童問：「師父說的故人是誰？告訴弟子，以便接待。」大仙說：「他是東土大唐駕下的聖僧，道號三藏，是往西天拜佛求經的和尚。那和尚是金蟬子轉生的，西方聖老如來佛第二個徒弟。五百年前，我和他在盂蘭盆會上相識，他曾經親手傳茶，所以把他看成

是故人。」二仙童聽了，記在心裡。

那大仙臨走，又囑咐說：「我那裡的果子有限，只許給他兩個吃。」清風說：「開園時，大家一共吃了兩個，還有二十八個在樹上。」大仙說：「唐三藏雖然是故人，也要防備他手下人，不可讓他的手下知道。」

卻說唐僧四人在山裡遊玩，見那山門左邊有一塊通碑，碑上有十個大字：「萬壽山福地，五莊觀洞天」。長老說：「徒弟，真是一座觀宇。」到了二層門裡，只見那裡面急急忙忙走出兩個小童來。正是那清風、明月二仙童。那童子出來迎接，說：「老師父，失迎，請進。」長老歡喜，遂和二童子上正殿觀看。童子告知家師不在，唐僧便對悟空、八戒、沙僧說：「他師既然不在，悟空你去山門前放馬，沙僧看守行李，八戒去解了包袱，取些米糧，借他鍋灶，做頓飯吃，臨走時，送他幾文柴錢。我在這裡休息休息，吃過飯就走。」

他三人果然各自做事去了。

那明月、清風，暗自誇讚，心說：「好和尚！真是西方愛聖臨凡，真元不昧。師父命我們接待唐僧，給他人參果吃，現在那三個嘴臉凶頑的徒弟走開了，正好偷偷地給他人參果吃。」清風說：「兄弟，還不知那和尚是不是師父的故人，問一問，不要弄錯了。」二童子又上前說：「敢問老師可是大唐往西天取經的唐三藏？」長老回禮，說：「貧僧就是，仙童怎麼知道我的賤名？」童子說：「我師臨走時，曾吩咐弟子遠接。沒想到你來得這麼快，有失遠迎。老師請坐，等弟子取茶獻上。」喝過茶，清風說：「兄弟，不可違了師命，我和你去取果子來。」

二童別了三藏，一同來到房中，一個拿了金擊子，一個拿了丹盤，又將絲帕墊著盤底，走到人參園內。清風爬上樹，用金擊子敲果，明月在樹下，用丹盤接。敲下兩個果來，接在盤中，來到前殿奉獻：「唐師父，我五莊觀地僻山荒，沒有什麼好東西奉上，土儀素果二枚，請吃了吧。」那長老見了，戰戰兢兢，說：「善哉！善哉！今年年景還好，怎麼這觀裡卻要吃人？這個是三天沒滿的孩童，怎麼拿來給我吃？」清風暗想：「這和尚不認識我仙家異寶。」明月上前，說：「老師，這個東西叫做人參果，吃一個吧。」三藏說：「胡說！胡說！他在父母懷胎，不知受了多少苦楚，才生下不到三天，怎麼就把他拿來當果子吃？」清風說：「確實是樹上結的。」長老說：「胡說！胡說！樹上又會結出人來？拿走！拿走！」那兩個童兒，見長老確實不肯吃，只得拿著盤子，轉回自己的房裡。那果子久放不行，如果放的時間長了，就不能吃了。二人便一家一個，坐在床邊，自己吃了。

無巧不成書！他那間房挨著廚房，這一邊說的話，那邊就能聽見。八戒正在廚房裡做飯，開始時聽見說取金擊子，拿丹盤，他已留意在心；又聽見他說唐僧不認得是人參果，自己在房裡吃，口裡忍不住流涎，心想：「怎麼能吃一個也好！」沒多久，見行者牽馬過來，那呆子用手招呼，說：「到這裡來！這觀裡有一件寶貝，你知道嗎？」行者問：「什麼寶貝？」八戒笑著說：「哥啊，人參果你見過嗎？」行者驚訝地說：「真沒見過。只是聽別人說過，人參果是草還丹，吃了極能延壽。哪裡有這個東西？」八戒說：「他這裡有。」如此這般說了一遍。行者說：「這個容易，老孫手到擒來。」說完說走，八戒一把扯住，說：「哥啊，我聽見他在這房裡說，要拿什麼金擊子去打呢。你千萬小心，不要走了風聲。」

那大聖使了一個隱身法，躲進那間房裡一看，只見窗欞上掛著一條赤金：有二尺長短，有指頭粗細，底下是一個蒜頭一般的頭，上邊有個眼，繫著一根綠絨繩兒。他取下來，出了房，到後邊去，推開兩扇門，抬頭觀看，卻是一座花園！又見一層門，推開一看，卻是一座菜園。走過菜園，又見一層門。推開，呀！只見那正中間有棵大樹，那行者靠在樹下往上一看，只見向南的樹枝上，露出一個人參果，像個小孩兒一樣。行者歡喜不盡，靠著樹，颼的一聲，攛了上去。

究竟行者吃了人參果沒有，且聽下回分解。

第十五回　鎮元仙趕捉經僧　孫悟空求方眾仙

那猴子用金擊子敲了一下，那果子撲地落了下來。他跳下來找，四處並沒有那果子的蹤影。行者心想：「蹊蹺！蹊蹺！想必是有腳的會走，就走也跳不出牆去。我知道了，想必是花園中土地不許老孫偷他果子，他收了去。」他就拈著訣，念一口咒，拘得那花園土地前來，土地聽到行者問，便說：「大聖，小神沒有偷啊。這寶貝是地仙的東西，小神是個鬼仙，怎麼敢拿去？」行者問：「你既然沒有拿去，怎麼打下來就不見了？」土地說：「大聖只知道這個寶貝延年益壽，卻不知道它有五行相畏。」行者問：「怎麼說五行相畏？」土地回答：「這果子遇金而落，遇木而枯，遇水而化，遇火而焦，遇土而入。敲時必須用金器，才能下來。打下來，要將盤子用絲帕襯墊才可以；如果是木器，果子就枯了，吃了也不能延壽。吃時必須用瓷器，清水化開食用，遇火即焦，所以也沒用。遇土而入，大聖剛才打落地上，它就鑽到土裡去了。這個土有四萬七千年，就是鋼鑽鑽也鑽不動，比生鐵還要硬上三四分。大聖如果不相信，可把這地下打一打。」行者拿著金箍棒打了一下，響了一聲，土上沒留任何痕跡。行者說：「果然！我錯怪了你了，你回去吧。」那土地便回到本廟去了。

大聖卻有辦法：爬上樹，一隻手使金擊子，一隻手把褂子襟扯起來，做個兜子等著，他卻串枝分葉，敲了三個果，兜在襟中，跳下樹，一直前來，來到廚房。那八戒笑著說：「哥哥，有了嗎？」行者說：「這不是？老孫手到擒來。這個果子，也不要背著沙僧，把他叫來。」八戒於是招手叫：「悟淨，你來。」他們三人把三個果子分別吃了。大聖站起來，把金擊子從窗眼裡，扔進那間房裡。

也巧了，那兩個道童再次進房裡取茶，聽到八戒在嚷：「人參果吃得不快活，再吃一個才好。」兩個道童心疑，來到人參園，靠在樹下，一查數，只有二十二個。兩個出了園門，來到殿上，責備唐僧。三藏便叫悟空、八戒、沙僧。他三人聽見叫，只得出了廚房，走到殿上來。

卻說他兄弟三人，到了殿上，二仙童問得是實，破口大罵。恨得大聖鋼牙咬響，火眼睜圓，忍了又忍，心想：「童子這樣可惡，罵個沒完，我今天就送他一個絕後計，讓大家都吃不成！」行者把腦後的毫毛拔了一根，吹口仙氣，叫：「變！」變作一個假行者，站在唐僧身邊，陪著悟能、悟淨，忍受道童的叫罵；他卻縱雲頭跳出去，來到人參園，取金箍棒往樹上乒乓一下，又使了一個推山移嶺的神力，把樹一把推倒。那大聖推倒樹，卻在

枝兒上找尋果子，哪裡還有半個？原來這寶貝遇金而落，他的棒兩頭卻是金裹的東西，而且鐵又是五金一類，所以敲著就震了下來，下來後又遇到土，便鑽到土裡去了。所以上邊再沒一個果子。做完這件事，行者又往回走，最後把毫毛一抖，收上身來。那些人肉眼凡胎，根本不知道。

卻說那仙童罵了好一會兒，想起再到園中看一看，別再有什麼閃失。到了園中，見到那樹倒了，清風、明月兩個魂飛魄散，清風只叫：「怎麼好！怎麼好！害了我五莊觀裡的丹頭，斷絕我仙家的苗裔！師父來家，我兩個怎麼交代？」明月說：「師兄不要嚷，我們先不要驚了這幾個和尚。這件事沒有別人，一定是那個毛臉雷公嘴的混蛋，使了神弄法，壞了我們的寶貝。如果和他理論，那混蛋一定會抵賴，你想我們兩個，怎麼敵得過他們四個？先不如去哄哄他們，等他們吃飯時，再給他們一些兒小菜。你站在門的左邊，我站在門的右邊，乘機把門關上，用鎖鎖上，等師父回來，由他處置吧。」清風一聽，說：「有理！有理！」

他們兩個強打精神，從後園來到殿上，對唐僧說：「師父，剛才言語粗俗，多有衝撞，請別見怪。」

三藏說：「既然如此，把飯盛上來，我們吃了去吧。」那八戒便去盛飯，沙僧安放桌椅。二童忙取了小菜，那師徒四人，才拿起碗來，這童兒一邊一個，撲地把門關上，插上一把銅鎖。那童子將那前山門、二山門，都上了鎖，回房去了。

唐僧埋怨行者。行者說：「師父不要鬧，那童兒都睡去了，只等他睡著了，我們連夜起身。」沙僧問：「哥啊，幾層門都上了鎖，怎麼走啊？」行者笑著說：「老孫自有法兒。」正說著話，天已經黑了下來。好行者，把金箍棒拈在手中，使了一個解鎖法，往門上一指，只聽得一聲響，幾層門鎖都開了。行者請師父出了門，上了馬，八戒挑著擔，沙僧牽著馬，往西上路。行者說：「你們先慢慢走，等老孫去讓那兩個童兒睡上一個月。」行者返身，來到那童兒睡的房門外。他腰裡帶著瞌睡蟲，是在東天門和增長天王打賭時贏的。他從身上摸出兩個，從窗眼彈了進去，落到那二個童子臉上，酣酣沉睡。行者又追上了師父。

卻說那大仙元始宮散會，領著眾徒弟回到萬壽山五莊觀。眾仙見清風、明月酣酣沉睡。大仙便叫一童取水半碗，念動咒語，一口水噴在臉上，解了睡魔。

二人醒來，叩頭，說了前事。大仙聽了，也不惱怒，只說：「你不知那姓孫的，也是個太乙散仙，曾經大鬧天宮，神通廣大。你還能認得那些和尚嗎？」清風說：「都認得。」大仙說：「既然認得，都跟我來。眾徒弟們，收拾好刑具，等我回來打他。」

眾仙領命。大仙和明月、清風縱起祥光，追趕三藏，大仙在雲端裡觀看，看到唐僧師徒在樹下歇息。仙童說：「師父，那路邊樹下坐的是唐僧。」大仙說：「我已經見到了。你兩個回去安排繩索，等我拿住他。」那大仙按落雲頭，搖身一變，變作一個行腳全真，來到樹下，對唐僧高叫：「長老，貧道起手了。」那長老忙忙答禮，說：「失瞻！失瞻！」大仙問：「長老是哪裡來的？」三藏說：「貧僧是東土大唐差往西天取經的。路過這裡，坐下歇一會兒。」大仙裝模作樣地說：「長老東來，是不是在荒山經過？」長老說：「不知仙宮是哪座寶山？」大仙說：「萬壽山五莊觀，便是貧道所在的地方。」行者一聽，心中有鬼，忙答：「沒有！沒有！我們是打前路來的。」那大仙指著笑，說：「你這個潑猴！你瞞誰啊？你在我觀裡，把我人參果樹打倒，你連夜走在這裡，還不招認，掩蓋什麼？不要走！趁早還我樹來！」那行者聽了，心中惱怒，拿出鐵棒，不容分說，照著大仙就打。大仙側身躲過，踏祥光，到空中。行者也騰雲，急趕上去。大仙在半空現了原身。那行者沒高沒低的，棍子亂打。大仙左遮右擋，和他鬥了兩三回合，使一個袖裡乾坤的手段，在雲端裡把袍袖迎風輕輕地一展，一袖子把四僧連馬籠住。八戒說：「不好了！我們都被裝了！」行者說：「呆子，我們被他籠在衣袖中了。」

那大仙調轉祥雲，落到五莊觀坐下，叫徒弟拿繩來。從袖子裡，把唐僧拿出，縛在正殿簷柱上；又拿出其他三個，每一根柱上，各綁了一個；把馬也拿出拴在庭下，給些草料，行李便抛在廊下。然後說：「徒弟，這和尚是出家人，不必用刀槍，取出皮鞭來，打他一頓，給我人參果出氣！」行者聽了，心中暗想：「我那老和尚不禁打，如果一頓鞭打壞了，我就脫不開干係了。」於是嚷道：「偷果子是我，吃果子是我，推倒樹也是我，可先打我。」大仙笑著說：「那就先打這潑猴！」那小仙掄鞭就打。小仙一下一下的，從上午一直打到下午，行者沒受到絲毫損傷。天晚了，才不再打。把三藏師徒四人綁在那裡，大仙和他的徒弟們都去睡覺休息去了。

深夜時分，行者把身子小了一小，脫開繩子，又去解下三藏，放下八戒、沙僧，牽過馬來，廊下拿了行李，一齊出了觀門。又叫八戒：「你去把那崖邊柳樹砍下四棵來。」那呆子有些蠻力，一嘴一棵，就拱了四棵，一把抱來。行者把樹枝折了，用繩子綁在柱上。那大聖念動咒語，咬破舌尖，將血噴在樹上，叫：「變！」一根變作長老，一根變作自身，那兩根變作沙僧、八戒，問他們也都能說話，叫名字也能答應。他兩個趕上師父。一夜馬不停蹄，躲離了五莊觀。

且說那大仙，天明起來，讓拿鞭來：「今天該打那唐三藏了。」那小仙望著唐僧，說：「打你呢。」那柳樹應著：「打吧。」乒乓打了三十。對八戒說：「打你呢。」那柳樹也應著：「打吧。」打到沙僧，也應著：「打吧。」等打到行者，那行者在路上，偶然打了個寒噤，說：「不好了！」三藏問：「怎麼說？」行者回答：「我把四棵柳樹變作我師徒四人，我只說他昨天打了我，今天想必不會打了。現在卻又打我的化身，所以我真身打噤，收了法。」那行者慌忙念咒收法。

那些道童報告：「師父啊，開始打的是大唐和尚，這一會兒打的都是柳樹根！」大仙聽了，呵呵冷笑，說：「孫行者，真是一個好猴王！曾經聽說他大鬧天宮，布天羅地網，也拿他不住，現在看來確實是真的。你走了也就算了，卻怎麼綁些柳樹在這裡冒名頂替？可恨！不能饒了他們。」那大仙縱起雲頭，往西一望，只見那師徒四人正在路上。大仙低下雲頭，叫聲：「孫行者！休走！還我人參樹來！」沙僧拿寶杖，八戒舉釘鈀，大聖使鐵棒，一齊上前，把大仙團團圍在空中，一通亂打。

那大仙只用蠅帚子抵擋。不用多久，他把袍袖一展，又將四僧一馬以及行李，一袖子籠去，回到觀裡，從袖兒裡一個個搬出，又叫人把唐僧綁在階下矮槐樹上，八戒、沙僧各綁在兩邊樹上。將行者捆倒，叫人把布取十匹來。那小仙將布搬出來。大仙說：「把唐三藏、豬八戒、沙和尚都用這布包上！」又叫人拿出漆來。眾仙忙取了些自收自晒的生熟漆，把他們三個用布包了，渾身都裹上漆，只留著頭臉在外。那大仙又叫把大鍋抬出來。大仙叫人架起乾柴，燒起火，說：「把清油熬上一鍋，燒得開了，將孫行者放下油鍋炸他，給我人參樹報仇！」

大聖聽了，回頭四顧，只見那臺下東邊是一座日晷，西邊是一個石獅子。行者將身一縱，滾到西邊，咬破舌尖，在石獅子上面噴了一口，叫聲：「變！」變作他的模樣，也捆作一團，他卻出了元神，騰起在雲端，低頭看著。

只見那小仙報告：「師父，油鍋滾開了。」大仙說：「把孫行者抬下去！」四個仙童抬不動，八個來也抬不動，又加四個也抬不動。便叫了二十個小仙，扛起來，往鍋裡一扔，響了一聲，濺起滾油點子，把那些小道士臉上燙起大泡！只聽得燒火的小童喊：「鍋漏了！鍋漏了！」話音未落，油漏得乾乾淨淨，鍋底打破，原來是一個石獅子放在裡面。

大仙大怒：「這個潑猴，太無禮了！讓他當面做了手腳！先把唐三藏解下，另外換一口新鍋，把他炸一炸，給人參樹報仇。」行者在半空裡聽得明白，心想：「師父如果到了油鍋裡，一滾就死，二滾就焦，到三五滾，他就成為稀爛的和尚了！我還得去救他一救。」大聖按落雲頭，上前叉手，說：「我來下油鍋了。」那大仙聽了，呵呵冷笑，走出殿來，一把扯住。

卻說鎮元大仙用手攙著行者，說：「我也知道你的本事，我也聽說了你的英名，只是你今天做的事情見不得人，即使你有本事，也鬥不過我。我要和你到西天去，見你那個佛祖，讓他還我人參果樹。你別再使伎倆！」行者笑了，說：「你這位先生真小氣！不就是想要樹活過來嗎？這有什麼難的！早說了這話，不就不用鬥了？」大仙說：「不和你鬥，我還得饒你？」行者說：「你把我師父放了，我還你一棵活樹，好不好？」大仙說：「你既然有這個本事，把樹救活了，我和你八拜結為兄弟。」行者說：「放心吧，放了他們，老孫一定還你活樹。」大仙諒他也逃不了，就讓放了三藏、八戒、沙僧。三藏問：「你到什麼地方去求助？」行者說：「我今天要去東洋大海，走遍三島十洲，訪問仙翁聖老，求一個起死回生的方法，一定能救得樹活。」三藏問：「這一去要用多長時間？」行者說：「三天。」三藏：「既然如此，就給你三天期限。如果三天內沒回來，我就念那經了。」行者說：「遵命，遵命。」

猴王急縱觔斗雲，告別了五莊觀，經東洋大海，早來到了蓬萊仙境。正走著，見白雲洞外的松樹下，有三個老人正在下圍棋：觀局的是壽星，對局的是福星、祿星。行者上前叫：「老弟們，作揖了。」那三星見了，回禮，說：「大聖從哪裡來？」行者說：「因為路過萬壽山五莊觀有了難處。」三老驚訝，說：「五莊觀是鎮元大仙的仙宮。你不是把他人參果偷吃了吧？那可是天下獨一無二的靈根啊！」行者說：「靈根！靈根！我已弄斷根了呢！」三老大驚。行者又說：「請教三位老弟，有什麼醫樹的方子，傳授給我一個，好救出唐僧。」三星聽了，心中鬱悶，說：「你這個猴子，那個鎮元子是地仙的祖宗，我們都算是神仙的祖宗；你雖然成了天仙，還未能進入真流，你怎麼能和他鬥？人參果是仙木的根，如何醫治？沒辦法。」行者聽到回答，眉峰緊鎖。福星問：「大聖，這裡沒辦法，也許去其他地方能找到。你為什麼這樣煩惱？」行者說：「辦法總會有的，只是我那個唐長老只給了我三天期限。如果不能及時回去，他就要念緊箍咒呢。」三星笑著說：「好！好！好！如果沒有這個法，你一定又闖禍。」壽星說：「大聖放心，別煩惱，那個大仙雖然是上輩，也和我們相識。現在，我三人一同去看望他，同時，叫唐和尚不要念緊箍咒，好不好？」行者說：「感激！感激！就請三位老弟去吧，我也去了。」

究竟人參果樹救活沒有，且聽下回分解。

第十六回　觀音復活參果樹　大聖三打白骨精

三星駕起祥光，來到五莊觀。鎮元子、唐僧師徒都前來迎接。

卻說行者離開了蓬萊，又來到方丈仙山。正好遇到一個神仙，孫行者認識，叫：「帝君，你好啊。」那個帝君慌忙回禮，說：「大聖，失迎。請進屋喝茶。」進了屋，見翠屏後面轉出一個童子。卻是東方朔。行者見了，笑著說：「這個小賊在這裡呢！帝君這裡沒有桃子給你偷吃！」東方朔行了禮，回答：「老賊，你來這裡有什麼事？我師父也沒有仙丹給你偷吃。」喝完茶，行者說：「老孫前來有一件事相求。」帝君說：「什麼事？請講。」

行者把前因後果說了一遍。帝君說：

「我有一粒九轉太乙還丹，只是只能治世間生靈，卻不能醫樹。」

行者一聽，說：「既然沒辦法，老孫就告別了。」遂駕雲到瀛洲海島。正見到丹崖珠樹下面，有幾個白髮童顏的仙人，在那裡下棋飲酒。

行者厲聲高叫：「帶我一同玩玩好不好！」眾仙見了，急忙過來迎接。行者認得是九老，笑著說：「老兄弟們自在呢！」九老說：「大聖當年如果不鬧天宮，比我們還自在呢。你今天怎麼有空來這裡？」行者把求助的事情說了。九老也大驚，說：「你也真能惹禍！我們確實沒有辦法的。」行者說：「既然沒辦法，我就告別了。」急急離開了瀛洲，轉回東洋大海。又來到落伽山普陀巖上，見觀音菩薩在紫竹林中正和諸天大神、木叉、龍女，講經說法。

觀音菩薩早已看見行者來到，叫守山大神前去迎接。那大神走出林來，叫：「孫悟空，哪裡去？」行者抬頭大喝：「你這個熊羆！我悟空是你叫的？當初要不是老孫饒了你，你已經做了黑風山的屍鬼了。今天跟了菩薩，你叫不得我一聲老爺？」那黑熊真是得了正果，在菩薩這裡鎮守普陀，稱為大神，也真虧了行者。他只得賠笑說：「大聖，古人言，君子不念舊惡，還提過去的事情做什麼！菩薩叫我來迎接你呢。」這行者參拜了菩薩，告知前事。菩薩說：「你怎麼不早來見我，卻往島上去尋找？」行者聽到這樣說，心中暗喜：「造化了！造化了！菩薩一定有辦法！」他又上前懇求，菩薩說：「我這個淨瓶裡的甘露水，能治仙樹靈苗。」行者問：「試過嗎？」菩薩道：「試過。當年太上老君曾和我打賭，他把我的楊柳枝拔了去，放在煉丹爐裡，炙得焦乾，送來還我。是我拿過來，插在瓶中，一晝夜，又使得楊柳重現青枝綠葉。」行者笑著說：「真造化了！真造化了！烘焦了的都能醫活，這推倒的必定更能活了！」菩薩吩咐大眾：「看守林中，我去了。」

卻說那觀裡大仙正和三老聊天，忽然見孫大聖按落雲頭，叫：「菩薩來了，快接快接！」慌得那三星和鎮元子以及三藏師徒，一齊迎出寶殿。菩薩按住了祥雲，先和鎮元子打招呼，然後又和三星作禮。唐僧、八戒、沙僧都前來參拜。

那觀中各仙，也來拜見。大仙躬身謝菩薩，說：「怎麼敢勞菩薩下降？」菩薩說：「唐僧是我弟子，孫悟空衝撞了先生，理當賠償寶樹。」三老說：「既然如此，不須謙講了。請菩薩到園中去看。」

那大仙即命設具香案，打掃後園，請菩薩先行，三老隨後。

三藏師徒和本觀眾仙，都到園內觀看，那棵樹倒在地下，葉落枝枯。菩薩叫：「悟空，伸手來。」那行者將左手伸開。菩薩將楊柳枝，蘸出瓶中甘露，在行者手心裡畫了一道起死回生的符字，叫他放在樹根下面，直到出水才停。那行者捏著拳頭，在那樹根底下揣著，瞬間有清泉出現。菩薩說：「那個水要用玉瓢舀出，扶起樹來，從頭澆下，自然根皮相合，葉長芽生，枝青果出。」行者說：「小道士們，快取玉瓢來。」鎮元子說：「貧道荒山，沒有玉瓢，只有玉茶盞、玉酒杯，能用嗎？」菩薩說：「只要是玉器，可舀得水就行。」

大仙趕快叫小童子取出二三十個茶盞，四五十個酒盞，把那根下清泉舀出。行者、八戒、沙僧，扛起樹來扶正，將玉器內甘泉，一甌甌捧給菩薩。菩薩用楊柳枝細細灑上，口中又念著經咒。不一會兒，灑盡那舀出的水，只見那棵樹果然又青枝綠葉濃鬱茂盛，上面還有二十三個人參果。清風、明月二童子說：「前天不見了果子時，只數得有二十二個，今天回生，怎麼又多了一個？」行者說：「日久見人心。前天老孫只偷了三個，那一個落到地上，土地說這寶遇土而入。」那個大仙十分歡喜，急讓取金擊子來，把果子敲下十個，請菩薩和三老又回到寶殿，請菩薩坐了上面正席，三老左席，唐僧右席，鎮元子前席相陪，各食了一個。唐僧才知這是仙家寶貝，也吃了一個，悟空三人各吃一個，鎮元子陪吃了一個，本觀仙眾分吃了一個。

後來，菩薩自回了普陀巖，三星返回蓬萊島。鎮元子安排酒蔬，和行者結為兄弟。師徒四人，喜喜歡歡，天晚歇了。

卻說鎮元子和行者結為兄弟，兩人情投意合，決不肯放行，又安排款待，一連住了五、六天。那長老自吃下了草還丹，神爽體健。他取經心重，一心想早點上路，鎮元子挽留不住，安排送行。

師徒上路，走了許久，又遇到一座高山。上了高崖，長老餓了，叫悟空去化齋。行者將身一縱，跳上雲端，手搭涼篷，睜眼觀看，四周沒有人家。後來見到正南方向有一座高山，那座山向陽的一面，有一片鮮紅的點子。行者按下雲頭，說：「師父，有吃的了。」那長老問什麼東西，行者回答：「這裡沒有人家，那南山有一片紅的，想必是熟透了的山

桃，我去摘幾個來你充飢。」行者取了鉢盂，縱起祥光，奔南山去了。

卻說這座山上有一個妖精，孫大聖去時，驚動了那妖怪。他在雲端裡，踏著陰風，看見長老坐在地下，不勝歡喜，心想：「造化！造化！幾年來人們都講東土的唐和尚，他本來是金蟬子化身，十世修行的原體。吃他一塊肉，就能長壽長生。沒想到今天讓我遇到了。」那個妖精上前就要拿他，忽然見到長老身邊有八戒、沙僧保護。

妖精停下陰風，在那山凹裡，搖身一變，變作一個月貌花容的女子，左手提著一個青砂罐，右手提著一個綠瓷瓶，從西向東，朝唐僧這個方向走來。八戒見她生得俊俏，動了凡心，忍不住胡言亂語，叫：「女菩薩，到哪裡去？手裡提著是什麼東西？」那女子連聲答應：「長老，我這青罐裡是香米飯，綠瓶裡是炒麵筋，特來這裡還誓願給僧人吃。」八戒聽了，滿心歡喜，抽身向三藏說：「師父！吉人自有天報！師父餓了，叫師兄去化齋，那猴子不知到哪裡摘桃兒玩耍去了。你看那不是個齋僧的來了？」三藏連忙跳起身來，合掌當胸，說：「女菩薩，你府上在什麼地方住？是什麼人家？有什麼願心，來這裡齋僧？」那個妖精見唐僧問她來歷，便用花言巧語來哄，說：「師父，這座山叫蛇回獸怕的白虎嶺，正西邊下面是我家。我父母在堂，看經好善，又怕老來沒有倚靠，替奴家招了一個女婿，養老送終。」三藏聽了，說：「女菩薩，你既然有父母在堂，又給你招了女婿，怎麼自己獨自在山裡行走？又沒個伴。」

那女子笑吟吟，忙說：「師父，我丈夫在山北凹裡，帶著幾個人鋤田。這是奴家煮的午飯，送給那些人吃的。今遇三位遠來，想到父母好善，所以把這飯拿來齋僧。」三藏說：「善哉！善哉！我有個徒弟摘果子去了，馬上就能回來，我不吃你的東西。如果我吃了你的飯，你丈夫知道了罵你，不就是貧僧的錯了？」那女子見唐僧不肯吃，於是滿面生春地說：「師父啊，我丈夫也是個善人，一生喜歡修橋補路，愛老憐貧。如果聽見說這飯送給師父吃了，他一定更加開心。」三藏只是不肯吃，旁邊卻氣壞了八戒。那呆子埋怨說：「天下和尚無數，沒有像這個老和尚這樣的！現成的飯不吃，只等那猴子來！」他不容分說，一嘴把罐子拱倒，就要動口。

正好，行者自南山頂上摘了幾個桃子，托著缽盂，一觔斗回來了，睜火眼金睛觀看，認得那個女子是妖精，放下缽盂，取出鐵棒，當頭就打。嚇得長老用手扯住，說：「悟空！你打她做什麼？」行者說：「師父，你面前這個女子，不是好人。她是個妖精，來騙你呢。」唐僧如何肯信，只說她是個好人。

行者又拿著鐵棒，照妖精打過來。那怪物使出解屍法，見行者棍子來時，卻抖擻精神，先走了，把一個假屍首攤在地下。嚇得長老戰戰兢兢，不住地說：「這猴無禮！屢勸不聽，無故傷人性命！」行者說：「師父不要怪我，你先過來看看這罐子裡是什麼東西。」沙僧攙著長老，前來看時，原是一罐子拖尾巴的長蛆、幾個青蛙和癩蝦蟆。長老才

有三分信了，那豬八戒氣不過，在旁邊說：「師父，說起這個女子，她是這裡的農婦，因為送飯下田，路遇我們，卻怎麼說她是個妖怪？哥哥怕你念緊箍咒，故意使個障眼法，變作這樣的東西，騙你的！」

三藏果然聽信了那呆子的話，手中掐訣，口裡念咒，行者就叫：「頭疼！頭疼！不要念！有話便說。」唐僧說：「有什麼話說！出家人時時要不離善心，你步步行兇，打死這個無辜凡人，取經來有什麼用？你回去吧！」行者哀告，三藏回心轉意，說：「既然如此，先饒你這一次，不要再無禮。」行者扶唐僧上馬，又將摘來的桃子給師父。唐僧在馬上吃了幾個。

卻說那個妖精，在那雲端裡，咬牙切齒。又按落陰雲，在那前山坡下，搖身一變，變作一個老婦人，年滿八旬，手裡拄著一根彎頭竹杖，哭著走來。八戒見了，大驚：「師父！不好了！那媽媽來找人了！」唐僧問：「找什麼人？」八戒說：「師兄打死的一定是她女兒。這個一定是她娘找來了。」行者說：「兄弟不要胡說！那個女子十八歲，這老婦人有八十歲，怎麼六十多歲還生產？一定是個假的，等老孫去看看。」好行者，走近前觀看，認得是妖精，也不理論，舉棒照頭便打。那怪見棍子起時，依然抖擻，脫真神去了，把一個假屍首擱在山路下。唐僧一見，驚下馬來，二話不說，只是把緊箍咒足足念了二十遍。把行者這個頭，勒得疼痛難忍，滾過來哀告：「師父不要念了！有什麼話說吧！」長

老沒奈何，說：「你先起來，我再饒你這一次，卻不可再行兇了。」行者說：「再不敢了，再不敢了。」又服侍師父上馬前進。

卻說那個妖精，按下陰風，又在山坡下搖身一變，變成一個老公公。八戒見了，說：「師父，又有麻煩了，行者打死他的女兒，又打死他的婆子，這個老人找來了。」行者聽見，說：「這個呆子，不要胡說，別嚇師父，等老孫再去看看。」他把棍藏在身邊，走上前迎著怪物，叫：「老官人，到哪裡去？」那妖精沒認出孫大聖，於是回答：「長老啊，我老漢祖居此地，一生好善齋僧，看經念佛。生得一個小女，招了個女婿，今早送飯下田，想是遭逢虎口。老妻先來找尋，也不見回去，老漢特來找尋。果然都死了，沒辦法，只好安葬。」行者笑著說：「你怎麼能這樣哄我？你瞞了其他人，須瞞不過我！我認得你是個妖精！」那個妖精嚇得無話再說。行者取出棒來，自忖：「如果不打，他必定再做怪；如果要打，又怕師父念那咒語。」又思量：「不打死他，他若是乘機把師父拿了去，卻不又費心勞力去救他？還是應當打！一棍子打死他，師父念起那咒，常言說，虎毒不吃子。憑著我的巧言花語，哄他一哄，也就過去了。」好大聖，念動咒語，叫當坊土地、本處山神，說：「這個妖精多次來戲弄我師父，這一次卻要打死他。你給我在半空中作證，不許走了。」眾神聽令，誰敢不從？都在雲端裡照應。那大聖一棍打來，妖魔倒下，才斷絕了靈光。

那唐僧在馬上，又嚇得戰戰兢兢。八戒在旁邊又笑著說：「好行者！走了半天路，打死三個人！」唐僧正要念咒，行者急忙來到馬前，叫：「師父，不要念！不要念！你先來看看他的模樣。」原來卻是一堆骷髏。唐僧大驚，說：「悟空，這個人才死了，怎麼就化作一堆骷髏？」行者說：「他是個潛靈作怪的殭屍，在這裡迷惑人，被我打死，他就現了原身。他那脊樑上有一行字，叫做白骨夫人。」唐僧信了，可那八戒又在旁邊說三道四，唐僧耳朵軟，又信了他，念起緊箍咒。行者疼痛難忍，跪在路旁，只叫：「別念！別念！」唐僧惱怒不已，滾鞍下馬來，叫沙僧從包袱內取出紙筆，在澗下取了水，石上磨墨，寫了一紙貶書，遞給行者，說：「猴頭！執此為照，再不要你做徒弟了！如再和你相見，我就墮入地獄！」行者連忙接了貶書，說：「師父，不要發誓，老孫去就是了。」拜過師父，跳起來，又吩咐沙僧，說：「賢弟，你是個好人，只要留心防著八戒，途中要仔細。如果有妖精拿住師父，你就說老孫是他大徒弟。西方毛怪知道我的手段，斷不敢傷害我師父。」唐僧說：「我是一個好和尚，不提你這壞人的名字，你回去吧。」那大聖見長老不肯回心轉意，沒辦法，縱觔斗雲，回花果山水簾洞去了。

大聖跳過東洋大海，早到花果山。按落雲頭，睜睛觀看，一別五百年了，那山上花草全無，煙霞盡絕。只因為他鬧了天宮，這座山被顯聖二郎神率領那梅山七弟兄，放火燒壞了。

畢竟大聖回到花果山做了什麼，且聽下回分解。

第十七回　花果山群妖聚義　黑松林三藏逢魔

那大聖正在難受，只聽得芳草坡前，跳出七、八隻小猴，一擁上前，圍住叩頭，高叫：「大聖爺爺！今天來家了？」美猴王說：「你們怎麼不玩耍，一個個都躲起來了？我來到這裡，不見你們身影，怎麼回事啊？」群猴聽說，一個個垂淚告訴：「自從大聖被擒拿上界，獵人持硬弩強弓，用黃鷹劣犬，捉弄我們。所以我們不敢出頭，平時餓了去坡前偷草食，渴了來澗下吸清泉。剛才聽到大聖爺爺的聲音，特來接見。」大聖聽說，心中更加淒慘，便問：「你們還有多少人在這座山上？」群猴說：「老小只有千百人。」大聖說：「我在時共有四萬七千群妖，現在都到哪裡去了？」群猴說：「自從爺爺去後，這座山被二郎菩薩點上火，燒殺了大半。我們蹲在井裡、鑽在澗內、藏在鐵板橋下面，才得了性命。等到火滅煙消，出來看時，山被燒了，沒有花果難以存活，有一半去了別的地方。我們這一半，忍在這座山中，這兩年，又被那些打獵的人搶了一半去了。」

大聖聽了，十分惱怒，問：「洞中靠什麼人主持？」群妖說：「還有馬、流二元帥，奔、芭二將軍管著呢。」那馬、流、奔、芭忙出門叩頭，迎接進洞。大聖說：「我問你們，那打獵的人，什麼時候來山上？」馬流回答：「大聖，不分時間，時不時在這裡纏擾。」大聖問：「他們怎麼今天不來？」馬流說：「應當快來了。」大聖吩咐：「小的們，都出去把那山上燒酥了的碎石頭給我搬起來堆著。二、三十個一堆，或五、六十個一堆，我有用處。」那些小猴一窩蜂搬了許多，堆在一起。大聖看了，說：「小的們，都到洞內躲著，讓老孫作法。」

那大聖上了山頂，只見南半邊，閃上千餘人馬，架著鷹犬，持著刀槍。猴王看那些人，心中大怒，手裡拈訣，口內念念有詞，往那土地上吸了一口氣，然後吹過去，立時作起大風，碎石乘風亂飛亂舞，那千餘人馬，一個個被石頭打得粉碎。

接著，大聖讓人做了一面雜彩花旗，上面寫著：「重修花果山，復整水簾洞。齊天大聖」十四字，豎起桿子，將旗掛在洞外，每天招魔聚獸，積草屯糧。他的人情大，手段高，找到四海龍王，借了些甘霖仙水，把山洗青了。前栽榆柳，後種松楠，桃李棗梅，逍遙自在，樂業安居。

卻說唐僧攀鞍上馬，八戒前邊開路，沙僧挑著行李西行。過了白虎嶺，忽然見到一帶林丘。進入松林內，正走著，那長老兜住馬，說：「八戒，我走這一天餓了，到哪裡找些齋飯給我吃？」八戒說：「師父請下馬，在這裡等老豬去找。」他出了松林，往西走了十多里，沒見到一戶人家。那呆子走得辛苦，心內沉吟：「行者在時，老和尚要時就有，今天輪到我的身上，真是當家才知柴米價啊。」走著走著，想打瞌睡，心想：「我如果現在就回去，對老和尚說沒地方化齋，他一定不信我走了這麼多路。須是再多過一會兒，才好去回話。算了，先在這草地上睡一睡吧。」呆子在草裡倒頭睡了。

卻說長老在那林間，耳熱眼跳，身心不安，急回頭叫沙僧：「悟能去化齋，怎麼這麼長時間還不回來？」沙僧說：「師父，你還不知道呢，他見這西方上人家齋僧的多，他肚子又大，如何能管你？只要等他吃飽了才回來呢。」三藏說：「是呀，如果他在吃齋，我們怎能見到他？天色晚了，這裡又不是一個住處，須要找個地方住下才好。」沙僧說：「沒關係，師父，你先坐在這裡，等我去找他回來。」三藏說：「也好。」沙僧拿了寶杖，走出松林來尋找八戒。

長老獨坐林中，十分疲倦，強打精神，站起來，把行李放在一處，把馬拴在樹上，徐步幽林。出得松林，忽然一抬頭，見那一邊金光閃爍，彩氣騰騰，仔細一看，原來是一座寶塔，金頂放光。那長老來到塔門下面，只見一個斑竹簾掛在裡面。他入門去，揭起來，往裡就進，猛抬頭，見那石床上，側睡著一個妖魔，活似個牛頭夜叉。那長老看見他這般模樣，嚇得遍體酥麻，兩腿痠軟，忙抽身便走。那個妖魔靈性強大，撐開一雙金睛鬼眼，叫：「小的們，快趕上去，給我拿來，我這裡重重有賞！」

那些小妖，一窩蜂齊齊擁上，抬起長老，放在那竹簾外面。那個老妖見了三藏，突然，紅鬚倒豎，血髮朝天，眼睛迸裂，大喝一聲：「帶那和尚進來！」三藏只得雙手合著，向他行個禮，那老妖說：「你是什麼地方的和尚？從什麼地方來？到什麼地方去？」三藏說：「我是唐朝僧人，奉大唐皇帝敕命，前往西方訪求經偈，經過貴山，特來塔下謁聖，沒想到驚動了你們，還望恕罪。」那老妖聽了，呵呵大笑：「正要吃你呢，來的正好！」叫小妖：「把和尚拿去綁了！」那些小妖一擁上前，把長老繩纏索綁，縛在那根定魂樁上。老妖持刀又問：「和尚，你一行有幾個？不會是一個人上西天去吧？」三藏見他持刀，又老實地說：「大王，我有兩個徒弟，叫豬八戒、沙和尚，都出松林化齋去了。還有一擔行李，一匹白馬，都在松林裡放著呢。」老妖說：「又造化了！兩個徒弟，連你三個，連馬四個，夠吃一頓了！」

卻說沙僧去找八戒，走了十多里，沒見到村莊。正站在高埠上觀看，只聽得草中有人說話，急忙用杖撥開深草看，原來是呆子在裡面說夢話呢。沙僧揪著呆子耳朵叫醒，呆子懵懵懂懂的，托著缽盂，拿著釘鈀，和沙僧一同走回來，到林中一看，不見了師父。他們兩個找了一會，見那正南下有金光閃爍。二人摸索著到了一個門前，只見那門上橫安了一塊白玉石板，上面鐫著六個大字：「碗子山波月洞」。沙僧說：「哥啊，這裡不是寺院，是一座妖精洞府。可能師父就在這裡呢。」八戒說：「兄弟別怕，你先把馬拴了，守著行李，等我去看看。」那呆子舉著鈀，上前高叫：「開門！開門！」洞內老妖大喜，說：「是豬八戒、沙僧來了！好，他們還真會找！怎麼就找到我這門上來了？」

卻說八戒、沙僧在門前，只見妖魔來得凶險，一問，得知師父正在洞裡。呆子便拿著釘鈀，朝著妖怪打過來。那怪物側身躲過，使鋼刀來迎。兩個都顯神通，縱雲頭，跳在空中廝殺。沙僧撇了行李、白馬，舉起寶杖，前來助攻。三個在半空中，來來往往，戰了數十回合，不分勝負。

卻說八戒、沙僧和妖怪鬥了三十回合，不分勝負。如果只論本事，不要說這兩個和尚，就是二十個，也打不過那個妖精。只是因為唐僧命不該死，暗中有護法神保護著他，空中又有那六丁六甲、五方揭諦、四值功曹、一十八位護教伽藍，幫助八戒、沙僧。

此時，長老在洞裡悲哭，想著他的徒弟，忽然見到那洞裡走出一個婦人，扶著定魂樁叫：「這位長老，你從哪裡來的？怎麼被他縛在這裡？」長老聽到這句話，偷看那個婦人，約有三十歲年紀，於是回答：「女菩薩，要吃就吃吧，還問什麼？」那個婦人說：「我不是吃人的。我家在這西面三百多里的地方。那裡有一座城，叫寶象國。我是那國國王的第三個公主，乳名叫百花羞。只因為十三年前八月十五日夜間，正在賞月，忽然被這個妖魔一陣狂風抓來，只好和他做了十三年夫妻。生兒育女，一直沒機會回朝，我想念父母，不能相見。你從什麼地方來的，怎麼被他拿住了？」唐僧回答：「貧僧是差往西天取經者，經過這裡，誤闖到這個洞裡。那妖怪要拿住我那兩個徒弟，一齊蒸吃呢。」那個公主賠著笑，說：「長老先請寬心，你既然是取經的，我救得你。那寶象國是你去西方的大路，你給我捎一封信，拜上我父母，我就叫他饒了你。」三藏點頭，說：「女菩薩，如果能救得貧僧的性命，願做捎信人。」那個公主轉到後面，修了一紙家書，到椿前放了唐僧，把信給了他。三藏緊緊收了家信，謝了公主，就往外走，被公主扯住，說：「前門你出不去！那些大小妖精，都在門外搖旗吶喊，擂鼓篩鑼，和你徒弟打呢。你往後門去吧，如果被大王再拿住，還要審問審問；如果被小妖兒捉了，不分好壞，反而傷了你的性命。等我去他面前，求求他。如果大王放了你，你就和你徒弟去吧。」三藏磕了頭，辭別公主，躲離後門外邊，不敢自己走，藏在荊棘叢中等候。

卻說公主娘娘，心生巧計，急往前來，出得門外，分開了大小群妖，只聽得兵刃亂響，八戒、沙僧正和那妖怪在半空裡廝殺。公主厲聲高叫：「黃袍郎！」那個妖王聽見公主叫，離開八戒、沙僧，按落雲頭，攙著公主，說：「老婆，有什麼事？」公主說：「郎君啊，我剛才在睡夢中，見到一個金甲神人。」妖魔問：「金甲神人？上我這裡來幹什麼？」公主說：「是我幼時，在宮裡對神暗許下一樁心願：如果能招到一個賢郎駙馬，上了名山，拜了仙府，齋僧布施。自從跟了你，夫妻歡會，一直沒有提起這件事。那個金甲神人來這裡討誓願，我醒來，卻是南柯一夢。因此，趕緊前來找你，沒想到那樁上綁著一個僧人，萬望郎君慈憫，看我的分上，饒了那個和尚吧，只當是我齋僧還願，不知郎君答應嗎？」妖怪說：「老婆，你多心了！有什麼要緊的事。我要吃人，哪裡不能撈幾個吃吃？放這和尚去吧。」公主說：「郎君，放他從後門去吧。」妖魔說：「放他去就是了，又管他什麼後門前門呢。」他於是拿著鋼刀，高叫：「豬八戒，你過來。我不是怕你，只是看著我老婆的分上，饒了你師父。趁早去後門找他，往西方去吧。如果再敢來我這境界，一定不饒你們！」

八戒與沙僧聽了，如同從鬼門關上放回來的一般，忙牽馬挑擔，鼠竄前行，轉過波月洞後門的外邊，叫了一聲：「師父！」

長老聽見，在荊棘中答應了一聲。沙僧分開草徑，攙著師父，扶上馬。八戒當頭領路，沙僧後隨，出了松林，上了大路。遇晚先投宿，雞鳴早看天，一程一程，長亭短亭，不知不覺走了二百九十九里。猛一抬頭，看到一座城，正是寶象國。師徒三人，收拾行李、馬匹，找到館驛安歇下來。

唐僧單獨走到朝門外面，對閣門大使說：「有唐朝僧人，特來面駕，倒換文牒，請代為轉奏。」黃門奏事官連忙走到白玉階前，奏：「萬歲，唐朝有一個高僧，想來見駕，倒換文牒。」那個國王因為唐朝是個大國，又聽說是一個聖僧，心中歡喜，准奏，叫：「宣他進來。」三藏進來，說：「小僧來自唐朝，承我天子敕旨，前往西方取經。原領有文牒，到陛下上國，理應倒換。所以特來求見。」國王說：「既然有唐朝天子文牒，取上來給我看。」

三藏雙手捧了上去，展開放在御案上。國王見了，取本國御寶，用了花押，遞給三藏。三藏謝了恩，收了文牒，又奏：「貧僧這次來，一是為了倒換文牒，二是為了給陛下傳遞家信。」國王問：「有什麼信？」三藏說：「陛下第三位公主娘娘，被碗子山波月洞黃袍妖抓去，貧僧偶然相遇，所以代為送信來。」國王聽說，滿眼垂淚：「自從十三年前，不見了公主，兩班文武官，也不知貶退了多少，宮內宮外，大小婢子太監，也不知打死了多少，只說是走出皇宮，迷失路徑，無處找尋，滿城中百姓人家，也盤問了無數，一直沒有下落。誰知道卻是妖怪抓了去！今天聽到消息，真讓人傷心落淚。」三藏從袖中取出信來獻上。國王接了，看了信，哭了好久，問兩班文武：「誰敢帶兵領將，給寡人捉獲妖魔，救我百花公主？」連問數聲，沒有一人敢答。國王心生煩惱，淚如湧泉。只見那多官齊俯伏上奏：「陛下先不要煩惱，那個妖精是雲來霧去之輩，不能和他相見，怎麼解救？想必東土取經者，是上邦聖僧。這和尚必有降妖的辦法。」國王聽了，急回頭請三藏，說：「長老如果真有手段，請幫助救公主。」三藏慌忙啟上，說：「貧僧不會降妖。」國王問：「你既然不會降妖，怎麼敢上西天拜佛？」長老見瞞不過，說出兩個徒弟來：「陛下，貧僧一人，確實難以到達這裡。貧僧有兩個徒弟，能逢山開路，遇水造橋，

保護貧僧到了這裡。」國王便叫上來朝見。

呆子和沙僧隨金牌入朝，來到白玉階前，文武多官，無人不怕。那國王見他醜陋，心驚膽顫，靜心多時，才問：「二位長老，誰善於降妖？」呆子不知好歹，回答：「老豬會降。」國王問：「怎麼會降？」八戒說：「也將就知道幾個變化。」國王說：「你試變化一個給我看看。」那八戒也有三十六般變化，就在階前賣弄手段，拈訣念咒，喝一聲：「長！」把腰一躬，就長了八九丈長，如同一個開路神。嚇得那兩班文武，戰戰兢兢。國王大驚，說：「收了神通吧，知道是這般變化了。」八戒現了原身，侍立階前。國王又問：「長老這一去，用什麼兵器和他交戰？」八戒從腰裡拿出鈀來，說：「老豬使釘鈀。」國王笑著說：「可不是太不稱頭了！我這裡多有鞭鐧瓜錘，刀槍鉞斧，劍戟矛鐮，隨你選稱手的拿一件。那鈀能算做什麼兵器？」八戒說：「陛下不知，我這鈀雖然粗夯，卻是自幼隨身的寶貝。我曾在天河水府為帥，管轄八萬水兵，全倚仗這釘鈀。今天下臨凡世，保護吾師，逢山打破虎狼窩，遇水掀翻龍蜃穴，都是用這個釘鈀。」國王聽他這樣說，十分歡喜，便對八戒說：「長老，等捉到妖魔，救回小女，自有大宴相酬，千金重謝。」八戒告別了長老，辭了國王，足下生雲，直上天空，國王見了，說：「豬長老又會騰雲！」呆子去了，沙僧說：「師父！那黃袍怪拿住你時，我兩個和他交手，也只戰個平手。今天二哥獨自去，恐怕戰不過他。」三藏說：「正是，徒弟啊，你可去幫幫他。」沙僧聽了師父的話，也縱雲跳起，去了。

究竟八戒、沙僧戰勝黃袍怪沒有，且聽下回分解。

第十八回　波月洞沙僧遭擒　寶象國三藏成虎

他兩個沒走多長時間，到了洞口，按落雲頭。八戒拿鈀往波月洞的門上，盡力一打，把石門打了斗來大小的窟窿。妖怪見了，大驚，問：「豬八戒、沙和尚，我已經饒了你們的師父，你們怎麼又敢來打我的門！」八戒說：「你把寶象國三公主騙到洞內，霸占為妻，住了一十三載，也該還他了。我今天奉著國王旨意，特來擒你。你快快進去，把自己用繩子綁縛出來，免得老豬動手！」老怪聽了，大怒，舉起刀來攔頭便砍。戰了八九個回合，八戒漸漸不濟，釘鈀難舉，氣力不加。當時戰鬥，有那護法諸神，因為唐僧在洞裡，暗助八戒、沙僧，所以僅得了個平手；現在這個時候，諸神都在寶象國護定唐僧，所以二人難敵妖怪。呆子說：「沙僧，你先上前來和他鬥著，老豬出恭去。」他顧不得沙僧，一溜兒往荊棘葛籐裡，不分好歹，一頭鑽進去，也不管刮破頭皮，搠傷嘴臉，再也不敢出來，只留著半邊耳朵。妖怪見八戒走了，就奔向沙僧。沙僧措手不及，被妖怪一把抓住，捉進洞去，小妖把沙僧捆住。

卻說妖怪把沙僧捆住，也不來殺他，也沒有打他，罵也沒罵他一句，拿著鋼刀，心中暗想：「唐僧是上邦人物，必知禮義，我饒了他性命，他怎麼會叫他徒弟拿我？噫！這多半是我老婆有信到那國裡，走了消息！等我去問一問。」那妖怪氣憤憤，要殺公主。公主嚇得跪倒在地，死活不肯承認有送信的事。妖怪不容分說，把公主揪上前來，審問沙僧，大喝：「沙和尚！你兩個怎麼擅自打上我的門來，是不是這個女子有信到那國中，國王叫你們來的？」沙僧已經被捆在那裡，見到妖精兇惡得很，並把公主摔倒在地，持刀要殺。他心中暗想：「我如果實說了，他就把公主殺了，這卻不是恩將仇報？」於是大喝：「那個妖怪不要無禮！她有什麼信，你這等冤枉她，要害她的性命！我們來這裡問你要公主，有個緣故，只因為你把我師父捉在洞中，我師父曾看見公主。到寶象國，倒換關文，那皇帝將公主畫影圖形，前後訪問，問我師父沿途見到沒有，我師父於是把公主說起，國王知是他的女兒，賜給我們御酒喝，叫我們來拿你，要他公主還宮。你要殺就殺了我老沙，不可枉害凡人，天理不容啊！」

妖怪見沙僧這樣說了，扔下刀，雙手抱起公主，說：「是我一時粗魯，不要怪我。」那個公主是婦人家水性，見他認錯，也回心轉意，說：「郎君啊，你如果念夫婦恩愛，可把沙僧的繩子放鬆點。」老妖怪聽了，便叫小的們把沙僧解了繩子，鎖在那裡。

老妖怪又叫人安排酒席，給公主賠禮壓驚。酒到半酣，老妖怪忽然換了一件鮮明的衣服，取了一口寶刀，佩在腰裡，轉過身來，用手摸著公主，說：「老婆，你先在家飲酒，看著兩個孩兒，不要放了沙和尚。我趁著那個唐僧在那國裡，也趕快去認認親。」公主問：「你去認什麼親？」老妖怪說：「認你父王。我是他的駙馬，他是我老丈人，怎麼不去認認？」公主說：「你不能去。」老妖怪問：「為什麼不能去？」公主說：「我父王沒有見過你這樣的凶漢。你這嘴臉相貌，生得醜陋，如果見了他，恐怕嚇了他，反為不美，不如不去認。」老妖怪說：「既然如此說，我變一個俊的去就是了。」好一個怪物，他在酒席間，搖身一變，就變作一個俊俏的人，貌似潘安。公主見了，十分歡喜。老妖怪說：「我去了。」你看他縱雲頭，早到了寶象國，按落雲光，到了朝門外面，對閣門大使說：「三駙馬特來見駕，請代為轉奏。」黃門奏事官來到白玉階前，奏：「萬歲，有三駙馬前來見駕，現在朝門外聽宣。」國王正和唐僧聊天，忽然聽得三駙馬，便問：「寡人只有兩個駙馬，怎麼又有個三駙馬？」底下的眾位官員說：「三駙馬，必定是妖怪來了。」

國王無奈，只得准奏叫宣，把妖怪宣到金階下，多官見他生得俊麗，也不敢認他是妖精。國王見他形象英俊，便問他：「駙馬，你家在哪裡居住？是哪裡的人氏？什麼時候和我公主在一起的？怎麼今天才來認親？」老妖怪巧語花言，回答：「主公，微臣自幼好習弓馬，采獵為生。十三年前，帶領家童數十，放鷹逐犬，忽然見到一隻斑斕猛虎，身上馱著一個女子，往山坡下走。是微臣兜弓一箭，射倒猛虎，把女子帶上本莊，用溫水溫湯灌醒，救了性命。因問是何處人家，更不曾提到公主二字。早說是萬歲的三公主，怎麼敢欺心，擅自婚配？只因為她說是民家女子，才被微臣留在莊所，女貌郎才，兩廂情願，所以婚配一直到現在。當時婚配後，本想把那隻虎宰了，卻是公主娘娘說不要殺。公主說，不殺有講究，說是托天托地成夫婦，無媒無證配婚姻，今將老虎做媒人。臣聽到這樣說，饒了老虎的性命。那虎帶著箭傷離去了。誰想到，他得了性命，在那山中修煉了這幾年，成了精，專門迷人害人。臣聽得有取經的經過這裡，說是大唐來的唐僧，後又沒了下落，想必是這虎害了唐僧，變作取經人的模樣，今天在朝中哄騙主公。主公啊，那繡墩上坐的，正是十三年前馱公主的猛虎，不是真正取經人！」

那水性的君王，不識妖精，把他的話當真，說：「賢駙馬，你既然認得，可叫他現出原身來看。」怪物說：「拿半盞淨水，臣就叫他現了原身。」國王叫官取水，遞給駙馬。妖怪接水在手，站起身來，走上前，使一個黑眼定身法，念了咒語，把一口水望唐僧噴去，叫聲：「變！」將長老的真身，隱在殿上，真變作了一隻斑斕猛虎。國王一見，魂飛魄散，嚇得眾多官員紛紛躲避。有幾個大膽的武將，領著將軍校尉一擁上前，用各項兵器亂砍。也是唐僧命該不死，否則，就是二十個僧人，也都會打做肉醬。幸有丁甲、揭諦、功曹、護教諸神，暗在半空中護佑，所以兵器不能傷。眾臣叫嚷到天晚，才把那虎活活地捉了，用鐵繩鎖了，放在鐵籠裡，收在朝房內。

國王傳旨，令光祿寺大排宴席，感謝駙馬。當晚眾臣散去，妖魔進了銀安殿。又選了十八個宮娥綵女，吹彈歌舞，勸妖魔飲酒作樂。怪物單獨坐在上席，飲酒到二更時分，大醉，忍不住跳起身來，大笑一聲，現了原身，凶心發作，伸開大手，把一個彈琵琶的女子抓過來，在頭上咬了一口。嚇得那十七個宮娥，沒命地前後亂跑亂藏。

卻說外面人盡傳：「唐僧是個虎精！」亂傳亂嚷，嚷到金亭館驛。這時候，驛裡無人，只有白馬在槽上吃草吃料。他本是西海小龍，因犯天條，鋸角退鱗，變作白馬，馱唐僧往西方取經，忽然聽得人們講唐僧是一個虎精，他心中暗想：「我師父分明是個好人，必然是妖怪把他變作了虎精。怎麼是好？怎麼是好？大師兄去得久了，八戒、沙僧又無音信！」

他挨到二更時分，萬籟無聲，跳起來，說：「我今天如果不去救唐僧，這功果就休了！」忍不住，脫了韁繩，抖鬆鞍轡，急忙縱身，化作白龍，駕起烏雲，直上九霄空中觀看。小龍在半空裡，見銀安殿內，燈燭輝煌，妖魔獨自坐在上面，飲酒吃人肉。小龍搖身一變，也變作一個宮娥，身體輕盈，儀容嬌媚，移步走入裡面，對妖魔道聲萬福，說：「駙馬啊，你不要傷我性命，我來替你把盞。」妖怪說：「斟酒來。」小龍接過壺來，把酒斟在盞中，酒比盅高出三五分來，也不漫出，這是小龍的逼水法。妖怪見了不識，心中大喜，說：「你倒有手段！」小龍說：「還斟得有幾分高呢。」妖怪說：「再斟上！再斟上！」他舉著壺，只顧斟，那酒只顧高，就如十三層寶塔一般，尖尖滿滿，也不漫出一點。怪物伸過嘴來，喝了一盅，扳著死人，吃了一口，說：「你會唱嗎？」小龍回答：「會唱一點。」依腔韻唱了一個小曲，又奉上一盅。妖怪說：「你會跳舞嗎？」小龍說：「也會一點，跳得不好看。」妖怪揭起衣服，解下腰間所佩寶刀，從鞘中拿出來，遞給小龍。小龍接了刀，就在酒席前，上三下四、左五右六，丟開了花刀法。那怪看得眼暈，小龍丟了花字，望妖精臉上一刀砍下來。好怪物，側身躲過，慌了手腳，舉起一根滿堂紅，架住寶刀。那滿堂紅原是熟鐵打造的，連柄有八、九十斤。兩個出了銀安殿，小龍現了原身，駕起雲頭，和妖魔在半空中相殺。戰到八九回合，小龍手軟筋麻，老魔身強力壯。小龍抵敵不住，飛起刀去砍妖怪，妖怪有接刀之法，一隻手接了寶刀，一隻手拋下滿堂紅便打，小龍措手不及，被他在後腿上打了一下，急慌慌按落雲頭，多虧了有條御水河救了性命。小龍一頭鑽下水去，妖魔趕來找他不見，持了寶刀，拿了滿堂紅，仍回銀安殿，照舊喝酒睡覺。

那小龍潛在水底，好一會兒聽不見聲息，方才咬著牙，忍著腿疼從水中出來，踏著烏雲，轉回到館驛，仍變作馬，伏在槽下。可憐渾身是水，腿有傷痕。

卻說豬八戒自從離了沙僧，一頭藏在草叢裡，這一覺，一直睡到半夜時候才醒。醒來時，又不知是在什麼地方，揉揉眼，靜靜神，心想：「我要是去救沙僧，肯定是孤掌難

嗚。罷！罷！罷！我先進城去，見了師父，再讓國王選些驍勇人馬，幫助老豬明天來救沙僧吧。」

呆子急縱雲頭，回到城裡，到了館驛。正是人靜月明，兩廊下找不見師父，只見白馬睡在那裡，渾身溼淋淋的，後腿有盤子大小一塊青痕。八戒失驚，說：「真晦氣了！這馬又沒有走路，怎麼身上有汗，腿有青痕？想必是壞人打劫師父，把馬也打壞了。」那白馬認得是八戒，忽然口吐人言，叫聲：「師兄！」這呆子嚇了一跳，往外要走，被那馬探探身，一口咬住皂衣，說：「哥啊，你不要怕我。」八戒戰兢兢地說：「兄弟，你怎麼今天說起話來了？你如果一說話，必有大不祥的事情發生。」小龍說：「你不知道！你和沙僧在皇帝面前顯弄本事，思量拿到妖魔，請功求賞，不想妖魔本領大，你們手段不行。」如此這般把經過全都說了。八戒聽了，問：「真有這樣的事？」小龍說：「難道我哄你不成！」八戒說：「這可怎麼好？」小龍說：「師兄啊，如果要救師父，你只要去請一個人來。」八戒說：「叫我請誰？」小龍回答：「你趁早駕雲到花果山，請大師兄孫行者來。他一定能救師父。」八戒說：「好好，我如果不去，顯得我不盡心了。我這一去，如果行者肯來，我就和他一路來；他如果不來，你也不要指望我，我也不來了。」

呆子收拾了釘鈀，跳起去，踏著雲，往東前來。

來到花果山，正看到一千二、三百隻猴子向大聖朝拜，呆子不敢見大聖，便擠在眾猴子中，也跟眾猴子磕頭。

孫大聖坐得高，眼又乖滑，看得明白，忍不住笑，叫：「豬八戒！」他聽見一聲叫，就跳起來，說：「正是！正是！我是豬八戒！」行者問：「你不跟唐僧取經去，來這裡幹什麼？」八戒說：「師父想你，叫我來請你。」行者說：「他也不請我，他也不想我。他對天發了誓，親筆寫了貶書，怎麼又想我？又讓你來請我？我不去。」八戒扯個謊，忙說：「是想你！真是想你！師父在馬上走著時，叫了一聲徒弟，我沒有聽見，沙僧又是耳聾。師父就想起你來，說我們不中用。因此專叫我來請你的，求你跟我回去，好不好嗎？」行者聽了，仍不答應。呆子不敢苦逼，怕他性起，萬一挨打就不好了。無奈之下只得告辭，找路去了。行者見他去了，就叫兩個機靈的小猴，跟著八戒，聽他路上說些什麼。

呆子下了山，走不到三四里路，回頭指著山上，口裡罵：「這個猴子，不做和尚，倒做妖怪！這個猢猻，我好意來請他，他卻不去！你愛去不去！」走了幾步，又罵幾聲。兩個小猴急跑回來，報告：「大聖爺爺，豬八戒不大老實，他一邊走，一邊罵大聖呢。」行者聽了大怒，叫：「把他給我捉來！」眾猴飛奔趕上，把一個八戒，扛翻在地，抓鬃扯耳，拉尾揪毛，捉了回去。

究竟八戒性命如何，且聽下回分解。

第十九回　八戒義激猴王　行者智降妖怪

話說呆子被一窩猴子捉住了，大聖坐在石崖上方，罵：「你這劣貨！你去就去，怎麼敢罵我？小的們，拿大棍來！先打四十，打完，我使鐵棒給他送行！」八戒嚇得直磕頭，說：「哥哥，看在海上菩薩面上，饒了我吧！」

行者見他說起菩薩，卻有幾分轉意，說：「兄弟，既然這麼說，我先不打你，你老實告訴我，唐僧在哪裡有難，你卻到這裡來哄我？」八戒聽到行者這樣說，便把行者走後發生的事情說了一遍。行者聽後，說：「你這個呆子！我走時曾經叮嚀又叮嚀，對你們說：『如果有妖魔捉住師父，你就說老孫是他大徒弟。』怎麼卻不說我？」八戒見行者這樣說，心想：「請將不如激將。」便說：「哥啊，不說你還好呢，只因為說了你，他更加放肆！」行者問：「怎麼說？」八戒說：「我說：『妖精，你不要無禮，不要害我師父！我還有個大師兄，叫做孫行者。他神通廣大。他來時叫你死無葬身之地！』那怪聽了，罵：『是個什麼孫行者，我怕他？他如果來，我就剝了他的皮，抽了他的筋，啃了他的骨，吃了他的心！』」行者聽到這樣說，氣得抓耳撓腮，暴躁亂跳，說：「賢弟，你起來。既然是妖精罵我，我就不能不降他，我和你去。老孫五百年前大鬧天宮，普天的神將看見我，一個個口稱大聖。這妖怪如此無禮，他敢罵我！我一定把他拿住，碎屍萬段，以報罵我之仇！完事了我再回來。」

大聖這才和八戒攜手駕雲，離了洞，過了東洋大海，到了西岸，按住雲光，只見金塔放光，八戒指著說：「那裡就是黃袍怪的家，沙僧還在他家裡呢。」行者說：「你在空中，等我下去看看。」猴王來到洞門，只見兩個小孩子在那裡追趕玩耍。一個有十來歲，一個有八、九歲了。行者趕上前，一把抓著兩個孩子，提過來。那兩個孩子吃了驚，又罵又哭地亂嚷，驚動波月洞的小妖和公主，慌得公主厲聲高叫：「那個漢子，你怎麼把我兒子拿去？他老子厲害，決不會和你罷休！」行者說：「你不認得我？我是唐僧的大徒弟孫悟空行者。我有個師弟沙和尚在你洞裡，你把他放出來，我把這兩個孩兒還你。」公主聽了，急往裡面，喝退幾個把門的小妖，親自動手，把沙僧放了。

卻說八戒停在空中，看見沙僧出洞，按下雲頭，叫了一聲：「沙兄弟。」行者說：「呆子，你們兩人趕快把這兩個孩子各抱著一個，先到寶象城去激妖怪前來，我在這裡等著和他打。」沙僧問：「哥啊，怎麼才能激他前來？」行者說：「你們兩個駕起雲，站在那金鑾殿上，別管許多，把孩子往白玉階前扔下去。有人問你是什麼人，你就說是黃袍妖

精的兒子被拿來了。妖怪聽見，肯定回來，我就不用進城和他鬥了。」八戒、沙僧兩個按行者的話去了。

行者跳下石崖，公主看孩子沒送回來，便和行者理論。行者對公主說：「我要用孩子引誘妖怪前來。你和他做了十三年夫妻，能沒有情意？我見了他，須要打倒他，才得你回朝見駕。」公主果然依了行者，往僻靜處躲避。猴王把公主藏了，搖身一變，變作公主，轉到洞中，專候妖怪。

卻說八戒、沙僧把兩個孩子拿到寶象國中，在那白玉階前扔下，都似肉餅一樣死了。慌得滿朝多官紛紛前來報告：「不好了！不好了！天上扔下兩個人來了！」妖怪還在銀安殿，醉酒未醒，聽得有人叫嚷，翻身抬頭，只見雲端裡是豬八戒、沙和尚。妖怪心中暗想：「沙和尚是我綁在家裡，他怎麼出來了？我現在還醉著呢！如果和他們打，怕有閃失，先等我回家去，看看發生了什麼事情沒有。」妖怪一直往回去了。這個時候，朝中已知道他是一個妖怪了，因為他夜裡吃了一個宮娥，還有十七個脫命去的，五更時，奏了國王，說他如此如此。那國王忙叫眾官員看守好假老虎。

卻說妖怪回到洞口。行者見他來，在洞裡裝腔作勢地嚎啕痛哭。妖怪得知兩個孩子被拿走，心中大怒，說：「罷了！罷了！我的兒子被他們殺害了！只好拿那和尚來給我兒子償命報仇！」這時，行者乘那怪沒有防備，把臉抹了一抹，現出原身，叫：「妖怪！不要

無禮！你先認認我是誰？」妖怪見了，大驚：「你原來不是我的老婆！我見你眼熟，你是誰？」行者說：「我是唐僧的大徒弟，叫做孫悟空行者。你傷害我師父，我怎麼不來救他？你害他也罷了，為什麼在背後罵我？」妖怪說：「我什麼時候罵你了？」行者說：「是豬八戒說的。」妖怪說：「你不要信他，那個豬八戒，尖著嘴，專會學老婆舌頭，你怎麼聽他的？」行者說：「這些都不要講，只說老孫今天到你家裡，快快將頭伸過來，讓老孫打一棍子！」妖怪一聽，急傳號令，山前山後群妖，洞裡洞外諸怪，一齊點起，各執器械，都來到面前。行者見了，滿心歡喜，雙手持棍，喝叫：「變！」變作三頭六臂，把金箍棒晃一晃，變成三根金箍棒。你看他六隻手，使著三根棒，一路打去，可憐那些小怪，紛紛倒地。只剩一個老妖怪。怪物舉寶刀砍來，兩個戰了五六十合，不分勝負。好猴王，雙手舉棍，使一個高探馬的勢子。妖怪不知是計，見有空兒，舞著寶刀，奔下三路就砍，被行者急轉身，挑開他那口刀，使一個葉底偷桃勢，望妖精頭頂打了一棍，打得他無影無蹤。行者大驚：「我兒啊，這麼不經打，就這麼不見了。如果是打死，怎麼說也應當有些膿血，如何沒了蹤影？想是走了。」急縱身跳在雲端裡，四邊更無動靜。「老孫這雙眼睛，不管在什麼地方，一抹都見，怎麼這妖怪走得這麼快？我知道了，妖怪說認得我，想必不是凡間的怪，多是天上來的精。」

大聖一時忍不住打個觔斗，跳到南天門上。早有張、葛、許、邱四大天師問：「大聖

來這裡做什麼？」行者說了來由，天師啟奏玉帝，玉帝便讓人去查有誰下凡。查勘九曜星官、十二元辰、東西南北中央五斗、河漢群辰、五嶽四瀆、普天神聖都在天上，沒有一個敢離方位。又查斗牛宮外，二十八宿卻只有二十七位，只少了奎星。玉帝聞知，便命本部收他上界。二十七宿星員領了旨意，出了天門，各念咒語，驚動奎星。你知道他在哪裡躲避？他原來是孫大聖大鬧天宮時打怕了的神將，閃在山澗裡，被水氣隱住妖雲，所以沒能看見他。他聽得本部星員念咒，方敢出頭，隨眾上界。

奎星被押見玉帝，行者跟隨前行。奎星從腰間取出金牌，在殿下叩頭納罪，玉帝問：「奎木狼，上界有無邊的風景，你不受用，卻私自到下界，為什麼？」奎宿叩頭奏：「萬歲赦臣死罪。那寶象國王公主，不是凡人，原是披香殿侍香的玉女。因和臣私通，臣恐玷汙了天宮勝境，她思凡先下界去，托生在皇宮內院，是臣不負前約，變作一個妖魔，占了名山，把她帶到洞府，和她做了一十三年夫妻。」玉帝聽他這麼說，便收了金牌，貶他去兜率宮給太上老君燒火，有功復職，無功再重重加罪。

大聖看到玉帝發落了奎星，便回去了。他按落祥光，來到碗子山波月洞，找到公主，把那思凡下界收妖的言語告訴給她，只聽得半空中八戒、沙僧厲聲高叫：「師兄，有妖精，留幾個讓我們打。」行者說：「妖精都除掉了。」沙僧說：「既然把妖精打絕了，就把公主帶到朝中去吧。不要睜眼，兄弟們使個縮地法來。」公主閉上眼，只聽得耳內風

響，回到城裡。他三人將公主帶到金鑾殿，公主參拜了父王、母后，會見了姊妹，各官也都來拜見。公主方才啟奏：「多虧了孫長老法力無邊，降了黃袍怪，救奴家回國。」國王謝了行者的恩德，便叫：「看你師父去。」

他三人和眾官到朝房裡，抬出鐵籠，把假虎解了鐵索。別人看他是虎，獨行者看他是人。行者用手挽起，說：「快取水來。」那八戒將紫金缽盂取出，盛水半盂，遞給行者。行者接水在手，念動真言，望那虎劈頭一口噴上，退了妖術，解了虎氣。長老現了原身，感激行者不提。

唐僧重新得到了孫行者，師徒們仍夜住曉行。看看節氣已經到了春末。走著走著，又遇到一座高山擋路。師徒們上山，道路難行，忽見那面坡上，站著一個樵夫。樵夫在坡前砍柴，看見來人，便對長老厲聲高叫：「西進的長老！停一停。我有一言奉告：這座山有一夥毒魔狠怪，專吃你東來西去的人呢。」唐僧聞言驚懼不已，行者說：「師父放心，等老孫去問問清楚。」

樵夫說：「這座山有六百里遠近，名叫平頂山。山中有一洞，名喚蓮花洞。洞裡有兩個魔頭，他們一心要吃唐僧。」

大聖聽說了，拽步轉回，見到長老，說：「師父，沒事。這座山有幾個妖精，有我呢，怕他怎麼著?走路！走路！」正走著，樵夫忽然不見了。長老問：「報信的樵夫怎麼不見了？」行者說：「想必是他鑽進林子裡找柴草去了。等我去看看。」大聖睜開火眼金睛，漫山越嶺，沒有蹤跡。抬頭往雲端裡一看，看見是日值功曹，他就縱雲趕上，罵了幾聲毛鬼，說：「你怎麼有話不直說？」慌得功曹施禮，說：「大聖，報信來遲，勿罪、勿罪。那怪確實神通廣大，變化多端。你要仔細保護著你的師父。」行者聽了，讓功曹走了。回到長老身邊，說了功曹報信的誠意。

卻說那山叫作平頂山，那洞叫作蓮花洞。洞裡有兩妖：一喚金角大王，一喚銀角大王。金角當天對銀角說：「兄弟，我們多長時間沒有巡山了？」銀角說：「有半個月了。」金角說：「兄弟，你今天給我去巡巡。」銀角問：「今天巡山有什麼用意？」金角說：「你不知道，最近聽說東土唐朝差個御弟唐僧往西方拜佛，你看看來沒來，給我把他拿來。」銀角說：「我們要吃人，哪裡不能捉到幾個？這麼一個和尚，就讓他去吧。」金角說：「你不知道。我當年離開天界，經常聽到這樣的話：唐僧是金蟬長老臨凡，十世修行的好人，一點元陽未洩，若有人吃了他肉，能延壽長生呢。」銀角說：「是這樣啊？等我去拿他來。」金角說：「兄弟，你有些性急，先別忙。我記得他的模樣，曾經把他們師徒畫了一個影像，你拿去。遇著和尚，照驗照驗。」又將某人是某名字，一一說了。銀角得了圖像，知道姓名，出了洞，點起三十名小怪，來到山上巡邏。

卻說行者向長老提議，既然前面有妖怪，讓八戒先往前去偵察偵察，有事再來報告。

八戒去了，正走著，真撞見了那群魔妖，那三十名小怪見到八戒，說：「大王，這個和尚和這圖中豬八戒一個模樣。」妖怪認得是八戒，拿出寶刀，上前就砍。這呆子舉釘鈀按住。妖怪哪裡肯放，運用七星劍，和八戒一來一往，鬥了二十回合，不分勝負。八戒發起狠來，捨死相迎。那怪見了，回頭招呼小怪，一齊動手。八戒見那些小妖一齊上來，慌了手腳，敗了陣，回頭就跑。道路不平，未曾細看，絆了個踉蹌。掙起來正要走，又被一個小妖，捺在地上，扳著他腳跟，跌了個狗吃屎，被一群小妖趕上按住。

妖怪將八戒拿進洞去，老魔見了，便叫小妖：「把他先浸在後邊淨水池中，浸退了毛衣，使鹽醃著，晒乾了，等天陰下酒。」

老怪又喚二魔，說：「兄弟，你既然拿了八戒，後面一定有唐僧。再去巡巡山來，不要放過他。」二魔又帶著五十名小妖上山巡邏，果然在山頂上看見了唐僧一行三人，二魔對眾妖說：「我看見唐僧了，你們先回去，讓我使個手段。」

眾妖散去，他單獨跳下山，在道路旁邊，搖身一變，變成一個跌折了腿的老道士，腳上血淋淋，只叫：「救人！救人！」三藏、行者、沙僧正走著，聽到呼救，這長老兜回馬，那怪爬出，在長老馬前，只顧磕頭。三藏在馬上，見他是一個道士，年紀又大，過意不去，連忙下馬去攙，說：「請起，請起。」妖怪說：「疼！疼！疼！」只見他腳上流血，三藏驚問原因。那怪回答：「師父啊，這座山往西去，有一座清幽觀宇，我是那觀裡

的道士。前天山南施主家裡，邀請道眾禳星，回來晚了，我師徒二人，一路走來，忽然遇著一隻斑斕猛虎，將我徒弟銜去，貧道戰戰兢兢逃命，一跤跌在亂石坡上，傷了腿。今天天緣，得遇師父，萬望師父大發慈悲，救我一命。」三藏聽到，認了真，便叫妖怪騎馬。妖怪說胯部跌傷，不能騎馬。三藏便叫悟空來背他。行者連聲答應，心中笑著說：「你這個潑魔，怎麼敢來惹我？你也不想想老孫是什麼人兒！你這般鬼話，只好瞞著唐僧，又想來瞞我？我認得你是這山中的怪物，想必是要吃我師父呢。」行者於是把妖怪拉起來，背在身上，同長老、沙僧奔大路西行。那山上高低不平，行者留心慢走，讓唐僧前去。走不到三、五里路，師父和沙僧轉過山凹了，行者望不見，心中埋怨：「師父這麼大年紀，真不懂事。這麼遠的路，就是走起來都覺得累，還叫我馱著這個妖怪！把他扔到山下去，還馱他幹什麼？」這大聖正算計要扔，妖怪已經感覺到了，妖怪會移山，就使了一個移山倒海的法術，在行者背上掐訣，念動真言，把一座須彌山遣在空中，劈頭來壓行者。

究竟行者如何處置，且聽下回分解。

第二十回　大聖裝天騙小妖　魔王巧算困心猿

話說這大聖慌忙把頭一偏，壓在左肩上。那魔心想：「一座山壓不住他！」卻又念咒語，把一座峨眉山遣在空中來。行者又把頭一偏，壓在右肩上。看他挑著兩座大山，飛奔來趕師父！魔頭看見，嚇得渾身冒汗，心想：「他會擔山！」又把真言念動，將一座泰山遣在空中，劈頭壓住行者。大聖力軟筋麻，動不得了。

好一個妖魔，使神通壓倒行者，便去追趕唐三藏，在雲端裡伸下手來拿人。慌得沙僧丟了行李，取出降妖棒，當頭擋住。妖魔手舉一口七星劍，對面來迎。沙僧戰不過，回頭要走，早被他抓住，挾在左肋下，又用右手去馬上拿了三藏，用腳尖鉤著行李，張開嘴，咬著馬鬃，使起攝行法，把他們一陣風，都拿到蓮花洞裡，老魔大喜。

老魔說：「只是還沒有拿住有手段的孫行者。」二魔笑著說：「哥啊，他已被我遣三座大山壓在山下，寸步不能移，若要拿孫行者，不需要我們動身，只派兩個小妖，拿兩件寶貝，把他裝來就可以了。」老魔問：「什麼寶貝？」二魔說：「拿我的紫金紅葫蘆，你的羊脂玉淨瓶。」老魔將寶貝取出，說：「叫誰去？」二魔說：「叫精細鬼、伶俐蟲二人去。」吩咐：「你兩個拿著這寶貝，到高山絕頂，把底兒朝天，口兒朝地，叫一聲孫行者！他如果應了，就已經裝在裡面了，貼上太上老君急急如律令奉敕的帖，只需一時三刻他就化成膿了。」二小妖叩頭，去了。

卻說大聖被二魔施法壓住，厲聲大叫不停，驚動了山神、土地和五方揭諦神眾，金頭揭諦問：「這山是誰的？」土地說：「是我們的。」「你山下壓的是誰？」土地說：「不知是誰。」揭諦說出壓的是五百年前大鬧天宮的齊天大聖孫悟空行者，那山神和土地才知道，忙說：「確實不知，只聽得魔頭念起遣山咒法，我們就把山移來了，誰知道壓住了孫大聖？」土地、山神心中恐懼，把山仍遣歸本位，放起行者。行者起來，抖抖土，從耳後拿出棒來，要打山神、土地。眾神討饒。行者說：「好土地！好山神！你們不怕老孫，卻怕妖怪！」土地說：「那魔神通廣大，念動真言咒語，拘喚我們在他洞裡，一天一個輪流當值呢！」行者聽見當值二字，卻也心驚，不由得感嘆，又見山凹裡霞光豔豔前來，行者問：「山神、土地，你既然在這洞中當值，知道放光的是什麼東西？」土地說：「是妖魔的寶貝放光，想必是有妖精拿寶貝來收你。」行者說：「我先問你，他這洞中有什麼人和他來往？」土地說：「他喜愛燒丹煉藥，來往的淨是全真道人。」行者說：「難怪他變個老道士，等老孫拿他。」眾神都騰空散去。

大聖搖身一變，變成一個老真人，在大路下，專候小魔妖。很快，兩個小妖到了。行者把金箍棒往前一捅，那妖絆了一跌，爬起來，看見行者，嘴裡嚷著：「如果你不是我們大王敬重的道人，跟你沒完。」行者賠著笑，說：「道人見道人，都是一家人。我從蓬萊山來。」那妖聽了，笑咪咪地上前問：「老神仙！我們是肉眼凡胎，說話多有冒犯，不要見怪。」行者明知故問，說：「你們二位從哪裡來的啊？」妖怪說：「從蓮花洞來。拿孫行者去。」行者說：「那猴子是有些無禮。我認得他，我也生他的氣，我和你們一同拿他去。」妖怪說：「師父，不須你幫忙，我們二大王有些法術，遣了三座大山把他壓在山下，寸步難移，叫我兩個拿寶貝來裝他。」行者問：「什麼寶貝？」精細鬼說：「我的這個是紅葫蘆，他的是玉淨瓶。」行者問：「怎麼才能裝他？」小妖說：「把這寶貝的底朝天，口朝地，叫他一聲，他如果答應了，就會裝在裡面，再貼上一張太上老君急急如律令奉敕的帖子，一時三刻他就化成膿了。」行者見說，心中暗驚：「厲害！當時日值功曹報信，曾告訴我說有五件寶貝，這是兩件了，不知另外三件又是什麼東西？」行者笑著說：「二位，你把寶貝借我看看。」小妖從袖中取出兩件寶貝，雙手遞給行者。行者見了，心中暗喜，又遞給他們，說：「你們還沒有見過我的寶貝呢。」那怪問：「師父有什麼寶貝？也借給我們凡人看看。」好行者，伸手把尾上毫毛拔了一根，拈一拈，叫：「變！」變作一個一尺七寸長的大紫金紅葫蘆，從腰裡拿出來，說：「你見過我的葫蘆嗎？」

伶俐蟲接在手裡，看了說：「師父，你這個葫蘆大，好看，只是不中用。」行者問：「怎麼不中用？」妖怪說：「我們這兩件寶貝，每一個能裝千人呢。」行者說：「你這是裝人的，有什麼稀罕？我這個葫蘆，連天都能裝在裡面呢！」妖怪說：「可以裝天？」行者說：「當真裝天。」妖怪說：「撒謊吧？裝給我們看看才信。」

行者上前扯住伶俐蟲，說：「我這個如果能裝天，可以和你們的換一換嗎？」妖怪說：「能裝天就換！如果不換，我是你兒子！」行者說：「好吧，我裝給你們看看。」

好大聖，低頭掐訣，念個咒語，叫日游神、夜遊神、五方揭諦神：「去給我奏上玉帝，說老孫皈依正果，保唐僧去西天取經，今天遇到妖魔的寶貝，我想引誘他們來換，請多多拜上，把天借給老孫裝上一會兒。如果不答應，馬上衝上靈霄殿大鬧一場！」日游神到靈霄殿啟奏玉帝，備言前事，玉帝問：「天怎樣才能裝？」哪吒在下邊說：「天其實難裝。但也有辦法助他成功。」玉帝問：「卿有什麼辦法相助？」哪吒說：「請降旨意，往北天門問真武借皂雕旗在南天門上展開，把日月星辰暫時閉了。哄那妖怪，只說裝了天。」玉帝准奏。

早有游神急降大聖耳邊報告：「哪吒太子前來助功了。」行者仰面一看，只見祥雲繚繞，果是有神，就回頭對小妖說：「裝天吧。」小妖說：「要裝就裝，拖什麼拖啊？」行者說：「我剛才正運神念咒呢。」小妖都睜著眼，看他怎麼才能裝天。這行者將一個

假葫蘆兒拋上去。只見南天門上，哪吒太子把皂旗展開，把日月星辰都遮閉了。二個小妖大驚，說：「這時剛是中午，怎麼就變成黃昏了？」行者說：「天既然裝了，怎麼能不黃昏！」小妖大驚，說：「罷！罷！罷！放了天吧。我們知道是這樣裝了。」行者見他認了真，又念咒語，驚動太子，把旗捲起，又見日光正午。小妖笑著說：「妙啊！妙啊！這樣好的寶貝！」精細鬼交了葫蘆，伶俐蟲拿出淨瓶，一齊遞給行者，行者卻把假葫蘆遞給妖怪。然後將身一縱，跳到南天門前，謝了哪吒太子。太子回宮繳旨，把旗送還真武。這行者站在霄漢間，看著二個小妖。

兩個小妖受了騙，又不見了行者。孫大聖在半空裡將身一抖，把變葫蘆的毫毛，收上身來，弄得兩妖四隻手什麼都沒有了。兩個小妖怪商量了一下，沒辦法，只好硬著頭皮轉身回去報告。

行者在半空中見他們回去，搖身一變，變作蒼蠅跟著小妖。那寶貝和他的金箍棒相同，叫作如意佛寶，隨身變化，可以大，也可以小。這時變小了，行者揣著。二個小妖回到洞中，向二魔細說了經過，連連告饒。老魔聽說，暴躁如雷。二魔說：「兄長先別發怒。我們有五件寶貝，失了兩件，還有三件，一定要拿住他。」老魔問：「還有哪三件？」二魔說：「七星劍和芭蕉扇在我身邊，還有一條晃金繩，在壓龍山壓龍洞老母親處收著呢。現在叫兩個小妖去請母親來吃唐僧肉，就叫她帶晃金繩來拿孫行者。」老魔問：

「叫誰去？」二魔說：「不叫這樣的廢物去！」把精細鬼、伶俐蟲一聲喝起。二人說：「造化！造化！打也沒有打，罵也沒有罵，這樣就饒了。」二魔說：「叫常隨的伴當巴山虎、倚海龍來。」二人跪下，二魔吩咐：「你們路上要小心。」

二怪領命快走，行者一一聽得明白。展開翅，飛去趕上巴山虎，落在他的身上。走了二、三里，行者嚶的一聲，躲離小妖，退後往前百十步，搖身一變，也變作一個小妖，趕上喊：「走路的，等我一等。」倚海龍回頭問：「哪裡來的？」行者說：「好哥啊，連自家人也認不得？」小妖說：「我家沒有你。」行者說：「怎麼沒我？你再認認看。」小妖說：「面生面生。」行者說：「正是，你們沒有見過我，我是外班的。」小妖說：「外班長官，是沒見過。你往哪裡去？」行者說：「大王說叫你二位請老奶奶來吃唐僧肉，叫她帶著晃金繩來拿孫行者。恐怕你們二位走得慢，誤了正事，又叫我來催你們快去。」小妖見他說得沒錯，把行者認作一家人，急急忙忙，往前飛跑，一氣又跑了八、九里。行者說：「我們離家有多少路了？」小怪說：「有十五、六里了。」行者問：「還有多遠？」倚海龍用手一指，說：「烏林子裡就是。」行者抬頭見到不遠處有一帶黑林，知道老怪一定在林子附近，便停下來，讓小怪前走，取出鐵棒，走上前，只打一下，就把兩個小妖變成了一團肉餅，藏在路旁深草叢中。拔下一根毫毛，吹口仙氣，叫：「變！」變作巴山虎，自身變作倚海龍，到壓龍洞裡去請老奶奶。

果然找到了兩扇石門，驚動把門的一個女怪，把半扇兒開了，行者說明來意。老怪大喜，說：「好孝順的兒子！」就叫手下抬出轎來。老怪坐在轎裡，讓兩個假扮的小妖前面開路。走了五、六里，行者坐在石崖上，等候抬轎的到了，行者說：「歇會兒好不好？」轎夫聽了，把轎子放下。行者在轎後，從胸脯上拔下一根毫毛，變作一個大燒餅，抱著就啃。轎夫問：「長官，你吃的是什麼？」行者說：「自己帶來的乾糧，等我吃點再走。」轎夫說：「也給我們吃一點吧。」行者笑著說：「好嘛，都是一家人，來拿吧。」做轎夫的小妖不知好歹，圍著行者，分了乾糧，被行者拿出棒，都打倒在地。老怪從轎子裡伸出頭來看，被行者跳到轎前，劈頭一棍，打了一個窟窿，腦漿迸流，鮮血直冒，拖出轎來看，原來是一個九尾狐狸。好猴王，把她的晃金繩搜了出來，藏在袖裡，心想：「潑魔再有手段，其中的三件寶貝都姓孫了！」於是拔兩根毫毛變作巴山虎、倚海龍，又拔兩根變作兩個抬轎的，他卻變作老奶奶模樣，坐在轎裡。把轎子抬起來到了蓮花洞口，毫毛變的小妖在前喊：「開門！開門！」兩個魔頭聽見，叫排下香案迎接。大聖下了轎子，抖抖衣服，把四根毫毛收在身上。把門的小妖，把空轎抬入門裡，他卻隨後慢慢走著，就像那老怪走路的樣子。大小群妖都來跪下迎接。他到了正廳當中，南面坐下，兩個魔頭，雙膝跪倒，朝上叩頭，叫：「母親，孩兒拜揖。」行者說：「我兒起來。」

豬八戒吊在梁上，哈哈地笑了一聲。沙僧問：「二哥笑什麼？」八戒說：「兄弟，弼馬溫來了。」沙僧說：「你怎麼認得是他？」八戒說：「他彎腰叫我兒起來時，後面就掬起猴尾巴了。我比你吊得高，看得清楚。」正在這時，有幾個巡山的小怪，把門的眾妖，跑進來，報告：「大王，孫行者打死了奶奶，裝成奶奶的樣子進來了！」魔頭一聽，不容分說，拿著七星寶劍，朝行者臉上砍來。大聖將身一晃，只見滿洞紅光，便逃走了。二魔不服氣，持寶劍出門，縱雲跳在空中，掄寶劍來刺，行者拿鐵棒相迎。兩個戰了三十回合，不分勝負。

行者暗想：「這潑怪倒也架得住老孫的鐵棒！我已經得了他三件寶貝，還是用晃金繩扣他的頭吧。」大聖一隻手使棒，架住他的寶劍；一隻手把繩拋起，扣了魔頭。原來魔頭有個緊繩咒，也有個鬆繩咒。如果扣住別人，就念緊繩咒，如果扣住自家人，就念鬆繩咒。他認得是自家寶貝，就念了鬆繩咒，把繩子鬆動，脫出來，又望著行者拋去，扣住了大聖。大聖正要使「瘦身法」，卻被那魔念動緊繩咒，緊緊扣住。褪到脖子下，原是一個金圈子。那怪把繩一扯，寶劍照光頭上砍了七八下，行者頭皮連紅也沒紅。那魔說：「這猴子，這等頭硬，先帶你回去再打你。快將我那兩件寶貝還我！」行者說：「我拿你什麼寶貝，你問我要？」魔頭將行者身上細細檢查，把葫蘆、淨瓶都搜了出來，又用繩子牽著，帶到洞裡，說：「兄長，拿來了。」老魔一見，認得是行者，滿面歡喜。

大聖看到八戒，嘴裡和八戒說著話，眼裡卻看著妖怪。見面前沒人，弄起神通，順出棒來，吹口仙氣，叫：「變！」變作一個鋼銼，扳過脖子上的圈子，銼作兩段，脫了出來，拔了一根毫毛，變作一個假身，拴在那裡，真身卻晃一晃，變作一個小妖。行者要偷他的寶貝，便走上廳，對那怪扯了扯，說：「大王，你看孫行者拴在柱上，在那裡亂動，快磨壞那根金繩了，最好有一根粗壯些的繩子換下來才好。」老魔說：「說得是。」即將腰間的獅蠻帶解下，遞給行者。行者接了帶，把假扮的行者拴住，換下那條繩子，籠在袖內，又拔一根毫毛，吹口仙氣，變作一根假晃金繩，雙手送給那怪。那怪因為貪酒，沒有細看，收下了。

究竟行者騙得寶貝後做了什麼，且聽下回分解。

第二十一回　二怪蓮花洞送命　老妖壓龍山傷身

話說行者得了這件寶貝，轉身跳出門外，現了原身，高叫：「妖怪！」把門的小妖問：「你是什麼人，在這裡吆喝？」行者說：「你進去報告潑魔，說者行孫來了。」老魔聽報，大驚，說：「拿住孫行者，又怎麼有了一個者行孫？」二魔說：「哥哥，怕他怎麼？寶貝都在我手裡，等我拿著葫蘆出去，把他裝進來。」那魔持了寶貝，跳在空中，把底朝天，口朝地，叫聲：「者行孫。」行者不敢答應，心中暗想：「若是應了，就裝進去呢。」怪物又叫聲：「者行孫。」行者在底下掐著指頭算了一算，心想：「我真名字叫作孫行者，起的鬼名字叫做者行孫。真名字可以裝得，鬼名字應當裝不得。」忍不住，應了他一聲，颼地被他吸進葫蘆裡去，貼上帖子。原來那寶貝，不管什麼名字，但應了聲，就能裝進去。大聖到了他葫蘆裡，眼前一片黑暗，把頭往上一頂，如何頂得動，心中焦躁，心想：「當時我在山上，遇著兩個小妖，曾經告訴我說，不管葫蘆淨瓶，把人裝在裡面，只消一時三刻，就化為膿了，真能化了我嗎？」又一想：「沒事！化不得我！老孫五百年

前大鬧天宮，被太上老君放在八卦爐中煉了四十九天，煉成金子心肝，銀子肺腑，銅頭鐵背，火眼金睛，怎能一時三刻就化得我？先跟他進去，看他怎麼做！」

二魔拿入裡面，說：「哥哥，拿來了。」老魔問：「拿了誰？」二魔說：「者行孫，被我裝在葫蘆裡了。」老魔歡喜，說：「賢弟請坐。不要動，只等搖得響再揭帖子。」行者聽了，想：「我這般一個身子，怎麼能搖得響？只除非化成稀汁，才搖得響。等我撒泡尿吧，他如果搖得響，一定揭帖起蓋。我趁空走他娘的！」又一想：「不好不好！尿雖能響，只是髒了衣服。」那魔貪酒不搖。大聖作個法哄他來搖，忽然叫：「天呀！胳膊都化了！」那魔還是不搖。大聖又叫：「娘啊！連腰截骨都化了！」老魔說：「化到腰時，都化盡了，揭起帖子看看。」大聖一聽，拔了一根毫毛，叫：「變！」變作一個半截的身子，在葫蘆底上，真身卻變作一個飛蟲，釘在葫蘆口邊。只見二魔揭起帖子看時，大聖早已飛出，打個滾，又變作倚海龍。倚海龍卻是原去請老奶奶那個小妖，他變了，站在旁邊。老魔扳著葫蘆口，張了一張，見半截身子動彈，他也不認真假，慌忙叫：「兄弟，蓋上！蓋上！還沒有化了呢！」二魔依舊貼上。大聖在一旁暗笑，心想：「不知老孫已在這裡了！」

老魔拿了壺，滿滿地斟了一杯酒，近前雙手遞給二魔，說：「賢弟，喝了。」二魔見哥哥恭敬，怎敢不接，但一隻手托著葫蘆，一隻手不敢去接，卻把葫蘆遞給倚海龍，雙手去接杯。二魔接酒吃了，也要回奉一杯。行者頂著葫蘆，目不轉睛，看他兩個左右傳杯，他就把葫蘆放入衣袖，拔根毫毛變一個假葫蘆，捧在手中。那魔喝過酒，也不看真假，一把接過寶貝，各自上席，安然坐下。孫大聖溜出門去。

孫大聖自得了那魔的真寶，籠在袖中，藏著葫蘆，溜出門外，現了原身，厲聲高叫：「精怪開門！行者孫來了。」老魔大驚，說：「賢弟，不好了！晃金繩現在拴著孫行者，葫蘆裡現在裝著者行孫，怎麼又有一個什麼行者孫？」二魔說：「兄長放心，我這葫蘆裝得下一千人呢。我才裝了者行孫一個，怕什麼行者孫！等我出去看看。」

二魔拿著假葫蘆，走出門高呼：「你過來，我不和你打，但我叫你一聲，你敢應嗎？」行者笑著說：「你叫我，我就應了；我如果叫你，你可應嗎？」那魔說：「我叫你，是我有個寶貝葫蘆，可以裝人；你叫我，卻有什麼東西？」行者就在袖中取出葫蘆，說：「潑魔，你看！」晃一晃，又藏在袖中。那魔見了大驚，心想：「他的葫蘆是哪裡來的？怎麼和我的一樣？」他叫：「行者孫，你那葫蘆是從哪裡來的？」大聖回答：「自清濁初開，天不滿西北，地不滿東南，太上道祖解化女媧，補完天缺，來到崑崙山下，有根仙籐，籐結有兩個葫蘆。我得的一個是雄的，你的那個卻是雌的。」那怪問：「不要管什麼雌雄，只要能裝得人，就是好寶貝。」大聖說：「說得是，我就讓你先裝。」那怪大喜，急縱身跳起去，到空中持著葫蘆，叫了一聲：「行者孫。」大聖聽得，不歇氣地連應了八、九聲，只是不能裝進去。行者笑著說：「你先收起來吧，輪到老孫我叫你了。」急縱觔斗，跳起去，將葫蘆底朝天，口朝地，照定妖魔，叫聲：「銀角大王。」那怪不敢閉口，只得應了一聲，一下子就裝在裡面，被行者貼上「太上老君急急如律令奉敕」的帖子。

他拿著葫蘆，只是要救師父，又往蓮花洞口來。那妖怪仍是凡胎未脫，到了寶貝裡就化了。不覺到了洞口，把葫蘆搖搖，響了。洞裡小妖看見，趕去報告：「大王，行者孫把二大王爺爺裝在葫蘆裡了！」老魔聽到，放聲大哭，說：「賢弟呀！我和你私離上界，指望同享榮華，永為山洞之主。怎知這和尚傷了你的性命！」

門外一個小妖又來報告：「行者孫又罵上門來了！」老魔大驚，說：「小的們，查一查還有幾件寶貝。」管家小妖回答：「洞中還有三件寶貝呢。」老魔問：「是哪三件？」答：「還有七星劍、芭蕉扇和淨瓶。」老魔說：「先將劍和扇子拿來。」老魔把芭蕉扇插在後脖子衣領上，把七星劍提在手中，點起大小群妖三百多名，要拿孫大聖。老魔出來和大聖戰了二十回合，不分勝負，他把那劍梢一指，叫聲：「小妖齊來！」三百多妖精，一齊擁上，把行者圍在中心。大聖使出一個身外身法，將左肋下毫毛拔了一把，嚼碎噴去，喝叫：「變！」一根根都變作行者。把小妖打得星落雲散。老魔慌了，左手持著寶劍，右手取出芭蕉扇子，望東南丙丁火，正對離宮，呼喇一扇子，只見地上火光焰焰。原來這個寶貝，平白就能生出火來。老魔一連七、八扇子，烈火飛騰。

大聖看到惡火燃起，道聲：「不好了！我這毫毛不濟，一落這個火中，還不都被燒了？」將身一抖，把毫毛收上身來，只把一根變作假身，避火逃災，他的真身，拈著避火訣，縱觔斗，脫離了大火，奔向蓮花洞裡，打絕了小妖，要解救師父，又見裡面也是火光焰焰，正慌張時，又發現不是火光，卻是一道金光。再一看，原來是羊脂玉淨瓶放光。心中歡喜：「這瓶子曾經是小妖拿在山上放光，老孫得了，沒想到妖怪又搜了去。今天藏在這裡，原來也能放光。」他拿了這個瓶子，先不救師父，抽身往洞外走。才出門，只見老魔提著寶劍，拿著扇子，從南面來了。

孫大聖躲避不及，被老魔舉劍就砍。大聖急縱觔斗雲，瞬間無影無蹤。老魔也鬥累了，獨自坐在洞裡，就在石案上面躺下，把寶劍斜倚在案邊，把扇子插在肩後，昏昏沉沉地睡著了。

孫大聖這時候撥轉觔斗雲，站在山前，想著要救師父，便把淨瓶扣在腰間，來到洞口偵察。潛入裡邊，只見老魔斜倚石案，呼呼睡著，芭蕉扇褪出肩衣，半蓋著腦後，七星劍還斜倚案邊，他輕輕地走上前抽了扇子，急回頭跑出去。原來這扇柄兒刮著老魔的頭髮，驚醒了他，急忙持劍來趕。老魔和大聖戰了三四十合，天快黑了，老魔敗下陣來，轉往西南方向，投奔壓龍洞去了。

大聖闖入蓮花洞裡，解下唐僧和八戒、沙和尚。師徒們歡歡喜喜，將洞中的米面菜蔬找出，做了飯，飽餐一頓，當夜安寢洞中。

卻說老魔到了壓龍山，會聚了大小女怪，備言前事，眾女怪一齊大哭。這時，門外小妖來報：「大王，山後老舅爺領兵來了。」老魔聽了，出來迎接。原來這老舅爺是他母親的弟弟，叫狐阿七大王，得知消息，率本洞妖兵二百餘名，前來協助。老魔便點起女妖，和老舅爺一起，縱風雲，往東北來。

一覺醒來，師徒們正要上路，忽然聽得風聲，走出門一看，一夥妖兵，自西南上來。大聖見了，把葫蘆、淨瓶繫在腰間，金繩籠在袖內，芭蕉扇插在肩後，雙手掄著鐵棒，讓沙僧保護著師父，坐在洞中，叫八戒拿著釘鈀，共同出洞迎敵。當頭的是狐阿七大王，使方天戟來戰大聖。兩個在山頭一來一往，戰了三、四回合，那怪敗陣逃走。行者趕來，被老魔接住，又鬥了三合，狐阿七大王又轉過來攻打。八戒見了，拿著九齒鈀擋住。戰了很長時間，不分勝敗，老魔喝了一聲，眾妖兵一齊圍上。

卻說三藏坐在蓮花洞裡，聽得外邊喊聲震地，便叫：「沙和尚，你出去看看你師兄勝負如何。」沙僧舉著降妖杖出來，打退群妖。狐阿七大王看情形不妙，回頭就走，被八戒趕上，照背後一鈀，打死了，拖過來一看，原來是一個狐狸精。老魔見老舅死了，丟開行者，提著寶劍，劈向八戒，八戒使鈀架住。沙僧過來舉杖便打，老魔抵擋不住，縱風雲往

南逃走，八戒、沙僧緊緊趕來。大聖見了，急縱雲跳在空中，解下淨瓶，罩定老魔，叫聲：「金角大王！」老魔以為是自家敗殘的小妖呼叫，回頭應了一聲，颼地被裝了進去，行者貼上「太上老君急急如律令奉敕」的帖子。七星劍墜落塵埃，歸了行者。

掃淨諸邪，三藏喜不自禁。師徒們吃了早齋上路。正走著，猛見路旁閃出一個老人，走上前扯住三藏的馬，說：「還我寶貝來！」八戒大驚，說：「老妖來討寶貝了！」行者仔細觀看，原來是太上老君，忙走近施禮，問：「老官兒，哪裡去？」老祖急升到九霄空中站住，叫：「孫行者，還我寶貝。」大聖也到空中，問：「什麼寶貝？」老君說：「葫蘆是我盛丹的，淨瓶是我盛水的，寶劍是我煉魔的，扇子是我扇火的，繩子是我勒袍的帶。那兩個妖怪，一個是我看金爐的童子，一個是我看銀爐的童子，他們偷了我的寶貝，走下界來，正尋找時，卻是被你拿住了。」大聖說：「你這老官兒實在無禮，該問管教不嚴的罪名。」老君說：「不關我的事，這是海上菩薩向我借了三次，送他們在這裡托化成妖魔，看看你師徒可有真心往西去。」

老君收得五件寶貝，揭開葫蘆和淨瓶蓋口，倒出兩股仙氣，用手一指，仍化作金、銀二童子，伴隨身邊，逍遙直上大羅天。

孫行者按落雲頭，對師父說菩薩借童子、老君收去寶貝事。三藏稱謝不已，攀鞍上馬，繼續前進。走了很長時間，前面又遇到了一座高山。進入深山，師徒們欣賞著山景，不覺紅輪西墜，長老在馬上遙觀，只見山凹裡有樓臺、殿閣。長老放開馬，來到了山門外。山門上寫著：敕建寶林寺。

長老讓徒弟三人在外等著，自己整衣合掌，入山門，又轉到二層山門內，再到後門，見三門裡走出一個道人。三藏說明借宿來意。道人急忙到方丈報告：「老爺，外面有人來了。」僧官起身，開門迎接，問道人：「誰來？」道人用手一指，說：「正殿後邊不是一個人？」三藏光著一個頭，穿一領二十五條達摩衣，足下蹬一雙拖泥帶水的達公鞋，斜靠在後門邊。僧官見了，大怒：「道人欠打！我是堂堂僧官，只有城上來的士夫降香，我才出來迎接。這麼一個和尚，還來報我接他！叫他往前廊下蹲著去！」說完回到屋裡。

長老聽了，心想：「常言說，人將禮樂為先。我先進去問他一聲，看他怎麼說。」長老跟著僧官進方丈門裡，不敢深入，就站在天井裡，躬身高叫：「老院主，弟子問訊了！」僧官不耐煩，問：「你從哪裡來？」三藏做了自我介紹。僧官才欠起身來，問：「你是唐三藏？你既然往西天取經，怎麼路也不會走？正西去，只有四、五里，有一個客店，店上有賣飯的人家。我這裡不方便，不好留你們遠來的僧。」三藏合掌，說：「院主，古人有言，庵觀寺院，都是我和尚家的館驛。你怎麼不留我？」僧官說：「以前曾有幾位行腳僧，來到山門口坐下，是我見他們寒薄，請入方丈，款待了齋飯，留他們住了幾天。誰知道他們貪圖自在，一直在這裡住了七、八年。」

三藏見說不動僧官，無可奈何，只好暗暗扯衣揩淚，忍氣吞聲，走出去。行者見師父這個模樣，問清了緣由。

行者持著鐵棒，來到大雄寶殿上，見一個燒晚香的道人，被行者咄的一聲，嚇了一跳，爬起來看見行者，撒腿就跑，入方丈裡報告：「老爺！外面又有個和尚來了！」僧官說：「你們這夥道人都欠打！瞎報什麼！」道人說：「老爺，這個和尚跟那個和尚不同，長得嚇人。」僧官問：「怎麼長得嚇人？等我出去看看。」他打開門，行者正好撞進來，生得醜陋嚇人。僧官慌得把方丈門關了。行者趕上，打破門扇，叫：「快把乾淨房子打掃出一千間，讓老孫睡覺！」僧官躲在房裡，戰戰兢兢地高叫：「借宿的長老，我這個小荒山不方便，不敢留你們，你們到別處去住吧。」行者把棍子變得盆樣粗細，直直豎在天井裡，見方丈門外有一個石獅子，就舉起棍來，乒乓一下打得粉碎。僧官在窗縫裡看見，嚇得骨軟筋麻，往床下躲，道人叫：「爺爺，棍重棍重！」行者說：「和尚，我不打你。我問你，這寺裡有多少和尚？」僧官哆嗦地說：「前後是二百八十五個房間，共有五百個有度牒的和尚。」行者說：「你快去叫那五百個和尚穿戴整齊出來，把我唐朝的師父接進來，就不打你了。」僧官說：「爺爺，只要不打，便是抬也抬進來。」

究竟僧人如何接待三藏，且聽下回分解。

第二十二回　鬼王夜謁唐三藏　悟空開導皇太子

話說道人從後邊狗洞裡鑽出去，來到正殿上，東邊打鼓，西邊撞鐘，驚動了兩廊大小僧眾。道人說：「快換衣服，隨老師父排班，出山門外迎接唐朝來的老爺。」

行者押著眾僧，出山門跪下。僧官磕頭高叫：「唐老爺，請方丈裡坐。」八戒看見，問：「師父真不管用，你進去時，淚汪汪，嘴上可以掛油瓶。師兄怎麼就有辦法叫他們磕頭來接？」三藏說：「你這個呆子，好不懂禮！常言說，鬼也怕惡人呢。」

師徒們吃了晚齋，僧官安排人收拾了三間禪堂，供師徒們安歇，眾人才敢散去。

三藏說：「徒弟們走路辛苦，先去睡吧，我把這卷經念一念。」

三藏坐在寶林寺禪堂中，到了三更時候，才把經本收起，起身去睡，忽然聽到門外撲喇喇一聲響，又有一陣狂風刮起。

長老睏倦上來，伏在經案上盹睡，雖然是閉眼矇矓，心中卻明白。耳內聽著窗外陰風颯颯，隱隱地聽到有人叫一聲：「師父！」夢中觀看，門外站著一個漢子，渾身水淋淋

的，流著淚，嘴裡不住地叫：「師父！師父！」三藏欠身，問：「你是哪裡的神怪邪魔，夜深時到這裡來戲弄我？」那人靠著禪堂，說：「師父，我不是妖魔鬼怪。」三藏問：「你既然不是，為什麼深夜到這裡？」那人說：「師父，你睜眼看我一看。」長老定睛看去，只見他頭戴一頂沖天冠，腰繫一條碧玉帶，身穿一領飛龍舞鳳赭黃袍，足踏一雙雲頭繡口無憂履，手執一柄列斗羅星白玉圭。三藏見了，大驚失色，厲聲高叫：「陛下，你是哪裡皇王？有什麼話說，請講。」這人說：「師父啊，我家就住在正西面，離這裡只有四十里。那裡有座城池。」三藏問：「叫什麼地名？」那人說：「不瞞師父，那裡便是朕當時創立家邦的地方，後來改號烏雞國。」三藏問：「陛下為什麼到這裡來了？」那人回答：「師父啊，這裡五年前遇上大旱，忽然鍾南山來了一個全真，能呼風喚雨。朕請他登壇祈禱，果然有應，令牌一響，瞬間大雨滂沱。寡人見他如此，和他八拜結交，以兄弟相稱。過了二年，正逢陽春天氣，朕和那個全真攜手到御花園裡，走到八角琉璃井邊，不知他拋下了什麼東西，井中有萬道金光。朕到井邊去看是什麼寶貝，他頓起凶心，把寡人推下井內，用石板蓋住井口，填上泥土，又移一株芭蕉栽在上面。可憐我啊，成為已經死去三年的鬼。」

唐僧見說是鬼，嚇得筋力酥軟。那人又說：「那個全真害了朕，在花園內搖身一變，變作朕的模樣，現在占了我的江山。」三藏說：「陛下，你為什麼不在陰司閻王處去告他？」那人說：「他神通廣大，我無門投告。」三藏說：「陛下，你陰司裡既然沒本事告他，卻來我陽世間做什麼？」那人說：「師父啊，我這一點冤魂，怎敢上你的門來？剛才被夜遊神一陣神風，把我送到這裡，他說我三年水災該滿，叫我來拜謁師父。說你手下有一個大徒弟，是齊天大聖，極能斬怪降魔。今來拜懇，求助降魔！」三藏說：「我徒弟確能降妖捉怪，只是，陛下啊，雖然是叫他拿怪，但恐怕情理上難行。」那人問：「怎麼難行？」三藏說：「那怪既然神通廣大，變得和你相同，滿朝文武，一個個言和心順；三宮妃嬪，一個個意合情投。我徒弟再有手段，決不敢輕動干戈。」那人說：「我朝中還有人呢。我有個太子。」三藏說：「就是有太子在朝，我怎麼和他相見？」那人說：「他明天一早要出朝呢。」三藏問：「出朝做什麼？」那人回答：「明天早朝，他領三千人馬，架鷹犬出城打獵，師父可和他相見。見時如果肯將我的話說給他，他便信了。」三藏說：「他是肉眼凡胎，被妖魔哄在殿上，哪一天不叫他幾聲父王？他怎肯信我的話？」那人說：「我留下一件東西給你，你拿給他看，他會信的。」三藏問：「什麼東西？」那人把手中持的金鑲白玉圭放下，說：「這個東西可以為證。」三藏問：「這件東西有什麼特別？」那人回答：「全真自從變作我的模樣，只是少變了這件寶貝。他到宮中，說這件東西被那求雨的全真偷去了。我太子如果看見，睹物思人，此仇必報。」三藏說：「好吧，我留下，叫我徒弟給你處置。」

那冤魂叩頭拜別，三藏驚醒，原來是南柯一夢，慌得連忙叫：「徒弟！徒弟！」行者、八戒、沙僧醒來，三藏便如此這般，把夢中話一一地說給行者。行者笑了，說：「不用說了，他來托夢給你，必然是有個妖怪在那裡篡位謀國，等我給他分辨個真假。」三藏說：「我還記得他留下一件寶貝。」行者開門，只見星光下，階簷上真放著一柄金鑲白玉圭。行者說：「師父啊，既然有這件東西，明天拿妖，全都在老孫身上，只是要你做三件事。」

三藏問：「哪三件？」行者說：「明天要你頂缸、受氣、遭瘟。」唐僧是個聰明的長老，便問：「徒弟啊，這三件事怎麼講？」行者便向三藏如此這般，說了一通，三藏依言記在心上。

天亮後，行者又吩咐了八戒、沙僧，說：「不要打擾僧人，不要出來亂走。」告別了唐僧，打個呼哨，一觔斗跳在空中，睜火眼往西看，果然有一座城池，妖霧瀰漫。行者近前，忽然聽得炮聲響亮，東門閃出一路人馬，又見中軍營裡，有一個小將軍，手持青鋒寶劍，騎著黃驃馬。行者心想：「不用說了，那個就是皇帝的太子了。」大聖按落雲頭，撞入軍中太子馬前，搖身一變，變作一隻白兔，在太子馬前亂跑。太子看見，拈起箭，拽滿弓，一箭正中了白兔。原來是大聖故意讓他射中，早已經一把接住箭頭，把箭翎花落在前邊，跑開了。太子見射中白兔，單獨來趕，來到寶林寺山門下，行者現了原身，把一枝箭插在門檻上。見了唐僧，說：「師父，來了！來了！」卻又一變，變作二寸長短的小和尚，鑽在唐僧手持的一個紅匣內。

太子趕到山門前，不見了白兔，見門檻上插住一枝雕翎箭，大驚失色，拔了箭，抬頭看山門上有五個大字：敕建寶林寺。

太子正要進去，只見保駕的將官率三千人馬趕上，簇簇擁擁，都進入山門裡面。慌得本寺眾僧，都來叩頭拜接，接入正殿中間，忽然見正當中坐著一個和尚，太子大怒，說：「這個和尚無禮！我今天來到這裡，他怎麼還坐著不動？」叫：「拿下！」兩邊校尉，一齊下手，把唐僧抓下來，用繩索便捆。行者在匣裡默默念咒：「護法諸天、六丁六甲，我今天設法降妖，這太子要捆我師父，你們早點護持，如果真捆了，你們都有罪！」大聖暗中吩咐，誰敢不遵。那些人面前好似有一壁牆擋住，難以接近。太子說：「你是什麼地方來的，用這樣的隱身法欺我！」三藏上前施禮，說：「貧僧沒有隱身法，我是東土唐僧，上雷音寺拜佛求經進寶的和尚。」太子問：「東土有什麼寶貝？說來我聽。」三藏說：「我身上這袈裟，是第三等寶貝。還有第一等、第二等更好的寶貝呢！」太子說：「你這件衣服，半邊掩身，半邊露臂，能值多少錢，敢稱寶貝！」三藏說：「這袈裟雖不能全體，有詩幾句，其中道：『見駕不迎猶自可，父冤未報枉為人！』」太子聽了，大怒：「這和尚胡說！我的父冤怎麼未報？你說來我聽聽。」三藏進前一步，合掌問：「殿下，

為人生在天地間，能有多少恩情？」太子說：「有四恩。」三藏問：「哪四恩？」太子回答：「感天地蓋載之恩，日月照臨之恩，國王水土之恩，父母養育之恩。」三藏笑著說：「殿下說話有失，人只有天地蓋載，日月照臨，國王水土，哪裡有父母養育？」太子大怒，說：「和尚是那游手游食、削髮逆君之徒！人不得父母養育，身從哪裡來？」三藏說：「殿下，貧僧不知道。這紅匣內有一件寶貝，叫做立帝貨，他能上知五百年，中知五百年，下知五百年，共知一千五百年過去未來事，便知有無父母養育恩。」

太子說：「拿來我看。」三藏扯開匣蓋，行者跳出來，兩邊亂走。太子說：「這小人，能知什麼事？」行者聽道嫌小，使個神通，把腰伸一伸，就長了三尺四、五寸。接著，行者長到原身，就不長了。太子才問：「立帝貨，這老和尚說你能知未來過去吉凶，你給我說說看。」行者說：「你本來是烏雞國王的太子，你那裡五年前天旱，鍾南山來了一個道士，呼風喚雨，點石為金。有這樁事吧？」太子說：「有！有！你再說說。」行者問：「後三年不見全真，稱孤的卻是誰？」太子說：「是有個全真，父王和他拜為兄弟。三年前在御花園裡遊玩，被他一陣神風，把父王手中金鑲白玉圭，攝回鍾南山去了，至今父王還思慕他。因為不見他，無心賞玩，把花園都緊閉了，已經三年了。怎麼了？」行者聽了，哂笑不絕。太子再問不答，只是哂笑。太子大怒，說：「這傢伙怎麼這麼哂笑？」行者又說：「還有許多話呢！只是周圍人多，不能說。」太子見他話中有話，便讓

眾人退下。殿上無人，太子坐在上面，長老站在前邊，左手旁站著行者。行者這才正色上前，說：「殿下，化風去的是你生身父親，現坐皇位的，是那全真。」太子說：「胡說！胡說！我父親自從全真去後，風調雨順，國泰民安。」行者對唐僧說：「他不相信，可以拿那寶貝給他，倒換了關文，我們自往西方去吧。」三藏便將紅匣子遞給行者。行者接過來，將身一抖，那匣子不見了，原來是他毫毛變的，被他收上身去。卻將白玉圭雙手捧上，獻給太子。

太子見了，說：「好和尚！你五年前本是個全真，騙了我家的寶貝，現在又裝作和尚來進獻！」叫：「拿了！」一聲令下，行者近前攔住，說：「不要嚷！我不叫作立帝貨，還有真名呢。」太子怒著說：「你上來！我問你真名字，好送法司定罪！」行者說：「我是那長老的大徒弟，叫悟空孫行者，和我師父上西天取經，昨夜在這裡借宿。我師父夜讀經卷，三更時得到一夢，夢見你父王前來，說他被那全真欺害，推在御花園八角琉璃井內，全真變作他的模樣。眾人不能知，禁你入宮，關了花園，是怕漏了消息。你父王今夜特來請我降魔，我怕他不是妖邪，已經從空中看了，果然是個妖精，正要動手拿他，沒想到你出城打獵。你射中的白兔，就是老孫。老孫把你引到寺裡，見師父，告訴你這件事。你既然認得白玉圭，怎麼不念養育之恩，替父親報仇？」那太子聽了，暗自傷愁，心想：「真有這樣的事？」行者見他疑惑不定，又上前，說：「殿下不必心疑，請殿下駕回本

國，問你國母娘娘一聲，看他夫妻恩愛，和三年前有什麼變化。便知真假。」那太子便說：「正是！先等我問問母親去。」他跳起來，籠了白玉圭就走。行者扯住，說：「你這些人馬都回，還不走漏消息？你單人獨馬進城，不入正陽門，從後宰門進去。到宮中見你母親，小聲問詢。如果那怪神通廣大，一時走了消息，你娘兒們性命都難保了。」太子遵命，出山門吩咐將官：「在這裡紮營，不得移動。我有一事，等我回來再回城。」

烏雞國王太子回到城中，從後宰門進去，到錦香亭下，見正宮娘娘坐在錦香亭上。太子下馬，跪在亭下，叫：「母親！」那娘娘見了，叫聲：「孩兒，喜呀！喜呀！這二、三年在前殿和你父王議事，不得相見，我十分想念，今天怎麼有時間來看我一面？」太子叩頭，說：「母親，我問你，稱孤道寡的是什麼人？」娘娘說：「這孩子發瘋了！做皇帝的是你父王，你為什麼這樣問？」太子又叩頭，說：「母親，我問你三年前夫妻宮裡事和後三年恩愛是不是一樣啊？」娘娘見說，急忙下亭抱起太子，喝退左右，淚眼低聲地說：「這件事，孩兒不問，我到九泉之下，也不能明白。既然問了，聽我說來，三年前溫又暖，三年後冷如冰！」太子聽了，撒手脫身，攀鞍上馬。那娘娘一把扯住，說：「孩子，你有什麼事，話沒說完就走？」太子跪在面前，說：「母親，原來我父王死在御花園八角琉璃井內，這全真假冒父王，占了龍位。今夜三更，父王托夢，請那行者到城捉怪。孩兒不信，特來問母，真是個妖精。」那娘娘說：「兒啊，外人的話，你怎麼就相信？」太子說：「父王有東西給他了。」娘娘問是什麼東西，太子從袖中取出金鑲白玉圭，遞給娘娘。娘娘認得，止不住淚如泉湧，叫聲：「主公！你怎麼死去三年，不來見我，卻先見聖僧，後來見我？」太子問：「母親，這話怎麼說？」娘娘說：「兒啊，我四更時分，也做了一夢，夢見你父王水淋淋的，站在我跟前，說他死了，鬼魂拜請了唐僧降伏假皇帝，救他前身。你先去請那聖僧掃蕩妖氛，報你父王養育之恩。」

太子上馬，離開城池，來寶林寺山門前。眾軍士接著太子，又見紅日將墜。太子傳令，不許軍士亂動，他獨自進了山門，拜請行者。只見猴王從正殿搖搖擺擺走來，太子雙膝跪下，說：「師父，我來了。」行者上前攙住，說：「請起，你到城中問清楚了嗎？」太子把前言盡說了一遍。行者微微一笑，說：「若是那麼冷啊，想必是個什麼冰冷的東西變的。沒關係！等我老孫給你掃蕩妖魔。只是今天晚了，不好行事。你先回去，等明天一早我就去。」

太子跪地叩拜，說：「師父，我在這裡伺候，明天同師父一路去。」行者說：「不好！如果和你一同入城，那怪物會懷疑，反而惹他怪你。」太子說：「我現在進城，他也怪我。」行者問：「怪你什麼？」太子說：「我從早朝帶領這麼多人馬鷹犬出城，一天下來沒有打到一件野物，怎麼見駕？」行者說：「沒關係！你既然這樣說了，我找些野物給你。」

究竟行者如何安排，且聽下回分解。

第二十三回　一粒金丹天上得　三年故主世間生

話說好一個大聖！將身一縱，跳在雲端裡，拈著口訣，念幾句真言，拘得山神土地在半空中施禮，問：「大聖，呼喚小神，有什麼指令？」行者說：「老孫保護唐僧到這裡，想拿邪魔，只是那太子打獵無物，不敢回朝。你們快快把獐鹿獾兔、走獸飛禽打些來，好打發他回去。」山神土地聽了，即叫本處陰兵，颳一陣聚獸陰風，捉了些野雞山雉、角鹿肥獐、狐獾狡兔、虎豹狼蟲，共有上千隻，獻給行者。行者說：「老孫不要，你們把這些都擺在那四十里路的兩旁。」眾神按照吩咐做了。行者這才按下雲頭，對太子說：「殿下請回，路上已有野物了，你派人收去。」太子見他在半空中大顯神通，早就信了，叩頭拜別，出山門傳了令，叫軍士們回城。只見路旁果然有許多野物，軍士們不放鷹犬，一個個手到擒來，一齊喝采。

晚上一更時分，行者心中有事，睡不著。他爬起來，到唐僧床前叫醒師父，說：「師父，有一件事和你商量。」長老問：「什麼事？」行者說：「我想起這件事，有些難

呢。」唐僧說：「你說難，就不拿那怪了吧。」行者說：「拿還是要拿，只是於理不順。那怪物做了三年皇帝，又沒漏了風聲。他和三宮妃后同眠，又和兩班文武共樂，我老孫就有本事拿住他，也不好定個罪名。」唐僧問：「怎麼不好定罪？」行者說：「他若說：我就是烏雞國王，憑什麼來拿我？怎麼和他對證？」唐僧問：「你準備怎麼辦呢？」行者笑著說：「老孫的計策已成，只是礙著你老人家有點護短。」唐僧問：「我怎麼護短？」行者說：「八戒長得老實，你平時有點偏向他。」唐僧說：「我怎麼偏向他？」行者說：「你如果不偏向他啊，你就只和沙僧在這裡。等老孫和八戒現在先進烏雞國城中，找著御花園，打開琉璃井，把那皇帝屍首撈上來，包在我們包袱裡。明天進城，先不管什麼倒換文牒，見了那怪，拿棍子就打。他如果有話說，就將骨櫬給他看！這才有憑有據。」唐僧聽了暗喜，說道：「只怕八戒不肯去。」行者笑著說：「怎麼樣？我就說你護短，你怎麼知道他不肯去？我這一去，憑三寸不爛之舌，不要說是豬八戒，就是豬九戒，也有本事叫他跟著我走。」唐僧說：「好吧，你去叫他吧。」

行者一番花言巧語，叫起呆子，只說去找寶貝，找到的寶貝給他。呆子動了心，兩個人縱祥光，來到城裡，尋到御花園。走著走著，果然見到一株芭蕉，生得茂盛，和其他花木不同。行者說：「八戒，動手吧！寶貝在芭蕉樹下埋著呢。」呆子雙手舉鈀，掀翻了芭蕉，然後用嘴一拱，拱了三四尺深，看見一塊石板。呆子歡喜，說：「哥呀！造化了！果然有寶貝，是用一片石板蓋著呢！只是不知是用罈子盛著，還是用櫃子裝著。」行者說：「你掀起來看看。」呆子又拱一嘴，一看，見裡面霞光灼灼。八戒笑了，說：「造化！造化！寶貝放光呢！」又近前細看，呀！原來是星月光，映得井中水亮。八戒說：「這是一口井。井裡會有寶貝？怎麼下去上來呢？」

好大聖，把金箍棒拿出來，兩頭一扯，叫：「長！」足有七八丈長。大聖說：「八戒，你抱著一頭，我把你放下井去。」呆子抱著鐵棒，被行者輕輕地提起來，將他放下去。呆子往下扎個猛子，呀！井底深得很！他往水裡使勁地扎一扎，睜眼見有一座牌樓，上有「水晶宮」三個字。八戒大驚，心想：「壞了！走錯路了！海裡才有水晶宮，井裡怎會有的？」原來八戒不知道這裡是井龍王的水晶宮。

井龍王聽到響動，心中大驚，說：「這是天蓬元帥來了。昨夜夜遊神奉上敕旨，來取烏雞國王魂靈去拜見唐僧，請齊天大聖降妖。恐怕是齊天大聖、天蓬元帥來了，還真不可怠慢，快接他去。」井龍王整衣冠，領眾水族，出門來厲聲高叫：「天蓬元帥，請裡面坐。」八戒聽了，方才歡喜，說：「我師兄孫悟空多多拜上，叫我來問你取什麼寶貝呢。」龍王說：「有一件寶貝，只是拿不出來，請元帥親自來看，好不好？」八戒答應了。井龍王前面走，這呆子隨後，轉過了水晶宮殿，只見廊廡下橫躺著一個六尺身軀。龍王用手一指，說：「元帥，這就是寶貝了。」八戒上前看了，呀！原來是個死皇帝，戴著沖天冠，穿著赭黃袍，踏著無憂履，繫著藍田帶，直挺挺地睡在那裡。八戒笑著說：「難！算不得寶貝！老豬在山作怪時，時常將這種東西當飯吃，這叫作什麼寶貝！」井龍王說：「元帥原來不知，這是烏雞國王的屍首，自落到井中，我給他用定顏珠定住，沒有改變容貌。你肯馱他出去，見了齊天大聖，如果能起死回生，莫說寶貝，你要什麼東西都有。」八戒說：「不馱！」井龍王說：「不馱，請行。」八戒就走。龍王叫兩個有力量的夜叉把屍體抬出去，送到水晶宮門外，丟在一邊，摘了避水珠，就有水聲響動。八戒急回頭一看，不見了水晶宮門，一把摸著那皇帝的屍首，慌得他腳軟筋麻，攛出水面，扳著井牆，叫：「師兄！伸下棒來救我一救！」行者問：「可有寶貝嗎？」八戒說：「哪裡有！只是水底下有一個井龍王，叫我馱死人，我沒馱，他就把我送出門來，那水晶宮就不見了，只摸著屍首，哥呀！救救我！」行者說：「那個死人就是寶貝，為什麼不馱上來？不救！」呆子只得又扎一個猛子，摸著屍首，拽過來，背在身上，攛出水面，扶著井牆，說：「哥哥，馱上來了。」行者睜眼看得仔細，才把金箍棒伸下井底，那呆子張開嘴，咬著鐵棒，被行者輕輕地提了出來。呆子將屍體放下，撈過衣服穿了。行者看時，那皇帝容顏依舊。八戒把屍首拽過來，背在身上，邁步出園就走。

大聖拈著訣，念聲咒語，往土地上吸一口氣，吹出一陣狂風，把八戒吹出皇宮內院，離了城池，才息了風頭，二人落地，慢慢地走來面見長老。

八戒使了一個壞心眼，對長老說：「師兄和我說，他能醫得活。所以我才馱他來了。」長老被呆子說動，叫：「悟空，你能醫活這個皇帝，正是救人一命。」行者說：「師父，你怎麼信這呆子的話！人如果死了，或三七、五七，最多七七，受滿了陽間罪過就轉生去了，如今已死三年，怎麼能救得！」三藏說：「那就算了。」八戒心中恨恨，又說：「師父，你不要被他瞞了，他有夾腦風。你只要念念那咒，他一定會還你一個活人。」唐僧真就念緊箍咒，勒得猴子眼脹頭疼。

孫大聖頭痛難禁，哀告：「師父，不要念！我醫！我醫！」長老問：「怎麼醫？」行者說：「只有到陰司，查勘哪個閻王家有他魂靈，請來救他。」八戒說：「師父不要信他。他原來說不用到陰司，陽世間就能醫活，那才見手段呢。」長老又信了，念動緊箍咒，慌得行者滿口應承，說：「陽世間醫！陽世間醫！」三藏問：「陽世間怎麼醫？」行者說：「我現在一個觔斗雲，撞到南天門裡，去見太上老君，把他的九轉還魂丹求得一粒，救活他。」三藏大喜，說：「快去快回。」

好大聖，縱觔斗雲，直接來到三十三天離恨天兜率宮中。才入門，見太上老君正坐在丹房裡，和眾仙童持芭蕉扇扇火煉丹呢。老君說：「你這個猴子，今天又來做什麼？」行者說：「自從上次分別後，經過一個烏雞國。那國王被一個妖精假裝道士，呼風喚雨，害了性命。我與師弟昨日尋得那國王屍首，因我師父教我在陽世間救治他，我想沒有其他

地方可去，特來參謁，萬望道祖垂憐，把九轉還魂丹借幾丸，給我老孫搭救他去。」老君說：「沒有，沒有！出去，出去！」

行者笑著說：「真的沒有？我到別處去借吧。」這大聖回身就走。老君尋思：「這猴子鬼靈精怪，說去就去，只怕溜進來就偷。」便讓仙童把行者叫回來，說：「你這猴子，我還是把這還魂丹送你一丸吧。」大聖呵呵一笑，接過來，謝了老祖，離開了兜率天宮。

行者回到寶林寺山門外，叫：「師父。」三藏大喜，說：「悟空來了，可有丹藥？」行者說：「有。沙和尚，取些水來給我用。」行者接了水，口中吐出丹來，安在那皇帝唇裡，兩手扳開牙齒，用一口清水，把金丹沖灌下肚。大約半個鐘頭，只聽他肚裡一陣亂響。三藏說：「這樣的久死屍體，怎麼能吞得下水？這是金丹的仙力，金丹入腹，就腸鳴了，腸鳴是血脈和動，但氣絕不能回伸。需要有個人給他呼一口氣便好。」這大聖上前，把一個雷公嘴噙著那皇帝口唇，一口氣灌入咽喉，下重樓，轉明堂，到達丹田，從湧泉倒返泥丸宮。那君王一下子氣聚神歸，便能翻身，叫了一聲：「師父！」雙膝跪在地上下拜謝恩。三藏慌忙攙起那皇帝坐了，商議讓皇帝先扮成三藏隨從，進得宮去，然後找機會和眾官相認。

卻說八戒領著扮成隨從的皇帝在前走，沙僧服侍師父上馬，行者走在後面，寺內五百僧人一齊送行。行者吩咐他們：「把皇帝的衣服冠帶整頓乾淨，送進城來。」眾僧聽命回去。

不到半天，早望見城池，師徒進城，來到朝門，行者向閣門大使說：「我們是東土大唐駕下差來上西天拜佛求經者，今天到這裡倒換關文，麻煩大人轉達。」那魔王在裡面聽說，叫宣進來。唐僧和行者進入朝門裡面，那起死回生的國主一同隨行，忍不住腮邊墮淚，心想：「可憐！我社稷江山，誰知被他偷偷占了！」一直來到金鑾殿下。兩班文武四百朝官，一個個威嚴端肅，相貌軒昂。

行者帶唐僧站在白玉階前，挺身不動，眾官見了，無不悚懼，說：「這和尚十分愚濁！怎麼見了我王也不下拜，好大膽無禮！」正說著，魔王問：「和尚是什麼地方來的？」行者回答：「我是南贍部洲東土大唐國欽差，欲前往西域天竺國大雷音寺拜活佛求真經，今到這裡，特來倒換通關文牒。」魔王一聽，大怒，說：「你東土有什麼了不起！我不在你朝進貢，不和你國相通，你怎麼見我這樣無禮，也不參拜！拿下這野和尚！」眾官一齊踴躍。行者大喝一聲，用手一指，說：「別過來！」這一指，是個定身法，眾官都呆住了。

魔王見他定住了文武百官，跳下龍床，要來拿行者。猴王暗喜：「好！正合老孫之意，這一來就是一個生鐵鑄的頭，碰著棍子，也被打個窟窿！」一交手，魔王占了下風，回身要走，手內又沒有一件兵器，轉過頭，見一個鎮殿將軍，腰上有一口寶刀，被行者使了定身法，直挺挺站在那裡，他走過去，拿了這寶刀，駕雲頭去了。好大聖，念個咒語，解了定身法，跳在九霄雲裡，睜眼四望，見魔王逃了性命，往東北方向去了。

這裡，眾官被解了定身法，真正的國王和他們相認，先放下不提。且說行者趕過去，那魔王急回頭，拿出寶刀，高叫：「孫行者，我來占別人的帝位，和你有什麼關係，你怎麼來打抱不平，洩漏我的秘密！」行者呵呵大笑，說：「你這個大膽的潑怪！皇帝能許你做嗎？你既然知我老孫，就該遠遠地逃走。你現在不要走！吃我老孫一棒！」魔王側身躲過，拿寶刀還擊，最終鬥不過猴王，急轉頭又從舊路跳入城裡，闖在白玉階前兩班文武叢中，搖身一變，變得和唐三藏一般模樣，手攙著手，站在階前。

大聖趕上，舉棒來打，那怪說：「徒弟不要打，是我！」拿棒要打那個唐僧，卻又說：「徒弟不要打，是我！」一樣兩個唐僧，實難辨認，只得停手，叫八戒、沙僧，問：「哪一個是怪，哪一個是我的師父？」八戒說：「你在半空中打鬥，我沒注意，就見有兩個師父了，也不知誰真誰假。」行者聽了，拈訣，念聲咒語，叫護法諸天、六丁六甲、五方揭諦、四值功曹、一十八位護教伽藍、當坊土地、本境山神前來，說：「老孫到這裡降妖，妖魔變作我師父，氣體相同，實難辨認。你們清楚的，可請師父上殿，讓我擒魔。」原來妖怪善騰雲霧，聽到行者說話，撒手跳上金鑾寶殿。這行者舉起棒望唐僧就打。可憐！如果不是叫了幾位神來，這一下，就是二千個唐僧，也會打為肉醬！多虧眾神架住鐵棒，說：「大聖，那怪會騰雲，先上殿去了。」行者趕上殿，他又跳下來扯住唐僧，在人叢裡又混了一混，依然難認。

八戒笑了，說：「哥啊，說我呆，你比我還呆呢！師父既然不認得，你先忍著頭疼，叫我師父念念那咒，我和沙僧各攙一個聽著。如果誰不會念，必是妖怪，好不好？」行者說：「兄弟，虧你這樣說，正是，那咒只有三人記得。原是我佛如來心苗上所發，傳給觀世音菩薩，菩薩又傳給我師父，再沒人知道。也好，師父，念念。」真的唐僧就念起來。那魔王怎麼知道，嘴裡只是胡哼亂哼。八戒說：「這哼的卻是妖怪了！」他放了手，舉鈀就打。那魔王縱身跳起，踏著雲頭便走。好八戒，大喝一聲，也駕雲頭趕上，慌得沙和尚丟了唐僧，取出寶杖來打，唐僧才停了咒語。孫大聖忍著頭疼，持著鐵棒，趕在空中。三個狠和尚，圍住一個潑妖魔。魔王被八戒、沙僧左右攻住了，行者笑著說：「我要再去，當面打他，他卻有些怕我，只恐他又走了。等我老孫跳高些，當頭給他一棒，結果他吧。」

這大聖縱祥光，起在九霄，正欲下手，只見東北方向，一朵彩雲裡面，厲聲叫：「孫悟空，先不要下手！」行者回頭看，原來是文殊菩薩，急急收起棒，上前施禮，說：「菩薩，哪裡去？」文殊說：「我來替你收這個妖怪。」菩薩從袖中取出照妖鏡，照住了那怪的原身。行者才招呼八戒、沙僧齊來見了菩薩。從鏡子裡看去，那魔王原是文殊的一隻獅

猁王。行者說：「菩薩，這是你座下的一頭青毛獅子，怎麼到這裡成了精？」

菩薩對大聖說：「悟空，他沒成什麼精，他是佛旨差來的。」行者說：「這畜類成精，侵奪帝位，還奉佛旨差來。真是莫名其妙！」菩薩說：「你不知道，當初這個烏雞國王，好善齋僧，佛差我來度他歸西，早證金身羅漢。因為不可原身相見，變成凡僧，向他化些齋供。我幾句話說得他不中聽，他不知我是個好人，一條繩把我捆了，送在御水河中，浸了我三天三夜。多虧六甲金身救我歸西，奏過如來，如來將這個怪派到這裡推他下井，浸他三年，以報我三天水災之恨。」行者說：「你雖然報了私仇，但那怪物不知害了多少人呢。」菩薩說：「也沒有害人，自從他到後，這三年間，風調雨順，國泰民安，害什麼人了？」行者說：「雖然如此，只是三宮娘娘，和他同眠同起，汙了身體，壞了多少綱常倫理，這還叫作沒有害人？」菩薩說：「汙不了身體，他是個被閹了的獅子。」八戒聽了，走近前，摸了一把，笑著說：「這妖精真個是糟鼻子不吃酒——枉擔其名了！」行者說：「既然如此，收了去吧。如果不是菩薩親自來，決不會饒他性命。」那菩薩念個咒，大喝：「畜生，還不皈正，更待何時！」那魔王才現了原身。菩薩放蓮花罩定妖魔，坐在背上，踏祥光轉回五臺山去了。

究竟唐僧師徒怎麼出城，且聽下回分解。

第二十四回　紅孩兒作法騙哄　唐三藏中計被擒

卻說孫大聖兄弟三人，按下雲頭，來到朝內，行者把菩薩降魔收怪一節，陳訴給他君臣聽了，一個個頂禮不盡。正在賀喜時，又聽得黃門官來奏：「主公，外面又有四個和尚來了。」八戒慌了，說：「哥哥，怕不是妖精弄法，假冒文殊菩薩，騙哄了我們，卻又變作和尚，來和我們鬥智呢？」行者說：「豈有此理！」便叫宣進來看。眾文武傳令，叫他們進來。行者看時，原來是寶林寺僧人，捧著沖天冠、碧玉帶、赭黃袍、無憂履來了。行者大喜，說：「來得好！來得好！」先叫道人過來，摘下包巾，戴上衝天冠；脫了布衣，穿上赭黃袍；解了絛子，繫上碧玉帶；褪了僧鞋，登上無憂履。叫太子拿出白玉圭來，給他持在手裡，請上殿稱孤。那皇帝上了寶殿，南面稱孤，大赦天下，封贈了寶林寺僧人。然後開東閣，宴請唐僧，又傳旨宣召丹青，描下唐師徒四位喜容，供養在金鑾殿上。

師徒們安了邦國，不肯久停，一行四人，上了羊腸大路，一心專拜靈山。又過半個多月，正值秋盡冬初時節，遇到一座高山。見山凹裡有一朵紅雲，直冒到九霄空中，結聚了一團火氣。行者大驚，走近前，把唐僧推下馬，叫：「兄弟們，不要走了，妖怪來了。」慌得八戒急取釘鈀，沙僧忙掄寶杖，把唐僧圍護在當中。

話分兩頭。卻說紅光裡，真是一個妖精。他數年前，聽得人講：「東土唐僧往西天取經，是金蟬長老轉生，十世修行的好人。如果有人能吃他一塊肉，延生長壽，與天地同休。」他就專門在山間等候，沒想到今天果然等到了。好個妖怪，散去紅光，按雲頭落下，去山坡裡，搖身一變，變作一個七歲頑童，身上無衣，用麻繩捆了手足，高吊在松樹梢頭，口口聲聲，只叫：「救人！救人！」

卻說孫大聖抬頭再看，只見紅雲散盡，火氣全無，以為是過路的妖精，便叫：「師父，請上馬走路。」三藏聽了，攀鞍上馬，順路前進。正走著，只聽得叫：「救人！」長老大驚，說：「徒弟呀，這半山中，是什麼人在叫？」行者上前，說：「不要管閒事，走路要緊。」

三藏聽了，繼續策馬前進，走了不到一里，又聽得叫：「救人！」長老說：「徒弟，這個叫聲不是鬼魅妖邪；若是鬼魅妖邪，但有出聲，沒有回聲。你聽他叫一聲又一聲，想必是一個有難的人，我們去救他一救。」行者說：「師父，今天先把這慈悲心略微收起，等過了這座山，再發慈悲吧。這地方凶多吉少，你知道倚草附木之說，是物可以成精。只有一般蟒蛇，修得年遠日深，成了精魅，善能知人小名。他如果在草窠裡或山凹中，叫人

一聲，人不答應還可以；如果答應一聲，他就把人元神攝去，當晚跟來，一定會傷人性命。走！走！千萬不可聽他叫喚。」長老只得依他，又加鞭催馬前去。行者心想：「這潑怪不知在哪裡，只管叫。等我老孫送他一個卯酉星法，叫他們兩不見面。」大聖叫沙和尚前來：「攏著馬，慢慢走著，老孫解解手。」他讓唐僧先行幾步，卻念個咒語，使一個移山縮地的法，把金箍棒往後一指，他們師徒經過峰頭，往前走了，卻把怪物撇下，他再跑步趕上唐僧，一路奔向前去。三藏又聽得山背後叫：「救人！」長老說：「徒弟呀，那有難的人沒能遇著我們。我們走過了，你聽他在山後叫呢。」八戒說：「還在山前，只是如今風向轉了啊。」行者說：「管他什麼轉風不轉風，走路要緊。」大家都不再說話，恨不得一步穿過這座山。

卻說妖精在山坡裡，連叫了三四聲，也沒看到有人經過，他心中思量：「我在這裡等唐僧，剛才望見他離這裡不到三里，怎麼這麼半天還不到？想必是抄下路去了。」他抖一抖身軀，脫了繩索，又縱紅光，上天空再看。正巧孫大聖仰面回頭觀看，認得是妖怪，又把唐僧推下馬，說：「兄弟們，仔細！仔細！妖精又來了！」慌得八戒、沙僧各持兵刃，將唐僧又圍護在中間。妖精見了，在半空中稱羨不已，說：「好和尚！我才見那白面和尚坐在馬上，卻怎麼又被他三人藏了？還是先把有眼力的弄倒了，才能捉得唐僧。不然啊，徒費心機。」於是，又按下雲頭，跟剛才變化一樣，高吊在松樹山頭等候，這一次距離三藏只有半里地。

卻說孫大聖抬頭再看，見紅雲又散，又請師父上馬前行。三藏說：「你說妖精又來，怎麼又請走路？」行者說：「這還是一個過路的妖精，不敢惹我們。」長老還未曾坐得穩，只聽叫：「師父救人啊！」長老抬頭看時，原來是一個小孩童，赤條條地吊在那樹上，長老兜住韁，罵行者：「這潑猴真混！一點同情心沒有，我說叫喚的是個人聲，他就千言萬語只叫嚷是妖怪！你看那樹上吊的不是一個人嗎？」大聖見師父怪罪下來，怕念緊箍咒，低著頭，再也不敢說話，讓唐僧到了樹下。長老將鞭梢指著問：「你是哪家孩子？因為什麼事情被吊在這裡？說給我聽，我好救你。」妖魔見他問，故意眼中噙淚，叫：「師父呀，這座山往西有一條枯松澗，澗那邊有一個村莊，我是那裡人家的孩子。我父親叫紅十萬，專愛結交四路豪傑，把金銀借出，求得利息。怎知那無道德的人把錢騙走，造成我家本利無歸。我父親發了大誓，今後分文不借。那借金銀的人，家貧沒有辦法，結成凶黨，明火執杖，大白天殺進我門，把我家財物盡情劫擄，還把我父親殺了，見我母親有些顏色，帶走做什麼壓寨夫人。那夥賊寇用繩子吊我在樹上，只說要把我凍餓致死。我在這裡已經被吊三天三夜，沒有遇到一個人。」三藏聽說，認了真，就叫八戒解開繩索，救他下來。行者在一旁，忍不住喝了一聲：「那個潑物！不要想搗鬼騙人！」那怪聽了，心中害怕，知道大聖是一個能人，暗中將他放在心上。長老心慈，便叫：「孩子，你上馬，

我帶你回家。」那怪說：「師父啊，我手腳都吊麻了，腰胯疼痛，無法騎馬。」唐僧叫孫行者馱著，行者呵呵大笑，說：「我馱！我馱！」怪物暗喜，順順當當地要行者馱他。行者把他扯在路旁邊，試了一試，只有三斤十來兩重。

行者笑了，說：「你這個潑怪物，今天該死，怎麼在老孫面前搗鬼！我認得你是個那東西啊。」妖怪說：「師父，我是好人家兒女，不幸遭此大難，我怎麼是個什麼那東西？」行者說：「你既然是好人家兒女，怎麼骨頭這麼輕？」妖怪回答：「我骨架子小。」行者問：「你今年幾歲了？」那怪回答：「我七歲了。」行者笑著說：「一歲長一斤，也該七斤，你怎麼不滿四斤重呢？」那怪說：「我小的時候失乳。」行者說：「也好，我馱著你，如果你要尿尿，必須和我說。」三藏和八戒、沙僧前走，行者背著孩兒在後，投西而去。

孫大聖馱著妖魔，心中埋怨唐僧，心想：「走在這樣的險峻山場，空著身子也難走，卻叫老孫馱人。這妖不要說是妖怪，就是好人，他沒了父母，也不知要把他馱給什麼人，還不如把他扔到山下去。」那怪物卻早知覺了，使個神通，往四下裡吸了四口氣，吹在行者背上，行者便覺重有千斤。行者笑了，說：「我兒啊，你弄重身法壓我老爺呢！」那怪聽了，恐怕大聖傷害他，出了元神，跳起去，站在九霄空中，這行者背上更重了。猴王發怒，抓過他來，往那路旁邊石頭上一摔，把屍骸摔得像個肉餅一樣，還恐怕他又無禮，索性把四肢扯下，丟在路兩邊。

怪物在空中看得明明白白，忍不住心頭火起，說：「這猴和尚，就算我是個妖魔，要害你師父，還沒見怎麼下手呢，你怎麼就把我這麼傷損！幸虧我早有算計，出神走了，要不然，這不是無故傷生了嗎？如果不趁現在拿了唐僧，他會更加全力對付我了。」好怪物，就在半空裡弄起一陣旋風，一聲響亮，揚沙走石，颳得三藏在馬上坐不住，八戒不敢仰視，沙僧低頭掩面。孫大聖知道是怪物弄風，跑來時，那怪已轉過風頭，把唐僧攝去了，無蹤無影，無處跟尋。

一時間，風聲暫息，日色光明。行者上前觀看，只見白龍馬戰兢兢發喊聲嘶，行李擔丟在路下，八戒伏在崖下呻吟，沙僧蹲在坡前叫喚。行者說：「兄弟們，收拾了行李馬匹，上山找尋怪物、搭救師父去。」三個人附葛扳籐，尋坡轉澗，走了六、七十里，仍沒有一點線索，孫大聖心裡焦急，將身一縱，跳上巔險峰頭，喝叫：「變！」變作三頭六臂，亮出大鬧天宮的本相，把金箍棒晃一晃，變作三根金箍棒，往東打一路，往西打一路，兩邊不住地亂打。行者打了一會兒，打出一夥窮神來，跪在山前，叫：「大聖，山神土地來見。」行者問：「怎麼有這麼多山神土地？」眾神叩頭，說：「上告大聖，這座山叫六百里鑽頭號山。我們是十里一山神，十里一土地，總共應有三十名山神，三十名土地。昨天已經聽說大聖來了，只因為一時聚不齊，所以接遲，大聖發怒，萬望恕罪。」行者說：「我先饒你們的罪。我問你們，這山上有多少妖精？」眾神回答：「爺爺呀，只有一個妖精，把我們頭也摩光了，弄得我們少香沒紙，一個個衣不充身，食不充口。再有更多的妖精，我們還怎麼活啊！」行者問：「這個妖精住在山前還是山後？」眾神回答：「他不在山前山後。這山中有一條澗，叫做枯松澗，澗邊有一座洞，叫做火雲洞，洞裡有一個魔王，是牛魔王的兒子，羅剎女養的。他曾在火焰山修行了三百年，煉成三昧真火，神通廣大。牛魔王叫他來鎮守號山，乳名叫做紅孩兒，號叫作聖嬰大王。」行者聽了，喝退了土地山神，現了原身，跳下峰頭，對八戒、沙僧說：「兄弟們放心，不須思念，師父不會有事，妖精和老孫有親。」八戒笑著說：「哥哥，不要說謊。你在東勝神洲，他這裡是西牛賀洲，路程遙遠，隔著萬水千山，海洋也有兩道，怎麼和你有親？」行者說：「剛才這夥人都是本境土地山神。我問他們妖怪的來因，他們說是牛魔王的兒子，羅剎女養的，名字叫作紅孩兒，號聖嬰大王。想我老孫五百年前大鬧天宮時，遍遊天下名山，尋訪大地豪傑，那牛魔王曾和老孫結為七弟兄。一班五、六個魔王，只有老孫生得小巧，所以把牛魔王稱為大哥。這妖精是牛魔王的兒子，我和他父親相識，如果論起來，還是他老叔呢，他怎麼會害我師父？我們趁早去。」三兄弟牽著白馬，馬上馱著行李，從大路一直前進。不分晝夜，走了百十里，忽然見到一個松林，林中有一條曲澗，澗下有碧澄澄的活水飛流，澗梢頭有一座石板橋，通著那邊洞府。行者說：「兄弟，你看那邊有石崖，想必是妖精住處了。我們商議一下，誰管看守行李馬匹，誰跟我過去降妖？」八戒說：「哥哥，老豬沒什麼坐性，我隨你去吧。」行者說：「好！好！」便對沙僧說：「把馬匹行李都藏在樹林深處，小心守護，等我兩個上門去找師父。」沙僧答應了，八戒相隨，和行者各持兵器前來。

究竟這一去吉凶如何，且聽下回分解。

第二十五回　聖嬰大王噴真火施威　齊天大聖拜觀音降妖

話說孫大聖帶了八戒，跳過枯松澗，來到怪石崖，見到一座洞府，門前有一座石碣，正是「號山枯松澗火雲洞」。

卻說那怪把三藏拿到洞裡，捆在後院，叫小妖用水刷洗，要上籠蒸吃呢，聽得小妖報外面有人前來，魔王微微冷笑，說：「小的們，推車出去！」幾個小妖，推出五輛小車，開了前門。小妖把車子按金、木、水、火、土在外邊安下。魔王取出一桿丈八長的火尖槍，走到門外，高叫：「什麼人敢來這裡！」行者說：「賢侄，你今天在山路邊拿了我師父，我能饒你?趕快送出我師父，不要失了情面，恐怕你令尊知道，怪我老孫欺幼。」那怪心中大怒，大喝：「猴頭！誰是你賢侄？」行者說：「你還不知道呢，我是五百年前大鬧天宮的齊天大聖孫悟空，令尊牛魔王是平天大聖，和我老孫結為七弟兄，讓他做了大哥。老孫身材小，排行第七。」

那怪哪裡肯信，舉起火尖槍就刺，和孫大聖戰了二十合，不分勝敗。八戒在一邊，抖

擻精神，舉著九齒鈀，朝著妖精頭上打來。那怪心驚，敗下陣來。行者對八戒喊：「趕上！趕上！」

二人趕到洞門前，妖精一隻手舉著火尖槍，站在一輛小車上，一隻手捏著拳頭，往自家鼻子上捶了兩拳。念個咒語，口裡噴出火，鼻子裡濃煙迸出，眼前火焰騰起，接著五輛車子上湧出火光。連噴了幾下，頓時整座火雲洞煙火瀰漫。八戒心慌，跳過澗去了。行者捏著避火訣，撞入火裡，尋找妖怪。妖怪見到行者，又噴上幾下，火更大了。這是妖魔修煉成的三昧真火。五輛車合五行，五行生化火煎成。行者不能看到妖怪，只好從大火中跳出來。妖精看得明白，收了火具，回到洞內，關閉了石門，大排宴席慶賀。

行者跳過枯松澗，按下雲頭，八戒、沙僧正在說話。沙僧說：「如果用相生相剋方法拿他，好不好呢？」行者說：「說得有理。須是以水克火，老孫去東洋大海求借龍兵，弄些水來，潑滅妖火，捉拿妖怪。」

大聖前往水晶宮，見了老龍王敖廣。說了來由。龍王撞動鐵鼓金鐘，召集三海龍王，點起龍兵，來到號山枯松澗上。

行者又來到妖怪門前，紅孩兒聽報，挺著長槍，叫小妖們推出車子，行者見到妖怪，拿著金箍棒劈頭就打。妖怪和行者戰了二十回合，又開始捏著拳頭，將鼻子捶了兩下，噴出火來。門前車子上，煙火齊起。大聖回頭叫：「龍王動手！」龍王兄弟率領眾水族，往

妖精火光裡噴下雨來。雖然雨勢盛大，但火勢根本壓不住。原來，龍王下的雨只能潑凡火，妖精的三昧真火，怎麼能潑得？大聖說：「等我掐著訣。鑽到火裡去！」掄著鐵棒，尋妖怪要打。妖怪見他奔來，噴出一口煙，行者急忙回頭，仍是眼花淚下。原來大聖不怕火，只怕煙。妖怪又噴了一口煙，行者只好撤離了。妖怪又收了火具，回到洞府。

大聖一身煙火，仰面說：「敖氏弟兄在哪兒？」四海龍王在半空中答應：「小龍在這裡伺候。」行者說：「麻煩你們遠勞，先請回去，改天再謝。」龍王率水族快快而回。

沙僧攙著行者，一同到松林坐下。行者說：「要是想降得他，看來還得去請觀音菩薩才好。只是我皮肉痠麻，腰膝疼痛，駕不起觔斗雲，怎麼是好？」八戒說：「我去請。」說完，駕了雲霧，向南去了。

妖王正在洞裡歡喜，聽到外邊動靜，便說：「小的們，孫行者吃了虧去了。只怕他又請救兵來，快開門，等我看看他去請誰。」小妖開了門，妖精跳在空中，見八戒往南去了。妖精一想，南邊只有觀音菩薩，急忙按下雲，叫：「小的們，把我的皮袋找出來。放在二門下面，等我把八戒騙回來，裝到袋內，蒸得稀爛，犒勞你們。」原來妖精有一個如意皮袋。眾小妖拿出來，放在洞門內。

卻說妖精知道去南海什麼路近，什麼路遠。他抄近路，趕過八戒，坐在壁巖上，變作假觀世音。那呆子正往前走，忽然看到菩薩，他哪裡認得真假？呆子停雲下拜，說：「菩薩，弟子豬悟能叩頭。」然後如此這般地說了一通。妖精說：「你起來，跟我進洞裡見洞主，給你說個人情，把你師父討出來吧。你跟我來。」

呆子跟著他，不一會兒，來到洞裡。眾妖吶喊，把八戒捉住，裝在袋內，用繩子綁了，高高地吊在馱梁上面。

孫大聖忽然感到了一陣腥風，打了一個噴嚏，說：「不好！這陣風凶多吉少。想必是豬八戒走錯路了。」行者忍著疼，到洞前，叫：「潑怪！」妖精傳令小妖出門捉拿。行者疲倦，不敢相迎，念個咒語，叫：「變！」變作一個包袱。小妖見了，回去報告：「大王，孫行者怕了，把包袱丟下，走了。」妖精笑了，說：「那包袱也不值錢，不過是些舊衣物，背進來拆洗做補襯吧。」一個小妖，把包袱背了進來，丟在門邊。

行者拔一根毫毛，吹口氣，變作包袱樣，他的真身，又變作一個蒼蠅，釘在門上。只聽妖精叫：「六健將，過來！」六個小妖是他知己，封為健將，都有名字，分別是：雲裡霧，霧裡雲，急如火，快如風，興烘掀，掀烘興。六健將上前跪下，妖精說：「你們給我星夜去請老大王來，說我這裡捉到了唐僧，要蒸給他吃。」六怪得令，一個個出門去了。行者飛過去，跟定六怪。

那六健將出洞門，往西南方向走。行者心想：「他要請老大王吃我師父，老大王一定是牛魔王。等老孫變作牛魔王，哄哄他們。」行者展開翅膀，飛到前邊，離小妖有十多里，搖身一變，成了牛魔王，拔下幾根毫毛，叫：「變！」變作幾個小妖，駕鷹牽犬，裝作打獵的樣子。六健將正走著，忽然看見牛魔王，慌得跪下，說：「老大王爺爺在這裡呢。小的們是火雲洞聖嬰大王派來的，請老大王爺爺去吃唐僧肉。」行者笑著隨行。

來到洞內，妖精歡喜。行者身子抖一抖，把那架鷹犬的毫毛，收回身上，坐在南面中間。紅孩當面跪下，朝上叩頭，說：「孩兒昨天捉獲東土大唐和尚。特請父王同享唐僧肉，萬壽無疆。」行者故意說：「賢郎今天請我來吃唐僧肉，只是我今天還不能吃呢。」妖精問：「為什麼不能吃？」行者說：「你母親近來經常勸我行善事。最近我吃齋。」妖精聽了，心想：「我父王平時靠吃人為生，現在已經活了一千多歲，怎麼吃起齋了？可疑！可疑！」於是，抽出身來，走出門外，叫六健將來問：「老大王是從哪裡請來的？」小妖回答：「是半路請來的。」妖精說：「你們沒有到家嗎？」小妖回答：「是，沒有到家。」妖精說：「不好了！這不是老大王！」

妖精轉身回到裡面，對行者大喝一聲，群妖槍刀簇擁，望行者沒頭沒臉地打來。大聖用金箍棒架住，化成一道金光，走出洞。小妖喊：「大王，孫行者走了。」妖精說：「算了！讓他走吧！先關了門，把唐僧刷一刷，蒸來吃了。」

行者出來，沙僧看到，急忙出林迎著。行者說：「等我去請菩薩。」說話間，縱觔斗雲，投向南海。見到菩薩。菩薩問：「悟空，你來這裡做什麼？」行者回答：「上告菩薩，弟子保護唐僧前行，經過號山枯松澗火雲洞，遇到一個妖精，把我師父抓去，沒救出來。豬八戒來請菩薩，半路被妖精假冒菩薩模樣，把豬八戒又騙到洞裡。」菩薩聽說，大怒，說：「那潑妖敢變我的模樣！」說完，把手中寶珠淨瓶往大海中間一摔，只見大海當中，翻波湧浪，鑽出一個瓶子，一個龜馱著。那龜馱著淨瓶，爬上崖邊，對菩薩點了二十四下頭，當作二十四拜。菩薩說：「把瓶拿來。」這行者前去拿瓶，如同蜻蜓撼石柱，根本動不得。行者上前跪下，說：「菩薩，弟子拿不動。」菩薩說：「平常時只是個空瓶，現在淨瓶抛下海去，這一會兒，已經轉過三江五湖，借了一海水在裡面。你哪裡有架海的能量?所以拿不動。」菩薩說完，走上前，用右手輕輕地提起淨瓶，托在左手掌上。那龜點點頭，鑽下水去了。菩薩說：「悟空，我這瓶中的甘露水漿，能滅妖精的三昧火。」行者笑了，說：「菩薩，不看僧面看佛面，千萬救我師父！」菩薩答應了，縱祥雲，叫：「惠岸，過來！」惠岸過來，菩薩說：「你快到上界，見你父王，向他借天罡刀用用。」惠岸遵命，去南天門，見了父王。天王叫哪吒取三十六把刀，遞給木叉。木叉回去把刀捧給菩薩。菩薩接了，抛出去，念個咒語，那刀便化作一座千葉蓮臺。菩薩跳上去，坐在中間，離了海上。孫大聖和惠岸跟隨。

瞬間到了。行者說：「那裡就是號山。」菩薩在那山頭上念了一聲咒語，那座山周圍走出許多土地神，前來磕頭。菩薩說：「你們不要慌張。我今天來這裡擒魔。你們把這周圍打掃乾淨，三百里左右，不許有一個生靈。把那些小獸、雛蟲，都送到巔峰上安生。」眾神遵命，不一會兒就辦好了。菩薩於是把淨瓶扳倒，呼喇喇傾出水，有如雷響。又叫：「悟空，伸手過來。」行者把左手伸出。菩薩用楊柳枝，蘸上甘露，在他手心裡寫了一個「迷」字，說：「捏著拳頭，快去找妖精，許敗不許勝。引他到我這裡來，我自有法力收他。」行者領命，來到洞口，高叫：「妖精開門！」妖精見報，出門，持長槍和行者打了起來。四五個回合後，行者捏著拳頭，拖著棒，敗下陣來。妖精不知是詐，舉槍趕來。

望見菩薩，行者一閃身，藏在菩薩的神光影裡。妖精看不到行者，走近前，對菩薩說：「你是孫行者請來的救兵嗎？」菩薩沒理他。妖精大喝：「咄！你是孫行者請來的救兵嗎？」菩薩仍沒理他。妖精照菩薩刺了一槍，菩薩化成一道金光，直上九霄。行者跟定，說：「菩薩，妖精再三問你，你怎麼推聾裝啞，不敢作聲，把蓮臺都丟下了！」菩薩只說：「別說話，看他怎麼做。」只見妖精呵呵冷笑：「猴頭，你請的什麼膿包菩薩，人不見了，又把寶蓮臺丟了，先等我上去坐坐。」好妖精，他也學菩薩，盤手盤腳，坐在當中。

菩薩把楊柳枝往下指定，叫一聲：「退！」只見蓮臺突然消失，妖精坐在刀尖上。菩薩命木叉：「用降妖杵，把刀柄打打。」木叉按下雲頭，用降妖杵，打了上千次。那妖精兩腿刀尖迸出，咬著牙，忍著痛，丟了長槍，用手亂拔刀。菩薩見了，叫木叉：「先別傷他性命。」又把楊柳枝垂下，念聲咒語，天罡刀變成倒鬚鉤，就像狼牙一般，再也不能褪

出。妖精這才慌了，扳著刀尖，痛聲苦告：「菩薩，弟子我有眼無珠，不知你廣大法力。請饒我性命！願入法門戒行。」菩薩聽了，到妖精面前，問：「你能接受我的戒行嗎？」妖精點頭，說：「如果饒了性命，願受戒行。」菩薩說：「你願入我門嗎？」妖精說：「願入。」菩薩說：「好吧，我給你摩頂受戒。」摩頂受戒完了，菩薩說：「你今天既然受了我的戒，就稱你善財童子，好不好？」妖精點頭。菩薩用手一指，叫聲：「退！」天罡刀頓時脫落塵埃，童子身軀不損。菩薩叫：「惠岸，你把刀送上天宮，還你父王。」木叉領命去了。

那童子野性不定，見腿不疼了，又變了卦，對菩薩說：「你哪裡有真本事！不受你戒了，看槍！」朝菩薩刺來。行者掄鐵棒要打，菩薩只叫：「別打，我會懲罰他。」說了，從袖中取出一個金箍，說：「這寶貝原是我佛如來賜我往東土尋取經人的金緊禁三個箍。緊箍，先給你戴了；禁箍，收了守山大神；這個金箍，今天看這怪無禮，給他吧。」菩薩把箍迎風一晃，叫聲：「變！」變作五個箍，朝童子身上拋去，喝聲：「著！」一個套在他頭頂上，兩個套在他左右手上，兩個套在他左右腳上。菩薩說：「悟空，走開些，等我念念金箍咒。」行者慌了，說：「菩薩呀，請你降妖，怎麼卻要咒我？」菩薩說：「這篇咒，不是緊箍咒咒你的，是金箍咒咒那童子的。」行者才放心，緊隨左右，聽她念咒。菩薩拈著訣，默默地念了幾遍，妖精搓耳揉腮，滿地打滾。

菩薩念了幾遍，住了口，妖精不疼了，起身一看，身上都是金箍，勒得疼痛，妖精才知法力深廣，只好低頭下拜。菩薩對行者說：「悟空，妖精已經降順，你快去洞裡，救你師父去吧！」行者於是歡喜叩別。

沙僧久坐在林間，見行者欣喜前來。行者把菩薩的法力講了一遍。沙僧十分歡喜，說：「救師父去！」他兩個舉兵器打入洞裡，剿淨了群妖，解下皮袋，放出八戒。找到師父，師徒們出洞，三藏攀鞍上馬，找大路，繼續前行。

走了一個多月，師徒們正走著，見前面有一道黑水滔天，馬不能進，是一條河，淨是黑水！唐僧下馬，問：「徒弟，這水怎麼是黑的？這河有多寬？」八戒看了看，說：「大概有十多里寬。」

師徒在河邊，正在商議怎麼過河，只見那河的上流，有一人划著一隻小船前來。那人見了師徒四人，把船靠到岸邊。船是一段木頭刻的，中間只有一個艙口，能坐兩個人。八戒耍心眼，說：「悟淨，你和大哥在這邊看著行李馬匹，我先保師父過去，然後再用船把馬運過去。讓大哥跳過去。」行者點頭，說：「好的。」那呆子扶著唐僧，梢公撐開船，一直前去。行到河中間，一聲響亮，捲浪翻波，一陣狂風十分厲害！這陣風，正是梢公擺布的，他本是黑水河中的怪物。眼看唐僧和豬八戒，和船一起，入水後無影無形了。

究竟唐僧和豬八戒性命如何，且聽下回分解。

第二十六回　龍太子黑水河捉怪　孫悟空三清觀戲妖

沙僧和行者看得心慌，沙僧說：「哥哥，你看著馬和行李，我下水去找找。」沙和尚脫了衣服，掄著降妖寶杖，鑽入波中，正走著，只聽得有人說話。沙僧抬頭，發現前面有一座亭臺，臺門外有八個大字：「衡陽峪黑水河神府」。只聽得那怪物坐在上面說：「小的們！快把鐵籠抬來，把這兩個和尚蒸熟，去請二舅爺來。」沙僧一聽，心頭火起，拿寶杖衝了上去，怪物手提一根竹節鋼鞭和沙僧對打，戰了三十回合，不分高低。沙僧於是氣呼呼地跳出水面，見了行者，說：「哥哥，這怪物無禮。」然後說了聽到的和見到的。

行者問：「是個什麼妖邪？」沙僧回答：「模樣像一個大鱉，也可能是個鼉龍。」行者道：「不知誰是他舅爺？」話音未落，走出一個老人，遠遠跪下，叫：「大聖，黑水河河神叩頭。」行者問：「你是妖邪吧？又想來騙我？」老人磕頭，說：「大聖，我不是妖邪，我是這河內真神。那個妖精去年五月，趁著大潮從西洋大海來到這裡，把我的衡陽峪黑水河神府奪了，我到海裡告他。誰知西海龍王是他的母舅，不准我的狀子，叫我讓給他

住。今天大聖到這裡，特來參拜，請大聖替我報冤！」行者說：「這麼說來，四海龍王都有罪。等我去海中，先把龍王捉來，叫他擒這怪物。」

行者先到西洋大海，拈了避水訣，正走著，撞見一個黑魚精，捧著一個匣子，被行者撞個滿懷，行者拿鐵棒一打，打得腦漿迸出。揭開匣子一看，有張柬帖，專請二舅爺敖老大人。行者笑著說：「這怪卻把供狀先遞給老孫了！」往前再行。龍王敖順得知大聖前來，出宮迎接。行者取出柬帖，遞給龍王。龍王見了，魂飛魄散，慌忙跪下叩頭，說：「大聖恕罪！那怪是我妹妹的第九個兒子。因為妹夫錯行了風雨，刻減了雨數，被天曹降旨，教人曹官魏徵丞相在夢裡斬了。我妹無處安身，帶小鼉來到這裡，養育成人。前年我妹病故，這小鼉沒地方居住，我叫他在黑水河養性修真，沒想到他如此作孽，我馬上派人去抓他。」敖順叫出太子摩昂：「快點五百蝦魚壯兵，把小鼉捉來問罪！」

卻說摩昂太子來到水府門前，那怪聽說摩昂前來，心中疑惑：「我叫黑魚精投柬帖拜請二舅爺，怎麼舅爺不來，卻是表兄來了？」鼉龍出門，見到一支海兵，便問摩昂來意，摩昂便說：「快把唐僧、八戒送上河邊，交還給孫大聖！」那怪鼉一聽，大怒，說：「我和你是嫡親姑表兄弟，你怎麼去維護他人？」說完變了臉，一場爭鬥，太子把妖精打倒在地。眾海兵一擁上前，綁了那怪雙手，用鐵索穿了琵琶骨，拿上岸，押到孫行者面前。

沙和尚和河神兩個跳入水中，到水府門前，把師父、八戒各背一個出了水面。太子押著妖鼉，投水中，轉回西洋大海。

黑水河神謝了行者。唐僧問：「徒弟啊，現在還在東岸，怎麼渡河啊？」河神說：「老爺勿慮，請上馬，小神開路，帶老爺過河。」唐僧騎了白馬，只見河神作起阻水的法術，把上游來水擋住。下游水流乾，開出一條大路。師徒們走到西邊，謝了河神，登崖上路。

師徒們過了黑水河，一直往西走。一天，忽然聽得遠處一聲吆喝，驚天動地。行者身子一躍，踏雲光站在空中，遠遠望見一座城池。城門外的一塊沙灘空地上，有無數的和尚在那裡拉扯車子呢。一起喊號，所以聲音響亮。車子裡是磚瓦木植土坯一類。從灘頭上坡，只有一條狹窄小路、兩座大關，關下的路都是陡崖一般，車子怎麼能拽得上去？再看那些和尚，衣衫破舊，十分窘迫。行者心疑：「怎麼讓和尚做這樣的苦力活？」又見城門裡，搖搖擺擺，走出兩個少年道士。那些和尚見了道士，一個個加倍發力，拽那車子。行者知道了：「咦！想必和尚怕道士。我曾經聽說過，西方路上，有一個敬道滅僧的地方，就是這裡了。」

大聖按落雲頭，到那城下，變作一個雲水全真，左臂上掛著一個水火籃子，用手敲著漁鼓，迎著兩個道士，躬身說：「弟子雲遊四方，今天來到這裡，想化些齋吃。」道士笑著說：「你是遠方來的，不知城中事。這座城叫車遲國，君王和我們有親。」行者笑著說：「想必是道士做了皇帝？」道士回答：「不是。只是因為二十年前，這裡遇到大旱，忽然從天降下三個仙長，呼風喚雨，救了全城人。」行者問：「是哪三個仙長？」道士說：「我大師父，叫虎力大仙；二師父，鹿力大仙；三師父，羊力大仙。」行者問：「三位尊師，有多少法力？」道士說：「我師父，能呼風喚雨，指水為油，點石成金。君臣相敬，和我們結親了。」行者說：「這皇帝真有造化。結了親，其實一點也不吃虧。我貧道有個星星緣法，不知能不能見老師父一面？」道士笑著說：「你要見我師父。等我兩個做完公事，和你一同進去。」行者問：「出家人無拘無束，自由自在，有什麼公事？」道士用手指著沙灘上的和尚：「他們為我們做事，怕他們偷懶，我們去查一查。」行者笑了，說：「道長說差了！和尚和道士都是出家人，為什麼他們替我們做事？」道士說：「只因為當年求雨時，和尚在一邊拜佛，道士在一邊告斗，誰知和尚不中用，念經沒效果。後來我師父一到，呼風喚雨，救了萬民。朝廷怪和尚無用，拆了他們的山門，毀了他們的佛像，把他們御賜給我們家做活，就當奴隸一般。現在，後邊還需要蓋房，叫和尚來拽磚瓦，拖木植。」

行者突然扯住道士，哭著說：「我說我無緣，真是無緣，不能見老師父尊面！」道士說：「怎麼不得見面？」行者說：「貧道四處雲遊，為了生活，也為了尋親。」道士問：「你有什麼親？」行者說：「我有個叔父，自幼出家，當了和尚，出外求生，這幾年不見

回家，我特來順便尋訪，想是在這裡不能脫身了也說不定。我怎麼才能見他一面？見不到面，我也不想進城去了。」道士說：「這個容易。我們兩個先在這裡坐一會兒，你自己去沙灘上替我們查一查，點夠五百名就行，如果當中有你令叔，我們看你的面子，放了他就是了，然後和你再進城，好嗎？」

行者謝了，敲著漁鼓，往沙灘走去。和尚見了，一齊跪下磕頭，說：「爺爺，我們沒有偷懶，五百名半個不少，都在這裡幹活呢。」行者搖手，說：「不要跪，不要怕。我不是監工的，我是來尋親的。」和尚們聽說認親，把他圍起來，一個個出頭露面，使勁咳嗽，恨不得被認出去。行者認了一會兒，呵呵大笑，然後說：「你們知道我笑什麼呢？笑你們這些和尚不爭氣！你們不去遵三寶，敬佛法，卻怎麼給道士做工？你們都走吧。」和尚們說：「老爺，走不了！那仙長奏准君王，給我們畫了圖，到處張掛。有官職的，拿得一個和尚，高陞三級；無官職的，拿得一個和尚，賞白銀五十兩，所以走不了。我們沒辦法，只能在這裡受苦。」行者說：「既然如此，你們都去死吧。」和尚們說：「老爺，有死的，已經死了六、七百，自刎了七、八百，只有我們這五百個人死不了。」行者問：「怎麼死不了？」和尚說：「上吊繩子斷開，投河後飄起沉不下去。」

行者說：「你們真造化，天賜你們長壽呢！」和尚們說：「老爺呀，長受罪呢！我們每天吃糙米熬的稀粥，晚上就在沙灘上安身，闔眼後就有神人擁護。」行者說：「想是累

苦了，見鬼了嗎？」和尚說：「不是鬼，是六丁六甲、護教伽藍，一到晚上就來保護。」行者說：「這些神真沒道理，只應該叫你們早死早昇天，保護做什麼？」和尚們說：「他在夢寐中勸解我們，讓我們不要尋死，等那東土大唐聖僧往西天取經的羅漢。他手下有一個徒弟，是齊天大聖，神通廣大，濟困扶危，恤孤念寡。只等他來顯神通，滅了道士，繼續讓我們做個好和尚呢。」

行者聽到這樣的話，心中暗自得意。他轉過身，敲著漁鼓，來到城門口，見了道士。道士迎著問：「先生，哪一位是令親？」行者說：「五百個都和我有親。你們如果肯把這五百人都放了，我便和你們進去。」道士說：「你想必是有些瘋了。說放就放？真沒有道理！」行者問：「真不放嗎？」道士說：「不放！」行者連問三聲，怒了，從耳朵裡把鐵棒取出，迎風拈了一拈，碗口粗細，照道士臉上一刮，不用說，肯定是死了。

行者現了原身，對和尚們說：「我就是齊天大聖!你們跟我來。」

大聖來到沙灘上，使個神通，把車子拽過兩關，提起來，摔得粉碎。告訴和尚：「散了!等我明天見到皇帝，滅那些道士!」和尚們歡歡喜喜地一哄而散。

卻說唐僧停在路邊很久，等不及行者，讓豬八戒帶路繼續往西走，遇著一些和尚奔走，快到城邊，見到行者和十多個未散的和尚。三藏勒住馬，問：「悟空，你怎麼前來打探，這麼長時間也不回來？」行者帶著十多個和尚，把前面的事說了一遍。三藏大驚，問：「這樣啊，我們怎辦？」和尚們說：「老爺放心，孫大聖爺爺是天神降臨，神通廣大，一定會保老爺無事。我們是城裡敕建智淵寺內的和尚。因為這寺是先王太祖御造的，裡面有先王太祖神像在內，所以沒有拆毀。我們請老爺進城，到寺裡休息。明天早上，孫大聖必有處置。」長老這才下馬，走到城門下，太陽已經落下。來到寺裡，安寢一晚。

二更時分，孫大聖仍睡不著，聽到外面有吹打聲，於是，悄悄地爬起來，跳在空中觀看，卻是三清觀道士禳星呢。正見三個老道士，披了法衣，想必是虎力、鹿力、羊力大仙。下面有七、八百人，司鼓司鐘，侍香表白，站立兩邊。行者心想：「我下去和他們混一混；只是一個人去，孤掌難鳴，好，先回去叫上八戒、沙僧，一同去。」按落祥雲，來到方丈裡，叫醒八戒、沙僧。他們兩個套上衣服，隨行者踏雲頭同去。

大聖拈著訣，念個咒語，往巽地上吸一口氣，吹了過去，一陣狂風捲進三清殿上，把花瓶燭臺、四壁上懸掛的功德，一齊颳倒。道士們心驚膽戰，虎力大仙便讓結束儀式，各自回屋安寢。

行者、八戒、沙僧按落雲頭，闖上三清殿。八戒變成太上老君，行者變成元始天尊，沙僧變成靈寶道君，把原像推了下去，坐在殿上，把那些儀式上供奉的點心盡情享用。先吃了大饅頭，又吃了簇盤、襯飯、點心、拖爐、餅錠、油、蒸酥，有如風捲殘雲，吃得罄盡，還不走路，就在那裡聊天消食。

正巧！東廊下有一個小道士剛才睡下，忽然起來，說：「我把手鈴忘在殿上，萬一丟了，明天師父會責怪。」便對同屋的人說：「你們先睡，我去去就來。」來到正殿，摸來摸去，手鈴摸著了，正想往回走，只聽得呼吸聲，道士害怕。慌忙往外走，踩著一個荔枝核子，滑了一跌，鈴子跌得粉碎。豬八戒忍不住呵呵大笑，小道士嚇得靈魂出竅，跑到後方丈外面，敲著門叫：「師公！不好了！不好了！」三個老道士還沒有睡著，開門問：「什麼事？」他戰戰兢兢地說：「弟子忘帶了手鈴，去殿上找，聽得有人呵呵大笑，嚇死我了！」老道士叫：「掌燈來！看看是什麼邪物？」一聲傳令，驚動兩廊的道士，都爬起來，點著燈到正殿上觀看。

孫大聖左手把沙和尚捏一把，右手把豬八戒捏一把，他們明白，坐在高處，繃著臉，不言不語，那些道士前後照看，他們三個如同泥塑金裝一樣。虎力大仙說：「沒有壞人，供獻怎麼都吃了？」鹿力大仙說：「是啊，有皮的都剝了皮，有核的都吐出核，怎麼不見人呢？」羊力大仙說：「師兄勿疑，想必是我們虔心敬意，驚動天尊。三清爺爺聖駕降臨，受用了這些供養。趁現在仙還在，我們可拜告天尊，懇求些聖水金丹，進獻陛下，卻不是我們有面子？」行者聽了，忽然開口：「晚輩小仙，我本想不給你們聖水，想想也不好；如果給了你們，又太容易了。」道士們聽到，一齊俯伏叩頭，說：「萬望天尊念弟子恭敬之意，千萬賜一些給我們。」行者說：「既然如此，取器皿來。」道士們一齊頓首謝恩。虎力大仙抬來一口大缸放在殿上；鹿力大仙端一砂盆安放在供桌上；羊力大仙把花瓶摘了花，移在中間。行者說：「你們先出殿，掩上格子，不可洩了天機。」道士們走出去，一齊跪伏丹墀下邊，關了殿門。

行者站起來，掀著虎皮裙，撒了一花瓶臊尿。八戒也呼喇喇尿了一砂盆，沙和尚撒了半缸，然後依舊整衣端坐在上，說：「小仙來領聖水。」那些道士，推開格子，磕頭禮拜謝恩，抬出缸，把那瓶盆歸到一處，小道士拿了一個茶盅，遞給老道士。道士舀出一盅來，喝了一口，抹脣咂嘴，鹿力大仙問：「師兄，好喝嗎？」老道士說：「不太好喝。」羊力大仙說：「我嘗嘗。」也喝了一口，說：「有點豬尿臊氣。」

行者坐在上面，呵呵大笑，說：「我索性留個名吧。」大叫：「道號道號，你好胡思！三清哪裡肯降臨凡間？我們是大唐和尚，奉旨西來取經。今晚無事，吃了供養。哪裡有什麼聖水，你們喝的都是我們的尿！」道士們聽到這樣說，堵住門，一齊動叉鈀、掃帚、瓦塊、石頭，沒頭沒臉地往裡面亂打。

行者左手挾了沙僧，右手挾了八戒，闖出門，駕著祥光，轉回智淵寺方丈，不敢驚動師父，三人睡下。

究竟後事如何，且聽下回分解。

第二十七回　行者鬥法喚風雨　妖怪比藝失先機

五鼓三點，國王設朝。唐僧披了錦襴袈裟，行者帶了通關文牒，悟淨捧著缽盂，悟能拿了錫杖，把行囊馬匹交給智淵寺和尚看守，來到五鳳樓前，國王聞奏，說：「這和尚沒地方尋死，卻來這裡！巡捕官員，怎麼不把他們拿下？」

當駕的太師啟奏：「東土大唐，在南贍部洲，號中華大國，到這裡有萬里遙遠，路上多有妖怪。這和尚一定有些法力，才敢前來。請陛下看中華大國面子，先召來驗牒放行，才更妥當。」國王准奏，把唐僧師徒宣到金鑾殿下。師徒們捧關文遞給國王。國王展開看，又見黃門官來奏：「三位國師來了。」慌得國王收了關文，急下龍座，叫近侍設了繡墩，躬身迎接。三位大仙搖搖擺擺地上了金鑾殿，對國王也不行禮。

國王問：「國師，朕沒有奉請，今天怎麼肯光臨？」老道士說：「有一事奉告，所以來了。請問，那四個和尚是從哪裡來的？」國王回答：「是東土大唐差去西天取經的，來這裡倒換關文。」三個道士鼓掌大笑，說：「我說他們沒走，原來卻在這裡！」國王大驚，問：「國師有什麼話要說？」道士笑著說：「陛下有所不知，他們是昨天來的，在東門外打死了我兩個徒弟，放了五百個和尚，摔碎了車子，夜裡闖進觀來，把三清聖像毀壞，偷吃了御賜供養。」國王一聽，大怒，便要殺三藏師徒。

就在這時，黃門官來奏：「陛下，門外有許多百姓聽宣。」國王宣到殿前，有三、四十名百姓朝上磕頭，說：「萬歲，今年春天無雨，恐怕夏天乾荒，特來啟奏，請國師爺爺祈一場甘雨，救助黎民百姓。」國王說：「唐朝和尚，朕敬道士、滅和尚，只是因為當年求雨，和尚無能，幸虧天降國師，拯救生靈於塗炭。你們遠來，冒犯國師，本當問罪。現在暫時饒了你們，你們敢和我國師比比誰能求到雨嗎？」行者笑了，說：「小和尚能。」國王見說，便命打掃壇場，要親自到五鳳樓觀看比賽。不一會兒，飛馬來報：「壇場準備好了，請國師爺爺登壇。」

虎力大仙辭了國王下樓來。行者向前攔住，說：「我和你都上壇祈雨，誰知雨是你的，是我的？」大仙說：「這一上壇，只看我的令牌為號，一聲令牌響風來，二聲響雲起，三聲響雷閃齊鳴，四聲響雨到，五聲響雲散雨收。」

大仙來到了壇門外。那裡有一座高臺，約有三丈多高。大仙到高臺上站住，手持寶劍，念聲咒語，把一道符在火燭上燒了。那上面乒的一聲令牌響，只見那半空裡，風徐徐飄來，豬八戒說：「不好了！不好了！這道士果然有本事！令牌響了一下，果然就颳風！」行者說：「兄弟們不要再和我說話，等我前去。」大聖拔下一根毫毛，吹口氣，

叫：「變！」變作一個假行者，立在唐僧身邊。他趕到半空中，高叫：「管風的是哪個？」慌得風婆婆拈住布袋，巽二郎紮住口繩，上前施禮。行者說：「我保護唐朝聖僧西天取經，路過車遲國，和那妖道比賽祈雨，你們把風收了。」風婆婆立即照辦，風停了。八戒忍不住亂嚷：「令牌已響，怎麼不見一點風？你下來，讓我們上去！」

那道士又持令牌，燒了符檄，撲地又打了一下，只見空中雲霧遮滿。孫大聖又當頭叫：「布雲的是哪個？」慌得推雲童子、布霧郎君當面施禮。行者又把前事說了一遍，雲童、霧子也收了雲霧，萬里無雲。

道士心中焦躁，再一令牌打下去，只見南天門裡，鄧天君領著雷公電母到了當空，迎著行者施禮。行者又把前面的事說了一遍，問：「你們怎麼說來就來！是誰的法旨？」天君說：「那道士的五雷法是真的。他發了文書，燒了文檄，驚動玉帝，玉帝旨意，我們奉旨前來，助雷電下雨。」行者說：「既然如此，你們先停住，幫老孫行事。」

道士更加緊張，又添香、燒符、念咒、打下令牌。半空中，四海龍王一齊趕到。行者當頭大喝：「敖廣！哪裡去？」敖廣、敖順、敖欽、敖閏上前施禮。行者又把前面的事說了一遍，說：「今天的事，請協助我。」龍王說：「遵命！遵命！」

行者對眾神說：「那道士四聲令牌已經結束，輪到老孫下去幹事了。我不會發符燒檄，你們眾位卻要助我。」鄧天君說：「大聖吩咐，誰敢不從！但只是得一個號令，才

敢依令而行；不然，雷雨亂了，顯得大聖沒有條理。」行者說：「我用棍子為號吧。」雷公大驚，說：「爺爺呀！我們怎麼吃得起這棍子？」行者說：「不是打你們，看我這棍子往上一指，就要颳風。」風婆婆、巽二郎連忙答應：「就放風！」「棍子第二指，就要布雲。」推雲童子、布霧郎君說：「就布雲！就布雲！」「棍子第三指，就要雷鳴電灼。」雷公、電母說：「奉承！奉承！」「棍子第四指，就要下雨。」龍王說：「遵命！遵命！」「棍子第五指，就要晴天，不要誤事。」吩咐完，按下雲頭，把毫毛一抖，收上身來。行者在旁邊高叫：「先生請了，四聲令牌用過，沒有風雲雷雨，該讓我了。」道士無奈，只得下臺讓他。

只聽得國王問：「寡人這裡洗耳恭聽，你那裡四聲令響，不見風雨，為什麼？」道士回答：「今天龍神都不在家。」行者厲聲說：「陛下，龍神都在家，只是這國師招法不靈。等和尚請來你看。」國王說：「你去登壇，寡人還在這裡候雨。」行者得旨，到了壇所，扯著唐僧說：「師父請上臺。」唐僧說：「徒弟，我不會祈雨。」行者說：「你不會求雨，會念經，等我助你。」長老於是登壇，到上面坐下，定性歸神，默念《密多心經》。正坐著，忽然見一官，飛馬來問：「和尚，怎麼不打令牌，不燒符檄？」行者高聲回答：「不用！不用！我們是靜功祈禱。」

那官又去回奏。

行者聽得老師父經文念盡，在耳朵裡取出鐵棒，迎風晃一晃，有丈二長短，碗口粗細，把棍望空中一指，風婆婆見了，急忙扯開皮袋，巽二郎解放口繩；只聽得呼呼風響，滿城中揭瓦翻磚，揚砂走石。正是狂風大作，孫行者又顯神通，把金箍棒望空中又一指，推雲童子、布霧郎君立即興起雲霧。孫行者又把金箍棒望空中又一指，雷公、電母一齊發力，那雷越發震響。行者又把鐵棒望上一指，只見這場雨，自辰時下起，只下到午時前後，下得那車遲城，裡裡外外，水漫街道。國王傳旨：「雨夠了！雨夠了！再下，又要淹壞了禾苗，反而不美。」五鳳樓下聽事官騎馬冒雨來報：「聖僧，雨夠了。」行者聽了，把金箍棒往上又一指，只見霎時間，雷收風息，雨散雲收。

國王滿心歡喜，宣叫回鑾，倒換關文，打發唐僧過去。正用御寶時，又被三個道士上前阻住，說：「陛下，這場雨還是我道門出的力。」國王問：「你才說龍王不在家，他走上去，以靜功祈禱，雨就下來，這話怎麼說？」虎力大仙說：「我上壇發了文書，燒了符檄，擊了令牌，龍王誰敢不來？想必是別方召請，風雲雷雨五司都不在，一聽我令，隨後趕來，正好遇著我下他上，一時錯了這個機會。」國王聽了，卻又疑惑起來。行者近前一步，合掌上奏：「陛下，這些旁門法術，算不得我的他的。現在有四海龍王，還在空中，我僧沒有讓他回去，龍王還不敢退去。那國師如果能叫得龍王現身，就算他的功勞。」國王大喜，說：「寡人做了二十三年皇帝，還沒有看見活龍是怎麼模樣。你兩家各顯法力，不論和尚道士，能叫來的，就是有功；叫不出的，有罪。」那道士怎麼有這樣本事？就叫，龍王見大聖在，也不敢出頭。道士說：「我不能，你叫來。」大聖仰面朝空，厲聲高叫：「敖廣何在？弟兄們都現原身來看！」龍王聽喚，現了本身。四條龍，在半空中度霧穿雲，飛舞向金鑾殿上。

國王在殿上焚香。眾位公卿在階前禮拜。國王說：「有勞貴體降臨，請回，寡人改天醮謝。」行者說：「列位眾神各自歸去，這國王改天醮謝呢。」那龍王於是歸海，眾神各各回天。

國王把關文用了寶印，便要遞給唐僧。三個道士，慌得拜倒在金鑾殿上啟奏，說：「請陛下先留住他的關文，讓我兄弟再和他比一比。」國王昏亂，收了關文，說：「國師，你怎麼和他比？」虎力大仙說：「我和他比坐禪。」國王問：「你怎麼和他比？」大仙說：「我這坐禪，有所不同，叫做雲梯顯聖。需要一百張桌子，五十張做一禪臺，一張一張疊起去，不許用手攀上，也不用梯凳，各駕一朵雲頭，上臺坐下，約定多長時間不動。」國王聽了，感覺有些難辦，傳旨問：「和尚，我國師要和你比雲梯顯聖坐禪，行嗎？」三藏不敢答應，見行者用眼示意他，明白過來，便說：「貧僧會坐禪。」國王叫立禪臺。兩座禪臺很快就立在金鑾殿左右。

虎力大仙走下殿，將身一縱，踏一朵雲，上西邊臺上坐下。行者拔一根毫毛，變作假像，陪著八戒、沙僧站在下面，他卻變作五色祥雲，把唐僧撮起到空中，放在東邊臺上坐下。他又斂祥光，變作一個小飛蟲，飛在八戒耳朵邊，說：「兄弟，仔細看著師父，不要和老孫的替身說話。」行者說完飛去，在金殿獸頭上落下，變作一條七寸長的蜈蚣，在道士鼻凹裡叮了一下。道士坐不穩，一個觔斗掉了下去，幾乎喪了性命，幸虧大小官員救起。國王大驚，讓當駕太師領他往文華殿去了。行者仍駕祥雲，把師父馱下階前，長老得勝。

國王便叫放行，鹿力大仙又來上奏，說：「陛下，先留下他，等我和他賭隔板猜枚。」國王問：「什麼叫作隔板猜枚？」鹿力大仙說：「貧道有隔板知物的能力。那和尚如果能猜得過我，就讓他出去。」國王真是十分昏亂，於是傳旨，把一個朱紅漆的櫃子，叫內官抬到宮殿，請娘娘放上一件寶貝，說：「你們兩家各賭法力，猜猜櫃中是什麼寶貝。」三藏問行者：「徒弟，櫃裡面的東西，怎麼能夠知道？」行者斂祥光，還變作小飛蟲，釘在唐僧頭上，說：「師父放心，等我去看看。」好大聖，輕輕飛到櫃上，爬在櫃腳下面，從一條板縫裡鑽進去，看見一個紅漆丹盤，裡面放著一套宮衣，是山河社稷襖，乾坤地理裙。拿起來，抖亂了，咬破舌尖，一口血噴去，叫聲：「變！」變作一件破爛的鐘，臨走又撒上一泡臊尿，飛在唐僧耳朵上，說：「師父，你只猜是破爛鐘。」鹿力大仙說：「我先猜，櫃裡是山河社稷襖，乾坤地理裙。」唐僧說：「不是，不是，櫃裡是件破爛鐘。」國王說：「這和尚無禮！敢笑我國中沒有寶貝，猜什麼破爛鍾！」又叫：「拿了！」兩班校尉，就要動手，慌得唐僧合掌高呼：「陛下，先打開櫃來看。如果是寶，貧僧領罪；如果不是，卻不是委屈了貧僧？」國王叫打開一看，果然是件破爛鐘。國王大怒，問：「誰放下這件東西？」龍座後面，三宮皇后回答：「我主，是梓童親手放下山河社稷襖，乾坤地理裙，不知道怎麼會變成這樣的東西。」國王說：「御妻請退，寡人知道了。」又叫：「抬上櫃來，等朕親自藏上一件寶貝，再看怎麼樣。」

皇帝來到御花園，把仙桃樹上結的一個大桃子，摘下放在櫃內，又讓人把櫃子抬來叫猜。唐僧說：「徒弟啊，又來猜了。」行者說：「放心，等我再去看看。」又嚶的一聲飛過去，還從板縫鑽進去，見是一個桃子，正合他意，現了原身，坐在櫃裡，把桃子啃得乾乾淨淨，把核放在裡面。仍變成小飛蟲，飛出去，釘在唐僧耳朵上，說：「師父，只猜是一個桃核。」羊力大仙這時說：「貧道先猜，是一顆仙桃。」三藏說：「不是桃，是一個桃核。」國王大喝一聲：「是朕放的仙桃，怎麼是核？國師猜著了。」三藏說：「陛下，打開來看就是。」當駕官又抬上去打開，真是一個核子。國王見了，大驚，說：「國師，不要和他比了，讓他去吧。想必是有鬼神暗助他呢。」虎力大仙從文華殿梳洗回來，走到殿前，說：「陛下，這和尚有搬運抵物的本事，抬上櫃來，我破破他法術，再猜。」國王問：「國師還要猜什麼？」虎力大仙說：「法術只能抵得東西，卻抵不得人身。把這個道童藏在裡面，他一定抵換不了。」小童藏在櫃裡，掩上櫃蓋，又抬下去，國王說：「和尚再猜，裡面是什麼寶貝。」三藏說：「又來了！」行者說：「等我再去看看。」嚶的一聲，飛過去，鑽到裡面，見是一個小童。好大聖，搖身一變，變作那個老道士，進櫃裡叫聲：「徒弟。」小童問：「師父，你從哪裡來的？」行者說：「我使地遁法來的。」小童說：「你來有什麼教誨？」行者說：「那和尚看見你進櫃來了，他如果猜你是個道童，卻不又輸了？所以特地來和你商量，剃了頭，我們猜和尚吧。」小童說：「好的，只要我們贏他就行。」行者說：「說得是。我兒過來，贏了他，我重重賞你。」把金箍棒變作一把剃頭刀，摟住小童，剃下髮來，窩作一團，塞在櫃腳縫裡。收了刀，摸著他的光頭，說：「我兒，頭像個和尚，只是衣裳不中。脫下來，我給你變一變。」道童脫下來，被行者吹一口氣，叫：「變！」即變作一件土黃色的褂兒，給他穿了。又拔下兩根毫毛，變作一個木魚，遞在他手裡，說：「徒弟，聽著，叫道童時，千萬不要出去；如果叫和尚，你就給我頂開櫃蓋，敲著木魚，念佛。」行者說完，又變成小飛蟲鑽出去，飛在唐僧耳邊，說：「師父，你只猜是個和尚。」三藏說：「這一次他準贏了。」行者問：「這話怎麼說？」三藏回答：「經上有言，佛、法、僧三寶。和尚卻也是一寶。」正說著，只見虎力大仙說：「陛下，裡面是個道童。」只管叫，他哪裡肯出來。三藏合掌，說：「是個和尚。」那小童忽然頂開櫃蓋，敲著木魚，念著佛，鑽出來。兩班文武，齊聲喝采；嚇得三個道士，啞口無言。

究竟國王有何話說，且聽下回分解。

第二十八回　聖僧受阻通天河　妖孽作怪陳家莊

話說國王當即說：「和尚有鬼神輔佐！怎麼道士入櫃，就變作和尚？即使待詔跟進去，也只能剃得了頭，怎麼衣服也能換了，嘴裡又會念佛？國師啊！讓他去吧！」虎力大仙說：「陛下，貧道把鍾南山幼時學的武藝全使出來，索性和他賭一賭。」國王問：「有什麼武藝？」虎力大仙說：「弟兄三個，都有些神通。砍下頭，又能安上；剖腹剜心，還再長上；滾油鍋裡，能夠洗澡。」國王大驚，說：「這三件事都是找死的！」虎力大仙說：「我們有這樣的法力，才敢這樣說，一定要和他比個高下。」國王叫：「東土的和尚，我國師不肯放你，還要和你賭砍頭剖腹，下滾油鍋洗澡呢。」行者當時還是個小飛蟲，忽然聽說，收了毫毛，現出原身，哈哈大笑，說：「陛下，小和尚會砍頭。」國王問：「你怎麼會砍頭？」行者說：「我當年在寺裡修行，曾經遇著一個禪和子，教了我一個砍頭法，不知行不行，今天試試看。」那個昏君於是傳旨，叫設殺場。

一聲傳旨，羽林軍三千，排列在朝門外。國王說：「和尚先去砍頭。」行者欣然，說：「我先去！我先去！」拱著手，高呼：「國師，大膽占先了。」往外就走。大聖來到殺場裡面，被劊子手捣住了，捆作一團，按在土墩高處，只聽喊一聲：「開刀！」颼地把一個頭砍下來，又被劊子手一腳踢開，滾了三、四十步。行者腔裡不出血，只聽得肚裡叫聲：「頭來！」鹿力大仙見有這樣的手段，念起咒語，叫本坊土地神：「把人頭扯住，等我贏了和尚，奏了國王，給你把小祠堂蓋作大廟宇，泥塑像改作正金身。」原來那些土地神因為他有五雷法，也服他使喚，暗中把行者的頭按住了。行者又叫聲：「頭來！」那頭好像生了根，一動不動。行者心焦，拈著拳，掙了一掙，將捆的繩子都掙斷，喝聲：「長！」颼地腔子內長出一個頭來。嚇得那些劊子手個個心驚；羽林軍人人膽顫。監斬官入朝進奏：「萬歲，小和尚砍了頭，又長出一顆來了。」話沒說完，行者走來叫聲：「師父。」三藏大喜，問：「徒弟，辛苦嗎？」行者說：「不辛苦，好玩。」國王叫領關文：「赦你無罪！快去！快去！」行者說：「關文雖領，必須國師也要砍砍頭。」國王說：「大國師，那和尚不肯放你呢。」虎力大仙也只得去，被幾個劊子手捆翻在地，晃一晃，把頭砍下，一腳踢開，滾了三十多步，他腔子裡也不出血，也叫一聲：「頭來！」行者忙拔下一根毫毛，吹口氣，叫：「變！」變作一條黃犬跑入場中，把道士頭一口銜來，跑到御水河邊丟下。那道士連叫三聲，人頭不到，頭又不會長出來，腔子中紅光迸出，沒一會兒，倒在塵埃裡，眾人觀看，原來是一隻無頭的黃毛虎。監斬官又來進奏：「萬歲，大國師砍下頭，不能長出，死在塵埃，是一隻無頭的黃毛虎。」國王聞奏，大驚失色，目不轉睛，看那兩個道士。鹿力大仙起身，說：「我師兄已經是命到祿絕，怎麼能是隻黃毛虎！這都是和尚使的掩樣法，把我師兄變作畜類！我今天一定不饒他，一定要和他賭剖腹剜心！」

國王聽說，這才定性回神，又叫：「和尚，二國師還要和你賭呢。」行者說：「小和尚久不吃煙火食，前天西來，忽然遇到齋公家勸飯，多吃了幾個饃饃，這幾天腹中正作痛，想必是生蟲了，正想借陛下的刀，剖開肚皮，拿出臟腑，洗淨脾胃，才好上西天見佛。」

國王聽說，叫：「讓他赴曹。」行者搖搖擺擺，來到殺場，身靠大樁，解開衣帶，露出肚腹。劊子手把一條繩套在他脖子上，一條繩紮住他的腿，用一口牛耳短刀，往肚皮下一割，搠個窟窿。行者雙手拿出腸臟，一條條理順，依然安在裡面，照舊盤曲，拈著肚皮，吹口氣，叫：「長！」依然長合。國王大驚，把他那關文捧在手中，說：「聖僧不要耽誤西行，給你關文去吧。」行者笑了，說：「關文不重要，也請二國師剖剖剜剜，好不好？」國王對鹿力大仙說：「這事和寡人無關，是你要和他做對頭的，請去，請去。」鹿力大仙說：「放心，料我決不會輸給他。」你看他也像孫大聖，搖搖擺擺，來到殺場，被劊子手套上繩，用牛耳短刀，呼喇一聲，割開肚腹，他也拿出肝腸，用手理弄。行者拔一

根毫毛，吹口氣，叫：「變！」變作一隻餓鷹，展開翅爪，颼地把他五臟心肝盡情抓去，不知飛向哪裡去享用了。這道士弄作一個空腔破肚。劊子手蹬倒大樁，拖屍來看，呀！原來是一隻白毛角鹿！

慌得監斬官又來進奏：「二國師倒霉，正剖腹時，被一隻餓鷹把臟腑肝腸都拿去了。死在那裡，原身是一個白毛角鹿。」

國王害怕，問：「怎麼會是個角鹿？」羊力大仙又奏：「我師兄死了，這都是和尚弄法術害我們。等我給師兄報仇。」國王問：「你有什麼法力贏他？」羊力大仙說：「我和他賭下滾油鍋洗澡。」國王叫取一口大鍋，放上香油，叫他們兩個賭。行者說：「好好，小和尚好長時間沒有洗澡了，這兩天皮膚燥癢，正好洗洗。」當駕官安下油鍋，架起乾柴，燃著烈火，把油燒滾，叫和尚先下去。行者合掌，說：「不知是文洗，還是武洗？」國王說：「文洗怎麼講？武洗又怎麼說？」行者說：「文洗不脫衣服，下去打個滾，就起來，不許壞了衣服，有一點油膩便算輸。武洗要取一張衣架，一條手巾，脫了衣服，跳下去，任意翻觔斗、豎蜻蜓，只當玩呢。」國王對羊力大仙說：「你要和他文洗、武洗？」羊力大仙說：「文洗恐怕他的衣服是藥煉過的，能隔油，武洗吧。」行者又上前，脫了褂子，褪了虎皮裙，跳到鍋裡，翻波鬥浪，如同游水一般玩耍。八戒見了，咬著指頭，對沙僧說：「我們也錯看了這猴子了！平時說他怪話，怎麼知道他有這樣的真本事！」

行者跳出鍋，去了油膩，穿上衣服，拿出棒，國王走下龍座。行者上殿扯住，說：「陛下不要走，先叫你三國師也下油鍋去。」皇帝戰戰兢兢，說：「三國師，你救朕的命吧，快下鍋去，不要叫和尚打我。」羊力大仙下殿，照行者那樣脫了衣服，跳下油鍋，也那樣洗浴。行者放了國王，走近油鍋，叫燒火的添柴，伸手摸了一把，呀！那滾油冰冷，心想：「我洗的時候滾熱，他洗時卻冷。我知道了，這不知是哪個龍王，在這裡護持他呢。」縱身跳在空中，念了聲咒語，把北海龍王喚來：「我打你這個帶角的蚯蚓、有鱗的泥鰍！你怎麼幫助道士冷龍護住鍋底，叫他顯聖贏我！」嚇得龍王諾諾連聲，說：「敖順不敢相助。大聖有所不知，這個孽畜苦修了一場，脫得本殼，五雷法真受，其餘都進了旁門，難歸仙道。這個是他在小茅山學來的大開剝。那兩個已經是大聖破了他法，現了原身，這一個也是他自己煉的冷龍，小龍如今收了他冷龍，管教他骨碎皮焦，顯不得手段。」行者說：「趁早收了，免打！」龍王化成一陣旋風，到油鍋邊，將冷龍捉下海去。

行者下來，和三藏、八戒、沙僧站在殿前，見那道士在滾油鍋裡掙扎，爬不出來，滑了一跤，霎時間骨脫皮焦肉爛。監斬官又來進奏：「萬歲，三國師化了。」國王滿眼垂淚，手撲著御案，放聲大哭。

國王倚著龍床，淚如泉湧。行者上前高呼：「你怎麼這麼昏亂！現在放著道士的屍骸，一個是虎，一個是鹿，那羊力是一個羚羊。不信時，撈上骨頭來看，哪有人有那樣骷髏？他本來是成精的山獸，到這裡害你，因見氣數還旺，不敢下手。如果再過二年，你氣數衰敗，他就害了你性命，你的江山都歸他了。幸虧我們早來，除了妖邪，救了你命，你還哭什麼？快打發了關文，送我們出去。」國王這才醒悟。

國王說：「感謝聖僧。今天天晚了，太師先請聖僧到智淵寺。明天早朝，大開東閣，擺宴酬謝。」果然送到寺裡安歇。第二天五更時分，國王設朝，聚集百官，傳旨：「快出招僧榜文，四門各路張掛。」一邊大排宴席，擺駕出朝，到智淵寺門外，請了三藏師徒，共入東閣赴宴，不在話下。卻說那五百個脫命的和尚，聽到有招僧榜，個個歡天喜地地入城來。長老散了宴，國王換了關文，同皇后嬪妃、兩班文武，送出朝門。三藏師徒重新上路。

不知不覺又到了秋天。一天天晚，正走著，只聽得滔滔浪響。一條大河，一眼望不到邊，橫在面前。大聖縱觔斗雲，跳在空中，定睛觀看，一片茫茫，望不到邊。收了雲頭，說：「師父，這河寬的呢！去不得！老孫火眼金睛，白天裡常看千里，夜裡也還看三、五百里。現在卻看不見對岸，怎麼是好？」

三藏大驚，聲音哽咽，說：「徒弟啊，這可怎麼辦啊？」沙僧說：「師父不要哭，你看那水邊立著的，不是一個人嗎？」行者說：「想必是漁人，等我問問他。」拿了鐵棒，兩、三步跑到面前一看，呀！不是人，是一塊石碑。碑上有三個篆文大字，下邊兩行，有

十個小字。三個大字是「通天河」，十個小字是「徑過八百里，亙古少人行」。八戒說：「師父，你聽，有鼓鈸聲？想必是做飯的人家。我們先去討些齋飯吃，找個渡口，明天過去吧。」三藏在馬上，果然聽到鼓鈸聲，行者在前帶路，摸索前去。走過沙灘，見一個村落，大約有四、五百戶人家。

三藏下馬，只見那路頭上有一戶人家，長老來到人家門外，見門半開半掩，裡面走出一個老人，脖子下掛著數珠，口念阿彌陀佛，長老合掌高叫：「老施主，貧僧問訊了。」老人還禮，說：「和尚，你來遲了。」三藏問：「怎麼說？」老人說：「來遲了。早點來啊，我這裡齋僧，盡飽吃飯，熟米三升，白布一段，銅錢十文。你怎麼這時才來？」三藏說：「我是東土大唐欽差往西天取經者，今到貴處，天色已晚，聽得府上鼓鈸聲，特意來這裡借一宿，天明就走。」

老人說：「請、請，我這裡有地方安歇。」三藏回頭叫聲：「徒弟，這裡來。」行者本來性急，八戒生來粗魯，沙僧卻也莽撞，三個人聽得師父招呼，牽著馬，挑著擔，不問好歹，一陣風闖進去。老人看見，嚇得跌倒在地，嘴裡只說：「妖怪來了！妖怪來了！」三藏攙起老人，說：「施主不要怕，不是妖怪，是我徒弟。」老人半信不信，扶著唐僧慢走。

行者拿起火把，點上燈燭，拉過一張交椅，請唐僧坐在上面，他兄弟們坐在兩旁，老人坐在前面。只聽得裡面門響，又走出一個老人，拄著枴杖，問：「是什麼人，黑夜裡來我家？」前面坐的老人，急忙起身，迎到屏門後，說：「哥哥不要嚷，是東土大唐取經的羅漢。」那老人才放下拄杖，向他四位行禮，並安排了飯讓唐僧師徒四人吃下。吃完，三藏謝了，才問：「老施主，高姓？」老人回答：「姓陳。」三藏合掌，說：「這是貧僧同宗了。」那二位欠身說：「你們取經，怎麼不走正路，卻走到我這裡來了？」行者說：「是正路，只是有大河擋住，不能過去，所以先來借宿一晚。」老人說：「你們到水邊，看到什麼嗎？」行者說：「見到一面石碑，上寫通天河三字，下書『徑過八百里，亙古少人行』十字。」老人說：「再往前走走，離那碑記只有一里，有一座靈感大王廟，你們沒見到？」行者說：「沒有，請公公說說，怎麼說叫靈感？」那兩個老人一齊垂淚，說：「老爺啊！那大王年年到莊上施甘露。」行者問：「施甘露，是好事啊，你們怎麼還煩惱？」那老人跌腳捶胸，說：「老爺啊！雖然恩多，只是要吃童男童女，所以煩惱。」行者問：「要吃童男童女嗎？」老人說：「正是。」行者問：「想必輪到你家了？」老人說：「今年正好輪到我家。我們這裡，有上百人家居住。這裡屬車遲國元會縣管，叫陳家莊。這大王一年要一個童男和一個童女，以及豬羊牲醴供獻他。他一頓吃了，保證我們這裡風調雨順，否則，就來降禍生災。」行者問：「府上有幾位令郎？」老者說：「可憐！說什麼令郎，羞死我了！這個是我弟弟，叫陳清，老夫叫陳澄。我今年六十三歲，他今年五十八歲。我五十歲上還沒兒子，親友們勸我納了一妾，生了一個女兒，今年才八歲，叫一秤金。」八戒說：「好富貴的名字！怎麼叫一秤金？」老人說：「我修橋補路，建寺立塔，佈施齋僧，有一本賬目，這裡使三兩，那裡使五兩，到生女那一年，正好用了三十斤黃金。三十斤為一秤，所以叫一秤金。」行者問：「你們誰有兒子？」老人說：「我弟弟有個兒子，也是偏出，今年七歲了，叫陳關保。」行者問：「為什麼這麼叫？」老人說：「家裡供養關聖爺爺，因在關爺位下求得這個兒子，所以叫關保。我兄弟二人，只有這兩個孩子，沒想到輪到我家祭賽，不敢不獻。父子之情，難割難捨，先給孩子做個超生道場。」行者笑著說：「老公公，你府上有多少財產？」二老說：「水田有四五十頃，旱田有六七十頃，草場有八九十處，水黃牛有二三百頭，驢馬有二三十匹，豬羊雞鵝無數。」行者說：「你這麼大的家業，也虧你省得出來。」老人說：「怎麼說我省？」行者說：「既然有這樣的家產，怎麼捨得把親生兒女拿去祭賽？花上五十兩銀子，買一個童男；拼了一百兩銀子，買一個童女，這樣就留下了自己兒女後代，卻不是好？」二老滴淚，說：「老爺！你不知道，那大王十分靈感，常來我們人家。」行者說：「他來他的，你們看見他是什麼嘴臉？」二老說：「不見其形，只聞得一陣香風，就知是大王爺爺來了。我們這裡人家，匙大碗小的事，他都知道，老幼生時年月他都記得。只有親生兒女，他才會接受。不要說二、三百兩沒處買，就是幾千萬兩，也沒處買這樣一模一樣同年同月的兒女。」

究竟祭賽之事如何，且聽下回分解。

第二十九回　魔怪設謀飄大雪，三藏有災沉水宅

行者說：「原來如此，也好，你先抱你令郎出來，讓我看看。」那陳清把關保抱到廳上，放在燈前。小孩子怎知死活，蹦蹦跳跳。行者見了，默默念聲咒語，變作關保一般模樣。兩個孩兒攙著手在燈前跳舞，嚇得那老人跪下，說：「老爺，不要嚇我們！這位老爺剛才還在說話，怎麼一下子就變作我兒一般模樣！請現原身！」行者把臉抹了一把，現了原身。那老人跪在面前，說：「老爺原來有這樣本事。」行者笑著說：「我今天代替這個孩子，去祭賽那大王。」陳清跪地磕頭，說：「老爺如果替得，我送白銀一千兩，給唐老爺做路費往西天去。」行者說：「就不謝謝老孫？」老人說：「你已替祭，沒了你了。」行者問：「怎麼沒了？」老人說：「被那大王吃了。」行者說：「他敢吃我？吃了我，是我的命短；不吃，是我的造化。我給你祭賽去。」

陳清只是磕頭相謝，又答應送銀五百兩，只有陳澄不磕頭，也不說謝，只是靠著屏門痛哭。行者上前扯住，說：「老大，你哭，想必是捨不得你女兒嗎？」陳澄跪下，說：

「是捨不得，敢蒙老爺盛情，替了我侄子。只是老夫無兒，只有這一個女兒，怎麼捨得！」行者說：「你快去蒸上五斗米的飯，做些好素菜，給我那長嘴師父吃，叫他變作你女兒，我兄弟同去祭賽，救你兩個兒女性命，好不好？」八戒聽了，大驚，說：「哥哥，你不要攀扯我。」行者說：「老大，抱出令嬡來。」陳澄抱出一秤金，到了廳上。一家人，妻妾大小，不分老幼，都出來磕頭禮拜，只請求救孩兒性命。那女兒腰間繫一條大紅花絹裙，也拿著果子吃呢。行者說：「八戒，這就是女孩，你快變了，我們祭賽去。」八戒說：「哥呀，這麼小巧俊秀，怎麼變？」行者叫：「快些！不要找打！」八戒慌了，說：「哥哥不要打，等我變一變。」這呆子念動咒語，把頭搖了幾搖，叫：「變！」真變過來，也像女孩兒面目，只是肚子胖大。行者笑著說：「再變變！」

八戒說：「任你打了吧！變不過來，怎麼辦？」行者說：「這麼不男不女，怎麼好？」然後行者吹他一口氣，身子變過，和那孩子一樣了。行者又說：「二位老人，帶你寶眷和令郎令嬡進去，不要弄錯了。一會兒，我兄弟偷懶，走進去，就難認清了。你把好果子給他吃，不要讓他們哭叫，當心走了消息，等我們兩人去哄哄那大王去！」

大聖吩咐沙僧保護唐僧，他變作陳關保，八戒變作一秤金。那老人取出兩個丹盤，讓行者和八戒坐上，四個後生，抬起兩張桌子，往天井裡走一走，又抬回放在堂上。外面這時鑼鼓喧天，燈火照耀，同莊眾人打開前門叫：「抬出童男童女來！」這老人哭哭啼啼，四個後生把他們二人抬出去。

陳家莊眾人，把豬羊牲醴和行者八戒，喧喧嚷嚷，一直抬到靈感廟裡放下，把童男童女放在前面。朝上叩頭，說：「大王爺爺，今年今月今日今時，陳家莊祭主陳澄等眾信，謹遵年例，供獻童男一名陳關保，童女一名陳一秤金，豬羊牲醴，奉給大王享用，保佑風調雨順，五穀豐登。」祝罷，燒了紙馬，眾人回去。

眾人剛走，只聽得呼呼風響。八戒說：「不好了！那東西來了！」行者只叫：「別說話，等我答應。」瞬間，廟門外來了一個妖邪，怪物攔住廟門問：「今年祭祀是哪家？」行者笑吟吟地回答：「承下問，陳澄、陳清家。」那怪聽了，心中疑惑：「這童男膽大，言談伶俐，以前來供養受用的，問一聲不說話，再問一聲，嚇了魂，用手去捉，已經是死人。怎麼今天這童男這麼能應對？」怪物不敢來拿，又問：「童男童女叫什麼名字？」行者笑著說：「童男陳關保，童女一秤金。」怪物說：「這祭賽是每年舊規，今天供獻了，我要吃你。」行者說：「不敢抗拒，請自在享用。」怪物聽說，又不敢動手，攔住門大喝：「你不要頂嘴！我往年先吃童男，今年倒要先吃童女！」八戒慌了，說：「大王還照舊吧，不要破了例。」那怪不容分說，放開手，就捉八戒。呆子跳下來，現了原身，拿著釘鈀，打過去，怪物縮了手，往前就走，只聽得噹的一聲響。八戒說：「打破甲了！」行者也現原身來看，原來是冰盤大小兩片魚鱗，喝聲：「趕上！」二人跳到空中。怪物這次來，沒有帶兵器，空手在雲端裡問：「你是哪裡的和尚？到這裡欺負人！」行者說：「我們是東土大唐聖僧三藏奉旨往西天取經的徒弟。我們慈悲，想拯救生靈，捉你這潑物！你在這裡稱了幾年大王，吃了多少男女？一個個算還我，饒你死罪！」那怪聽了就走，被八戒又打了一釘鈀，沒有打著，化作一陣狂風，鑽入通天河裡。行者說：「不要趕他了，這怪物想必是河中物。先等到明天設法拿他，送師父過河。」二人回到陳家歇息。

卻說怪物回歸水府，坐在宮中，默默無言，水中大小眷族問：「大王每年享祭，歡喜回來，怎麼今天煩惱？」怪物便講遇到了東土大唐聖僧的徒弟，一時無計可施。一個斑衣鱖婆說：「久知大王有呼風喚雨神通，攪海翻江勢力，不知道會不會降雪？」怪物說：「會降。」又問：「既然會降雪，不知道會不會結冰？」怪物說：「更會！」鱖婆說：「今夜三更天氣，大王不必遲疑，趁早作法，起一陣寒風，下一陣大雪，把通天河凍結。我們之中善變化的，變作幾個人，到那路口，背包持傘，挑擔推車，不住地在冰上行走。唐僧取經心切，看見人行，必然踏冰渡河。大王可以穩坐河心，等他來到，迸裂寒冰，把他和那徒弟們一齊墜落水中！」怪物聽了，滿心歡喜，說：「妙！妙！」於是外出，依計而行。

卻說唐長老師徒四人歇在陳家，將近天亮，師徒們衾寒枕冷。師徒們都睡不著，爬起來開門一看，呀！外面白茫茫的，下雪呢！行者說：「難怪那麼冷，卻是這麼大雪！」陳家老人，叫兩個僕人，打掃道路，又叫兩個送來洗臉的熱水和滾茶乳餅，又抬出炭火，師徒們閒聊。一直到中午後，大雪才停。又待到天色將晚，被請到廳上吃晚齋，只聽到街上行人都說：「好冷的天氣啊！把八百里通天河凍得像鏡面一般，路口上有人走呢！」三藏聽說有人走，就要去看。陳老說：「老爺不要忙，今天天晚了，明天去看。」於是吃了晚齋，依然歇在廂房。

第二天天亮，八戒起來，說：「師兄，今夜更冷，想必河凍住了。」三藏迎著門，朝天禮拜，說：「眾位護教大神，弟子一向西來，虔心拜佛，苦歷山川，沒有一聲抱怨。今天到這裡，感得皇天祐助，結凍河水，弟子謝了。」禮拜後，讓悟淨拉出馬，準備趁冰過河。一行人來到河邊，勒馬觀看，那路口上有人行走。三藏問：「施主，那些人上冰往哪裡去？」陳老說：「河那邊是西梁女國，這些人都是做買賣的。平時有六、七人一船，或十數人一船，飄洋過去。今天河道凍住，所以他們捨命步行前去。」三藏說：「世間事唯名利最重。我弟子奉旨全忠，也只是為名，與他們能差多少！」又說：「趁這時結冰，早奔西方去吧。」行者笑吟吟答應。沙僧說：「師父啊，常言說，千日吃了千升米。今已經托賴陳府上，先再住幾天，等天晴化凍，辦船過去，忙中恐出錯啊。」三藏說：「悟淨，怎麼這等愚蠢！如果是正二月，一天暖似一天，可以等得凍解。這時已經是八月，一天冷似一天，如何能解凍！」說完，告別了陳家二老，來到河邊冰上，馬蹄滑了一滑，差點把三藏摔下馬。沙僧說：「師父，難行！」八戒說：「先停下！向陳老官討些稻草來。」行者問：「要稻草幹什麼用？」八戒說：「你哪裡知道，要稻草包著馬蹄才不滑，省得摔了師父。」陳老在岸上聽了，急忙叫人從家中取一束稻草，然後請唐僧上岸下馬。八戒把草包裹馬足，然後踏冰再走。

走出三四里，八戒把九環錫杖遞給唐僧，說：「師父，你把這個橫在馬上。」行者說：「這呆子奸詐！錫杖原是你挑的，怎麼又叫師父拿著？」八戒說：「你沒有走過冰凌，不知道。凡是冰凍的地方，必有凌眼，如果遇到凌眼，掉下去，如果沒有這橫著的東西，落水後就像一個大鍋蓋蓋住，怎麼才能鑽得上來！必須是這樣架住才行。」行者暗笑：「這呆子倒是懂得不少！」果然都依了他。長老橫擔著錫杖，行者橫擔著鐵棒，沙僧橫擔著降妖寶杖，八戒肩挑著行李，腰橫著釘鈀，師徒們放心前進。一直走到天晚，吃了些乾糧，又不敢久停，趁著星月光華，一直奔走，走了一夜。天明時又吃了些乾糧，再走。

卻說妖邪自從回歸水府，帶著眾精在冰下等候多時，只聽得馬蹄響，他在底下弄個神通，迸開冰凍，慌得孫大聖跳上空中，白馬落於水裡，三人都掉了下去。妖邪把三藏捉住，帶著眾精回到水府。把唐僧藏在宮後，用一個六尺長的石匣，蓋在中間，專等捉住那三個徒弟好一塊吃掉。

八戒、沙僧在水裡撈著行囊，放在白馬身上馱了，分開水路，湧浪翻波，負水而出，只見行者在半空中看見，問：「師父呢？」八戒說：「師父姓陳，名到底了，沒找到，先上岸再想辦法。」大聖在空中指引，來到東崖，晒了衣裳，大聖按落雲頭，一同到陳家莊上。早有人報二老，說：「四個取經的老爺，如今只剩了三個，來了。」兄弟忙出門，說：「老爺們，我們那麼苦留，卻不肯住下，怎麼不見三藏老爺？」八戒說：「不叫三藏了，改名叫陳到底了。」二老垂淚，說：「可憐！我說等雪化後備船相送，就是不聽，以至喪了性命！」行者說：「老兒，不要替古人擔憂，我師父不會死。老孫知道，一定是靈感大王使法算計去了。你們放心，給我們漿漿衣服，晒晒關文，取草料餵著白馬，我弟兄找到那壞蛋，救出師父，索性剪草除根，替你們除了後患，永得安生。」陳老聽了，滿心歡喜，安排了齋供。兄弟三人，飽餐一頓，把馬匹行囊交給陳家看守，各整兵器，前去尋師擒怪。

孫大聖和八戒、沙僧來到河邊，八戒馱著行者下水，沙僧撥開水路，弟兄們同入通天河裡。行了上百里，望見一座樓臺，上有「水黿之第」四個大字。沙僧說：「這裡想必是妖精住處，怎麼上門索戰？」行者說：「悟淨，門裡外有水嗎？」沙僧說：「沒水。」行者說：「既然沒水，你藏在附近，等老孫前去打聽。」大聖搖身一變，變作一個長腳蝦婆，跳到門裡，見怪物坐在上面，眾水族擺列兩邊，正在商議要吃唐僧。行者兩邊尋找不

見，忽然看見一個大肚蝦婆走來，在西廊下站住。行者跳到面前，說：「姆姆，大王和大家商議要吃唐僧，唐僧在哪裡？」蝦婆說：「唐僧被大王拿在宮後石匣中間，只等明天他徒弟們不來吵鬧，就奏樂享用呢。」

行者聽了，一直找到宮後，看見石匣，只聽得三藏在裡面哭呢。行者迅速轉回，跳出去，在門外現了原身，叫：「八戒！」那呆子和沙僧走近，問：「哥哥，怎麼樣？」行者說：「正是這怪騙了師父。師父現在沒事，被怪物蓋在石匣下面。你兩個快去挑戰，老孫先出水面。你們如果能擒得他就擒；擒不得，佯輸，引他出水，等我打他。」沙僧說：「哥哥放心去，等小弟們來辦。」行者拈著避水法，鑽出水面，站在岸邊等候。豬八戒闖到門前，厲聲高叫：「怪物！送我師父出來！」妖邪持兵器在手，開門走出來，身後有上百小妖，一個個掄槍舞劍。妖邪舉銅錘就打，三人在水底下鬥了兩個鐘頭，不分勝敗。豬八戒知道贏不得他，對沙僧使個眼色，二人詐敗佯輸，各拖兵器，回頭就走。怪物說：「小的們，守在這裡，等我趕上去，捉來給你們湊吃的！」

孫大聖在東岸上，目不轉睛，望著河邊水勢，忽然見波浪翻騰，八戒先跳上岸，說：「來了！來了！」沙僧也隨後到了岸邊，說：「來了！來了！」妖邪叫：「休走！」才出頭，被行者大喝：「看棍！」妖邪躲過，用銅錘相還。一個在河邊湧浪，一個在岸上施威。沒鬥三合，妖邪遮架不住，又鑽到水裡。八戒說：「哥哥，我再去哄他出來，你不要作聲，只在半空中等候，等他鑽出頭，照他頂門上著著實實打一下！即使打不死他，也讓他發暈，然後等老豬趕上一鈀，叫他一命嗚呼！」行者說：「正是！這叫『裡應外合』。」八戒、沙僧又入水中。

妖邪敗陣逃生，再不出去，說：「小的們，把門關緊了，說什麼也不開門。」小妖一齊搬石頭，把門閉死。八戒和沙僧連叫不出，呆子心焦，就用釘鈀打門。那門被他打了七八鈀，打破門扇，裡面都是泥土石塊，高疊千層。沙僧見了，說：「二哥，這怪物怕了，閉門不出，我和你先回河崖，再和大哥商量商量。」八戒答應，又鑽出水面。

行者聽到沙僧細說經過，說：「你們兩個只在河岸上巡視，不要放走他，我去去就來。」八戒問：「哥哥，你往哪裡去?」行者說：「我上普陀巖拜問菩薩，看這妖怪是哪裡出身。找到他的祖居，拿了他的家屬，捉了他的四鄰，然後再來這裡擒怪救師。」

究竟行者如何行事，且聽下回分解。

第三十回　觀音救難現魚籃　唐僧神昏遇魔頭

大聖縱起祥光，赴南海。望見落伽山不遠，低下雲頭，來到普陀崖。只見二十四路諸天和守山大神、木叉行者、善財童子、捧珠龍女，一齊上前，迎著施禮，說：「菩薩今天早上出洞，不許人隨，到竹林裡玩去了。知道大聖今天必來，吩咐我們在這裡迎接大聖。請在翠巖前坐一會兒，等菩薩出來，自有道理。」行者坐下，善財童子便上前施禮，說：「孫大聖，前蒙好意，幸虧菩薩不棄收留，專侍候在蓮臺下，十分是好。」行者知道是紅孩兒，笑了，說：「你那時魔業迷心，今天得成正果，才知老孫是好人呢。」

行者久等不見，又說：「列位給我傳報傳報，恐怕遲了，傷我師父性命。」諸天說：「不敢報，菩薩吩咐，只等出來再說呢。」

說完，沒過多一會兒，菩薩手提一個紫竹籃兒走出林子，說：「悟空，我和你去救唐僧。」菩薩撇下諸天，縱祥雲騰空而去，孫大聖相隨。很快到了通天河界，菩薩解下一根束襖的絲條，把籃子拴住，提著絲條，半踏雲彩，拋在河裡，往上流扯著，口念頌子：

「死的去，活的住，死的去，活的住！」念了七遍，提起籃子，只見籃子裡亮灼灼一尾金魚，還眨著眼呢。菩薩叫：「悟空，快下水救你師父去吧。」行者說：「沒有拿住妖邪，怎麼救得師父？」菩薩說：「這籃子裡難道不是？」八戒和沙僧拜問：「這魚兒怎麼能有這麼樣的手段？」菩薩說：「他本來是我蓮花池裡養大的金魚，每天浮頭聽經，修成手段。那個銅錘，是一枝未開的菡萏，被他運煉成兵器。不知是哪一天，海潮泛漲，走到這裡。我今天早上扶欄看花，沒見他出拜，掐指巡紋，算著他在這裡成精，害你師父，所以運用神功，織個竹籃子擒他。」

行者說：「菩薩，既然如此，且等一會兒，我們叫陳家莊眾信人，看看菩薩的金面，好叫凡人信心供養。」菩薩說：「也罷，你快去叫來。」八戒和沙僧，一齊飛跑到莊前，高呼：「都來看觀音菩薩！都來看觀音菩薩！」一莊老幼男女，都到河邊，也不顧腳下泥水，跪在裡面，磕頭禮拜。眾人中有會畫圖的，傳下影神，這是魚籃觀音的現身。菩薩於是回歸南海。

八戒和沙僧，分開水道，到水黿之第去找師父。裡邊水怪魚精都已經死爛。進入後宮，揭開石匣，馱著唐僧，出離水面，和眾人相見。陳清兄弟叩頭稱謝，說：「老爺不依小人勸留，以致受苦。」行者說：「不用說了。你們這裡人家，以後再不用祭賽，那大王已經除根，永無傷害。陳老兒，如今才好麻煩你，快找一隻船，送我們過河去。」陳清說：「有！有！」

忽然聽得河中間高叫：「孫大聖不要找船，我送你們師徒過去。」眾人聽說，個個心驚，膽小的走了，膽大的戰戰兢兢貪看。水裡鑽出一個怪，是多年粉蓋癩頭黿。老黿又叫：「大聖，不要找船，我送你師徒過去。」行者掄著鐵棒，說：「我把你這個孽畜！你敢到岸邊，這一棒就打死你！」老黿說：「我感大聖大恩，情願好心送你師徒，你怎麼反要打我？」行者說：「我和你有什麼恩惠？」老黿說：「大聖，你不知這底下水黿之第，原是我的住宅，祖上傳留到我。我在這裡修行，把我祖居翻蓋了一遍，立作一個水黿之第。那個妖邪是九年前海嘯波翻，趕潮頭來到這裡，和我爭鬥，被他傷了我許多兒女，奪了我許多眷族。我鬥他不過，巢穴白白地被他占了。今天蒙大聖到這裡搭救唐師父，請了觀音菩薩收去怪物，把宅第歸還給我。這個恩情重如丘山，深如大海。敢不報答？」行者聽了，心中暗喜，收了鐵棒，說：「你說的是實話嗎？」老黿說：「大聖恩德洪深，怎敢欺騙？」行者說：「既然是真情，你朝天發誓。」老黿張著紅口，朝天發誓，說：「我如果不是真情送唐僧過通天河，教我身體化為血水！」行者笑了，說：「你上來，你上來。」老黿游到岸邊，把身一縱，爬上河崖。眾人近前觀看，有四丈周長的一個大白蓋。行者說：「師父，我們上他身，渡過去。」三藏說：「徒弟呀，那層冰厚凍，坐在黿背，恐怕不穩當吧？」老黿說：「師父放心，我比那層冰厚凍，穩得緊呢，如果歪一歪，不成

功果！」行者說：「師父啊，凡是眾生，會說人話的，決不會欺騙。」叫：「兄弟們，快牽馬過來。」

到了河邊，陳家莊老幼男女，都來送行。行者讓把馬牽在白鼉蓋上，請唐僧站在馬的脖子左邊，沙僧站在右邊，八戒站在馬後，行者站在馬前，又恐那鼉無禮，解下虎筋條子，穿在老鼉的鼻內，扯起來像一條韁繩，卻用一隻腳踏在蓋上，一隻腳登在頭上，一隻手持著鐵棒，一隻手扯著韁繩，叫：「老鼉，慢慢走啊，歪一歪，就打你頭一下！」老鼉說：「不敢！不敢！」

老鼉蹬開四足，踏水面如行平地。只用一天，行過了八百里通天河界，順利登岸。三藏上岸，合手稱謝：「老鼉，麻煩你了，無物可贈，等我取經回來謝你吧。」老鼉說：「不勞師父賜謝。我聽說西天佛祖無滅無生，能知過去未來事。我在這裡，整整修行了一千三百多年，雖然延壽身輕，會說人話，只是難脫本殼。請老師父到西天幫我問佛祖一聲，看我什麼時候能脫本殼，得到一個人身。」三藏答應，說：「我問，我問。」老鼉這才落入水中去了。行者服侍唐僧上馬，八戒挑著行囊，沙僧跟隨，師徒們找大路，一直奔西。

唐僧師徒離了通天河，正遇嚴冬，師徒們正走著，又遇一座大山，路窄崖高，人馬難行。到了谷口，促馬登崖，走過巔峰峻嶺，遠望山凹中有樓臺高聳，房舍清幽。唐僧說：「徒弟啊，這一天下來又飢又冷，幸虧山凹裡有樓臺房舍，先去化些齋飯，吃了再走。」行者聽了，往前一看，只見那邊有凶雲惡氣，回頭對唐僧說：「師父，那邊不是好地方。」三藏說：「既然不能入，但我確實餓了。」行者說：「師父先請下馬，就在這平地坐下，等我到別的地方化些齋來給你吃。」行者從行李中取出缽盂，吩咐沙僧：「賢弟，不要前進，好好保護師父坐在這裡，等我化齋回來，再走。」沙僧答應了。行者又對三藏說：「師父，這地方少吉多凶，千萬不要動身，老孫化齋去了。」行者轉身要走，一想，又回來說：「師父，我知道你沒什麼坐性，我給你一個安身的法子。」取出金箍棒，晃了一晃，把平地周圍畫了一道圈子，請唐僧坐在中間，叫八戒、沙僧坐在身邊，把馬和行李都放在近身，對唐僧合掌說：「老孫畫的這圈，強似銅牆鐵壁，憑他什麼虎豹狼蟲，妖魔鬼怪，都不敢近前。只是不許你們走出圈外，如果出了圈，一定遭毒手。千萬千萬記住！」三藏答應，師徒都在中間坐下。

行者這才起雲頭，尋莊化齋，一直南行，忽然見到一個村莊。按下雲頭，遇到一個老人，討得半鍋乾飯。往缽盂裡一倒，滿滿一缽盂，駕雲回去。

卻說唐僧坐在圈子裡，等待多時，不見行者回來，八戒說：「誰知他往哪裡玩去了！化什麼齋，卻叫我們在這裡坐牢！」三藏說：「怎麼叫坐牢？」八戒說：「師父，你原來不知。古人畫地為牢，用棍子畫了圈，哪裡有強似鐵壁銅牆？假如有虎狼妖獸來時，怎麼能擋得住他？」三藏說：「悟能，你想怎麼樣？」八戒說：「這裡不藏風，又不避冷，如果依著老豬，只應順著路，往西走。師兄化了齋，駕了雲，必然被他趕上。如果有齋，吃了再走。現在坐了這一會兒，腳真冷！」三藏聽了，就照呆子的主意，一齊出了圈外。沙僧牽了馬，八戒挑了擔，長老順路步行前進，沒一會兒，到了樓閣附近，原來是坐北向南之家。沙僧把馬拴在門枕石鼓上，八戒歇了擔子，三藏怕風，躲在門邊。八戒說：「師父，這裡想必是公侯家。前門外面沒人，想必都在裡面烘火。你們坐著，我先進去看看。」

那呆子把釘鈀別在腰裡，走到門裡，裡面是三間大廳，靜悄悄全沒人跡，也沒有桌椅家具。轉過屏門，往裡又走，是一座穿堂，堂後有一座大樓，仍是無人。那邊有一張彩漆的桌子，桌子上亂搭著幾件錦繡棉衣。呆子提起來看時，是三件衲錦背心。他也不管好歹，拿下樓來，出了廳房，來到門外，說：「師父，這裡沒人。老豬進去，一直走到大樓裡，看見有三件衲錦的背心，被我拿來了，這時天氣寒冷，師父，先脫了褊衫，把這個先穿在裡面，免得凍著。」三藏說：「不可！不可！這是人家的東西！如果人家發覺，趕上我們，到了當官那裡，一定是個盜竊罪。還不送進去給他搭在原處！我們在這裡避避風，坐一坐，等悟空來後好走路，出家人不要這樣貪心。」呆子不肯聽，對唐僧笑著說：「師父啊，我也穿過幾件背心，沒見到這衲錦的。你不穿，老豬先穿穿，試試新。等師兄來，脫了還他。」沙僧說：「既然如此說，我也穿一件。」兩個脫了外套，把背心套上。才繫上帶子，不知怎麼就站不穩，摔在地上。原來這背心賽過綁縛手，瞬間，把他們兩個背剪手地捆了。慌得三藏抱怨他們，急忙上前來解，哪裡解得開？三個人在那裡吆喝聲不絕，早驚動了魔頭。

卻說那座樓房果然是妖精點化的，每天在那裡拿人。他在洞裡正坐著，忽然聽得說話，急出門來看，見捆住了幾個人。妖魔便叫小妖，收了樓臺房屋形狀，把唐僧攙住，牽了白馬，挑了行李，把八戒、沙僧一齊捉到洞裡。老妖魔登臺高坐，小妖們把唐僧推到臺邊，跪伏在地。妖魔問：「你是哪裡的和尚？這麼膽大，大白天偷我的衣服？」三藏滴淚，說：「貧僧是東土大唐欽差往西天取經的。共有三個徒弟，大徒弟孫悟空前去化齋未回。」話音未落，那妖魔笑著說：「我這裡常聽得人說：吃到唐僧一塊肉，髮白還黑，齒落更生，今天你不請自來，我還能饒你？」妖魔又說：「小的們，把唐僧也捆了，從那兩個身上解下寶貝，換兩條繩子也捆了。先抬在後邊，等我拿住他大徒弟，一起刷洗，蒸吃他們。」小妖們齊聲答應，把三人一齊捆了，抬在後邊，把白馬拴在槽頭，行李挑在屋裡。小妖們都磨著兵器，準備擒拿行者。

卻說孫行者拿了一缽盂齋飯，駕雲回返舊路。來到山坡，按下雲頭，不見唐僧，棍子畫的圈子還在。看那樓臺處所，也都不見了，只見山根怪石。行者心驚：「不用說了！他們一定是遭毒手了！」

行者趕忙順著馬蹄印，向西趕去。有五六里，只見一個老翁，持著一根龍頭拐棒，後

邊跟一個年幼的僕人，在坡前念歌走著。行者放下缽盂，道個問訊，叫：「老公公，貧僧問訊了。」老翁回禮，問：「長老從哪裡來的？」行者說：「我是從東土來的，往西天拜佛求經，一行師徒四人。我因為師父餓了，特意去化齋，叫他三人坐在山坡平地等候。回來時卻不見他們，不知往哪條路上去了。請問公公，遇見沒有？」老者聽了，呵呵冷笑，說：「你那三人，可是有一個長嘴大耳的嗎？」行者說：「有！有！」老翁說：「我剛才從這裡經過，看見他們錯走了路，闖到妖魔嘴裡去了。」行者說：「麻煩公公指教，是個什麼妖魔，住在什麼地方，我好上門去找他們。」老翁說：「這座山叫金山，山前有個金洞，那洞中有個獨角兕大王。那大王神通廣大，三人這一次一定沒命了，你如果去找，只怕連你也難保，不如不去。我也不敢阻攔你，也不敢留你，你自己估量吧。」行者再拜稱謝，說：「多蒙公公指教，我豈有不找的道理！」說完，把這齋飯倒給他，把空缽盂收拾起來。老翁放下拐棒，接了缽盂，遞給僕人，現出原身，雙雙跪下叩頭，叫：「大聖，小神不敢隱瞞，我們兩個就是這座山的山神土地，在這裡迎接大聖。這齋飯連缽盂，小神收下，好讓大聖身輕好施法力。等救出唐僧，再把這齋還奉唐僧。」行者大喝：「你這毛鬼討打！既然知道我到，為什麼不早來迎接？這麼藏頭露尾，是什麼道理？」土地說：「大聖性急，小神不敢造次，恐犯威顏，所以隱像告知。」行者息怒，說：「你先記打！好好給我收著缽盂！我去拿那妖精去！」

這大聖持著金箍棒，找尋妖洞。轉過山崖，只見亂石磷磷，翠崖邊有兩扇石門，門外有許多小妖，在那裡掄槍舞劍，大聖來到門前，厲聲高叫：「小妖，你快進去給你洞主說，我本是唐朝聖僧徒弟齊天大聖孫悟空，快叫他送我師父出來，免得喪了性命！」魔王聞報，滿心歡喜，說：「正等他來呢！我自從離了本宮，下降塵世，還沒有試試武藝。今天他來，必然是個對手。」持一根丈二長的點鋼槍，率領眾妖，出門來，叫：「哪個是孫悟空？」行者一看，那魔王生得好不凶醜，長得一枝獨角，雙眼突出。孫大聖上前，說：「你孫外公在這裡呢！快還我師父！如果說半個不字，我叫你死無葬身之地！」魔王大喝：「你這個大膽猴精！有什麼手段，敢說這樣的大話！」行者笑著說：「潑物！不要說嘴！走上來，吃我一棒！」那怪物挺著鋼槍迎過來。那些潑怪，一個個拿刀弄杖，執劍掄槍，把孫大聖圍在中間。行者只叫：「來得好！來得好！正合我意！」使一條金箍棒，前迎後架，東擋西除，那夥群妖，還是圍住不肯退。行者忍不住，把金箍棒扔起去，喝聲：「變！」變作千百條鐵棒，如同飛蛇走蟒，從半空裡落下來。那伙妖精見了，一個個魂飛魄散，都往洞中逃命。老魔王冷笑：「那猴不要無禮！看手段！」從袖中取出一個亮灼灼、白森森的圈子，望空中拋起，叫聲：「著！」呼喇一下，把金箍棒收去。弄得孫大聖赤手空拳，只好翻著觔斗，逃命去了。妖魔得勝回到洞裡。

究竟大聖如何對付，且聽下回分解。

GOBOOKS
& SITAK
GROUP©